Das Buch

Man kann sich für ein junges [...] schicklicheren Schlafzimmerge[...] selbst wenn es sich um eines hand[...] mäßigen Schönheit preisgekrön[...] Plimsoll zunächst an seiner eigenen Zurechnungsfähigkeit, [...] er annehmen muß, daß sich im Schlafzimmer von Sir Galahads äußerst attraktiver Nichte Veronica etwas Derartiges befindet. Dabei handelt es sich doch nur um einen therapeutischen Einfall des ehrenwerten Onkels Galahad, der den vermögenden jungen Mann unbedingt davon abbringen will, seine Liebe zu Veronica für eine unglückliche zu halten. Übrigens ist Veronica nicht die einzige hübsche Nichte auf Schloß Blandings. Es gibt da auch noch die zierliche, blauäugige Prudence, die sich inzwischen ebenfalls darauf kapriziert, ihren ebenso treuen wie stattlichen Liebhaber schnöde zurückzuweisen. Außer diesen beiden Pärchen treffen wir natürlich den verträumten, seinem Schweine innig verbundenen Hausherrn Lord Emsworth, dazu seine dralle Schwester Hermione, Freddie Threepwood, den Sohn des Hauses, der seine hochadeligen Fähigkeiten seinem Hundefutter produzierenden Schwiegervater zur Verfügung gestellt hat, und noch ein paar verrückte Leute. Ein Tohuwabohu läßt sich unter diesen Umständen kaum vermeiden. Zu alledem ist Vollmond, und dessen verwirrende Einflüsse kennt man ja...

Der Autor

P(elham) G(renville) Wodehouse, am 15. Oktober 1881 in Guildford in England geboren, ursprünglich Bankbeamter, war ab 1903 als Mitarbeiter des ›Globe‹ und des ›Punch‹ und als freier Schriftsteller tätig. Später erhielt er von der Universität Oxford den Titel eines Doktor h. c. Große Teile seines Lebens verbrachte er in den USA und wurde 1955 amerikanischer Staatsbürger. 1975 starb Wodehouse in New York. Sein literarischer Erfolg beruht auf mehr als 70 humoristischen Romanen, die seit Jahrzehnten beim Publikum großen Anklang finden.

P. G. Wodehouse:
Vollmond über Blandings Castle
Roman

Deutsch von Harald Raykowski

Deutscher
Taschenbuch
Verlag

Von P. G. Wodehouse
sind im Deutschen Taschenbuch Verlag erschienen:
Sommerliches Schloßgewitter (1613)
Die Hunde-Akademie (1661)
Dann eben nicht, Jeeves (1710)
Ein Pelikan im Schloß (1792)
Jeeves Takes Charge/Jeeves übernimmt das Ruder (9154)

Deutsche Erstausgabe
Februar 1983
Deutscher Taschenbuch Verlag GmbH & Co. KG,
München
© Lady Ethel Wodehouse
Titel der englischen Originalausgabe: ›Full Moon‹
© 1983 der deutschsprachigen Ausgabe:
Deutscher Taschenbuch Verlag GmbH & Co. KG,
München
Umschlaggestaltung: Celestino Piatti
Gesamtherstellung: C. H. Beck'sche Buchdruckerei,
Nördlingen
Printed in Germany · ISBN 3-423-10078-8

I

Der silberne Mond, der zur Zeit über Blandings Castle und Umgebung Dienst tat, war beinahe voll und tauchte nun schon seit einigen Stunden den altehrwürdigen Familiensitz, auf dem Clarence, der neunte Earl von Emsworth, residierte, in stimmungsvolles Licht. Er schien auf Mauern und Zinnen; er schaute respektvoll bei Lord Emsworths Schwester Lady Hermione Wedge herein, die sich gerade im Blauen Zimmer das Gesicht eincremte; und er lugte vorsichtig durch das offene Fenster des Roten Zimmers nebenan, wo es tatsächlich etwas Hübsches zu sehen gab – nämlich Lady Hermiones außerordentlich attraktive Tochter Veronica Wedge, die im Bett lag und grübelnd an die Decke starrte, denn sie wünschte sich, sie hätte ein paar schöne Schmuckstücke, die sie beim bevorstehenden Sommerball tragen könnte. Für ein hübsches, charmantes junges Mädchen ist der schönste Schmuck natürlich ihre Jugend, aber um Veronica das klarzumachen, hätte man sich schon mächtig anstrengen müssen.

Ein Stückchen weiter fiel der Mondschein auf Lord Emsworths Schwager Colonel Egbert Wedge, der soeben am Hauptportal aus dem Taxi stieg, das ihn von der Bahnstation hergebracht hatte; und noch etwas weiter abseits beleuchtete er Lord Emsworth persönlich. Der neunte Earl befand sich drüben am Schweinestall in der Nähe des Küchengartens und lehnte still in sich zusammengesunken an der Einfriedung der Komfortbehausung seiner geliebten Zuchtsau, der Kaiserin von Blandings, die auf der Landwirtschaftsausstellung von Shropshire schon zweimal hintereinander in der Klasse der Mastschweine einen Preis gewonnen hatte.

Das Entzücken, das dieser etwas spleenige, versponnene Peer wie immer in der Nähe dieses edlen Tieres empfand, wurde ein wenig durch die Tatsache gemindert, daß die Kaiserin sich bereits zur Nachtruhe in eine Art Wigwam im Hintergrund zurückgezogen hatte, so daß er sie nicht mehr sehen konnte. Aber er konnte ihre tiefen, regelmäßigen Atemzüge hören, und diesen lauschte er so hingebungsvoll, als wäre es eine Darbietung des Londoner Symphonieorchesters unter der Leitung von Sir Henry Wood. Plötzlich sagte ihm der durchdringende Duft einer Zigarre, daß er nicht mehr alleine war, und als er seinen

Kneifer zurechtrückte, erkannte er zu seiner Überraschung die militärisch straffe Gestalt von Colonel Wedge.

Er war vom Anblick Colonel Wedges deshalb so überrascht, weil er sich erinnerte, daß dieser am Tag zuvor nach London gefahren war, um am alljährlichen Bankett seines Regiments teilzunehmen. Scharfes Nachdenken brachte ihn jedoch bald auf den plausiblen Gedanken, die Anwesenheit seines Schwagers auf Blandings Castle ließe sich damit erklären, daß dieser bereits wieder aus London zurück sei. Und so war es auch wirklich.

»Ach, guten Abend, Egbert«, sagte er und raffte sich auf, wie es die Höflichkeit gebot.

Colonel Wedge, der sich nach der langen Fahrt ein wenig die Beine hatte vertreten wollen, war im Glauben gewesen, auf weiter Flur allein zu sein. Er schreckte deshalb zusammen, als er merkte, daß das, was er für ein Bündel alter Kleider gehalten hatte, lebendig und mit ihm verschwägert war, und er reagierte ein bißchen ungehalten.

»Himmel nochmal, Clarence, bist du das? Was zum Teufel treibst du denn um diese Zeit noch hier draußen?«

Lord Emsworth hatte vor denen, die ihm nahestanden, keine Geheimnisse. Er erwiderte deshalb, daß er seinem Schwein zuhöre, woraufhin der Colonel das Gesicht verzog, als schmerze ihn eine alte Wunde. Egbert Wedge war nämlich der Ansicht, daß das Oberhaupt der Familie, in die er eingeheiratet hatte, dem Zustand reinen Irreseins jedesmal, wenn er ihn wiedersah, ein Stückchen näher war, aber diesmal schien der gute Mann einen größeren Schritt vorangekommen zu sein als sonst.

»Du hörst deinem Schwein zu?« fragte er ungläubig und schwieg dann einen Augenblick, um diese Mitteilung zu verdauen. »Am besten kommst du jetzt hinein und legst dich ins Bett, sonst holst du dir noch einen Hexenschuß.«

»Vielleicht hast du recht«, nickte Lord Emsworth und schloß sich seinem Schwager an.

Ein Weilchen schritten sie schweigend auf das Haus zu, jeder mit seinen eigenen Gedanken beschäftigt, aber dann sprachen sie plötzlich beide gleichzeitig, wie das in solchen Fällen oft passiert. Der Colonel sagte, er sei zufällig am Abend zuvor Freddie begegnet, während Lord Emsworth seinen Begleiter fragte, ob er in London auch Mabel besucht habe.

Der Colonel schien verwundert.

»Mabel?«

»Ich wollte sagen: Dora. Ihr Name war mir momentan entfallen. Meine Schwester Dora.«

»Ach so, Dora? Du lieber Himmel, nein. Wenn ich für einen Tag zum Vergnügen nach London fahre, dann verschwende ich doch meine Zeit nicht mit einem Besuch bei Dora.«

Für diese Einstellung zeigte Lord Emsworth vollstes Verständnis. Sie bewies, daß sein Schwager ein Mann von gesundem Urteilsvermögen war.

»Selbstverständlich nicht, mein Lieber, natürlich nicht«, beeilte er sich zu sagen. »Kein normaler Mensch täte so was. Es war dumm von mir zu fragen. Ich schrieb vor kurzem an Dora und bat sie, mir einen Maler zu suchen, der mein Schwein porträtieren könnte, und darauf hat sie mir eine sehr patzige Antwort geschickt und geschrieben, ich solle mich nicht lächerlich machen. Du meine Güte, die Frauen in unserer Familie sind doch wirklich unausstehlich. Dora ist ja schon schlimm genug, aber sieh dir erst mal Constance an – oder Julia. Aber am schlimmsten ist immer noch Hermione.«

»Meine Frau«, sagte Colonel Wedge steif.

»Jaja«, sagte Lord Emsworth und klopfte ihm mitfühlend auf den Arm. »Aber warum«, grübelte er dann, »habe ich dich nur gefragt, ob du bei Dora warst? Das hatte doch einen Grund. Ach, richtig, Hermione bekam von ihr heute morgen einen Brief. Dora macht sich große Sorgen.«

»Wieso?«

»Ja, sehr große Sorgen.«

»Aber weshalb denn?«

»Ich habe keine Ahnung.«

»Hat Hermione es dir denn nicht gesagt?«

»Doch, gesagt hat sie es mir«, sagte Lord Emsworth wie ein Debattenredner, der ein kleines Zugeständnis macht. »Sie hat mir alles genauestens erklärt. Aber was es war, habe ich völlig vergessen. Außer daß es etwas mit Hasen zu tun hatte.«

»Mit Hasen?«

»So hat Hermione es mir gesagt.«

»Weshalb zum Teufel sollte Dora sich wegen Hasen Sorgen machen?«

»Tja«, sagte Lord Emsworth, und es klang, als könne man darüber nur spekulieren. Dann hellte sich sein Gesicht auf. »Vielleicht haben sie an ihren Gladiolen geknabbert.«

Colonel Wedge schnaubte unwillig.

»Deine Schwester Dora«, sagte er, »wohnt mitten in London

am Grosvenor Square in einem Appartement, das im vierten Stock liegt. Da gibt es keine Gladiolen.«

»Dann allerdings«, gab Lord Emsworth zu, »verstehe ich auch nicht, was das alles mit Hasen zu tun hat. Sag mal«, fuhr er fort, um von diesem nicht sonderlich interessanten Thema wegzukommen, »habe ich das eben richtig verstanden – du hast einen Brief von Freddie bekommen?«

»Ich sagte, ich habe ihn getroffen.«

»Getroffen?«

»Am Piccadilly Circus. Er hatte einen Betrunkenen bei sich.«

»Einen Betrunkenen?«

Colonel Wedge war ein leicht reizbarer Mann, und immer, wenn er sich mit diesem vertrottelten Landbewohner unterhielt, wurde er noch reizbarer. Die Angewohnheit des letzteren, jedes Wort wie ein Echo in den Schweizer Bergen zu wiederholen, hätte aber auch den geduldigsten Menschen zur Weißglut bringen können.

»Jawohl, einen Betrunkenen. Einen jungen Mann, der unter Alkoholeinfluß stand. Du weißt doch wohl, was ein Betrunkener ist.«

»Oh, jaja, gewiß. Ein Betrunkener, ja, natürlich. Aber das kann Freddie nicht gewesen sein, mein Lieber. Nein, Freddie bestimmt nicht. Vielleicht jemand anderes.«

Colonel Wedge biß die Zähne zusammen. Ein unbeherrschter Mann hätte wahrscheinlich damit geknirscht.

»Doch, es war Freddie. Glaubst du etwa, ich erkenne Freddie nicht, wenn ich ihn sehe? Warum zum Donnerwetter sollte es nicht Freddie gewesen sein?«

»Weil er in Amerika ist.«

»Er ist nicht in Amerika.«

»Doch«, beharrte Lord Emsworth. »Erinnerst du dich denn nicht? Er hat die Tochter eines amerikanischen Hundekuchenfabrikanten geheiratet und ist nach Amerika gegangen.«

»Er ist aber schon seit ein paar Wochen wieder in England.«

»Du lieber Himmel!«

»Sein Schwiegervater hat ihn herübergeschickt, um den englischen Markt zu erobern.«

Und abermals rief Lord Emsworth den lieben Himmel an.

Daß sein jüngerer Sohn, der Ehrenwerte Freddie Threepwood, den englischen Hundekuchenmarkt erobern sollte, war für ihn kaum zu fassen. Jahrelange Beobachtung dieses Sprößlings hatte ihn zu der Überzeugung gebracht, daß dessen Intelligenz allenfalls dazu ausreichte, die Portion auf seinem Teller zu erobern, aber zu sonst nichts.

»Seine Frau ist mit ihm herübergekommen, aber sie ist nach Paris weitergefahren. Freddie kommt morgen hierher.«

Eine krampfhafte Zuckung durchlief Lord Emsworth, dann erstarrte er. Wie so viele Väter der englischen Aristokratie war er ein wenig allergisch gegen jüngere Söhne, und er war stets alles andere als glücklich, wenn er ausgerechnet diesen von einem widrigen Geschick seiner Kinderschar hinzugefügten Sohn beherbergen mußte. Freddie hatte eine Art, bei seinen Aufenthalten auf Blandings wie ein zu Tode gelangweiltes Schaf durch die Gegend zu schlurfen und mit glasigem Blick auf die Spitze seines ellenlangen Zigarettenhalters zu starren, daß es einem die Freude an diesem paradiesischen Fleckchen Erde gründlich verderben konnte.

»Er kommt hierher? Freddie?« Er war wie betäubt. »Er bleibt doch nicht lange, oder?« fragte er dann mit väterlicher Besorgnis.

»Etliche Wochen, soviel ich weiß, wenn nicht Monate. Genauer gesagt klang es so, als wolle er für unbestimmte Zeit bleiben. Da fällt mir übrigens ein, er bringt auch den Betrunkenen mit. Gute Nacht, Clarence, schlaf gut«, sagte Colonel Wedge dann fröhlich. Der Gedanke, seinen Anverwandten um den Schlaf gebracht zu haben, hatte seine gute Laune wiederhergestellt, und nun begab er sich zum Blauen Zimmer, um sich bei seiner Gattin zu melden, die inzwischen mit dem Eincremen ihres Gesichts fertig war und im Bett lag, wo sie in einem Roman blätterte.

Mit einem kleinen Aufschrei des Entzückens sah sie auf, als er eintrat.

»Egbert!«

»Guten Abend, meine Liebe.«

Im Gegensatz zu den andern Frauen ihrer Familie, die alle groß und stattlich waren, war Lady Hermione Wedge klein und rundlich und sah aus wie eine Köchin – wenn sie gute Laune hatte, wie eine Köchin, der ein Soufflé gelungen ist; wenn sie gereizt war, wie eine Köchin, die im Begriff ist zu kündigen; in jedem Fall aber wie eine sehr willensstarke Köchin. Verliebte Augen nehmen jedoch solche Äußerlichkeiten nicht wahr, und deshalb beugte sich ihr Gatte zärtlich herunter und küßte sie, der Nachtcreme geschickt ausweichend, auf ihr Haarnetz. Die beiden waren ein glückliches, einträchtiges Paar. Mochten andere beim Anblick dieser respekteinflößenden Frau zittern und geneigt sein, Lord Emsworths Urteil über sie nachdrücklich zuzustimmen – Colonel Wedge hatte es jedenfalls noch keine Sekunde bereut, seinerzeit auf die Frage des Geistlichen, ob er, Egbert, gewillt sei, Hermione zu seinem Weibe zu nehmen, laut und vernehmlich mit »Wie? Ach so, ja, gewiß« geantwortet zu haben. Für ihre blitzenden Augen, die schon so manchen hatten erschauern lassen, hegte er nichts als Bewunderung.

»So, da wäre ich wieder, altes Mädchen«, sagte er. »Der Zug hatte ein bißchen Verspätung, und gerade habe ich noch einen kleinen Gang im Garten gemacht. Ich bin dabei zufällig Clarence begegnet.«

»Er war draußen im Garten?«

»Ja, stell dir vor. Er hätte sich einen Hexenschuß holen können, und das habe ich ihm auch gesagt. Was ist das für eine Geschichte mit Dora? Ich traf heute morgen die kleine Prudence, als ich am Grosvenor Square vorbeikam – sie führte gerade ihre Hunde aus –, aber sie hat nichts davon erwähnt. Clarence sagt, du hättest ihm erzählt, sie mache sich Sorgen wegen irgendwelcher Hasen.«

Lady Hermione schüttelte seufzend den Kopf, wie sie ihn zu schütteln schon oft gezwungen gewesen war, wenn die Rede auf ihren Bruder kam.

»Wenn Clarence mir doch nur einmal zuhören würde, anstatt mich mit offenem Mund anzustarren und dabei nicht im geringsten aufzupassen. Ich sagte ihm, daß Dora sich Sorgen macht, weil ein Mann Prudence als süßes Häschen bezeichnet hat.«

»Ach, so war das also. Und wer war dieser Mann?«

»Sie hat keine Ahnung. Deshalb macht sie sich ja solche Sorgen. Offenbar kam gestern ihr Butler und fragte, wo Prudence sei, da ein Herr sie am Telefon zu sprechen wünsche. Prudence war nicht zu Hause, und deshalb ging Dora an den Apparat, und da sagte eine fremde Männerstimme ›Hallo, mein süßes Häschen‹.«

»Und was hat sie da gemacht?«

»Sie hat natürlich alles verpatzt. Typisch Dora. Sie hat nicht für fünf Penny Verstand. Anstatt abzuwarten, um mehr herauszukriegen, sagte sie, sie sei die Mutter von Prudence. Daraufhin hat der Mann nach Luft geschnappt und den Hörer aufgelegt. Natürlich hat sie Prudence ins Gebet genommen, als sie nach Hause kam, und gefragt, welcher Mann sie als süßes Häschen bezeichne, aber Prudence sagte nur, das täten sie alle.«

»Da ist wohl was dran. Die jungen Leute geben sich ja heutzutage die sonderbarsten Namen.«

»Aber doch nicht ›süßes Häschen‹.«

»Du meinst, das geht etwas zu weit?«

»Wenn ich erführe, daß ein junger Mann zu unserer Veronica ›mein süßes Häschen‹ sagte, würde ich mit Sicherheit umfangreiche Nachforschungen über ihn anstellen. Ich kann verstehen, daß Dora aus dem Häuschen ist. Sie sagte mir, daß Prudence sich in letzter Zeit öfters mit Galahad getroffen hat, und da weiß man natürlich nie, mit was für Leuten er sie bekanntgemacht hat. So einer wie Galahad sieht wahrscheinlich sogar Buchmacher und Glücksspieler als passenden Umgang für ein unerfahrenes junges Mädchen an.«

Bei diesen Worten sah Colonel Wedge etwas betreten drein wie alle Ehemänner, wenn sie ihre Frauen abfällig von Personen sprechen hören, denen sie selbst größte Hochachtung entgegenbringen. Er wußte, daß seine Wertschätzung und Bewunderung für Lord Emsworths jüngeren Bruder, den Ehrenwerten Galahad Threepwood, von dessen Schwester nicht geteilt wurde, die diesen Lebenskünstler und Flaneur vielmehr als das schwarze Schaf der Familie ansah.

»Manche von Gallys Freunden sind schon ein bißchen ungewöhnlich«, gab er zu. »Einer von ihnen hat mir sogar mal was aus der Tasche gestohlen. Er war auch bei dem Bankett.«

»Der Taschendieb?«

»Nein, Gally.«

»Das kann ich mir vorstellen.«

»Na hör mal, altes Mädchen, du redest ja, als hätte es sich dabei um eine Orgie gehandelt. Und außerdem: egal was für ein Leben Gally geführt hat, es ist ihm weiß Gott glänzend bekommen. Er sieht topfit aus. Zu Vees Geburtstag wird er herkommen.«

»Ich weiß«, sagte Lady Hermione nicht sonderlich erfreut. »Freddie auch. Hat Clarence dir gesagt, daß Freddie morgen mit einem Freund eintrifft?«

»Wie bitte? Nein, das habe ich *ihm* gesagt. Ich traf Freddie zufällig am Piccadilly Circus. Heißt das, daß Clarence das schon wußte? Also so was! Als ich ihm vor ein paar Minuten erzählte, daß Freddie auf dem Weg nach Blandings sei, da schien ihm das völlig neu, und er wirkte sehr verstört.«

»Es ist wirklich schrecklich mit seiner Vergeßlichkeit.«

»Vergeßlichkeit?« Colonel Wedges Vorfahren waren alle aufrechte Soldaten gewesen, gewohnt, die Dinge beim Namen zu nennen. Beschönigende Worte waren daher nicht sein Fall. »Mit Vergeßlichkeit hat das überhaupt nichts zu tun. Das ist der schiere Schwachsinn. Wir müssen der Tatsache ins Auge sehen, meine Liebe, daß Clarence im Kopf nicht richtig ist. Bei ihm war schon eine Schraube locker, als wir vor vierundzwanzig Jahren heirateten, und seither haben sich immer mehr Schrauben bei ihm gelockert. Was glaubst du, wo ich ihn eben gerade aufgelesen habe? Drüben am Schweinestall. Ich sah etwas über dem Geländer hängen und dachte erst, da hätte der Schweinehüter seinen Overall vergessen, bis es sich plötzlich wie eine Kobra aufrichtete und ›Ach, guten Abend, Egbert‹ zu mir sagte. Ich bin ganz schön zusammengezuckt. Habe beinahe meine Zigarre verschluckt. Auf die Frage, was zum Teufel das solle, sagte er mir, er höre seinem Schwein zu.«

»Seinem Schwein?«

»Ja, stell dir vor. Nun wirst du vielleicht fragen, was das Schwein denn gemacht hat. Hat es gesungen? Oder hat es eine Ritterballade vorgetragen? Nichts von alledem. Es hat lediglich geschnauft. Mir wird offen gesagt ganz mulmig bei dem Gedanken, daß wir hier auf Blandings Castle mit Clarence, Galahad, Freddie und diesem Plimsoll zusammengesperrt sind, während wir Vollmond haben. Das ist ja, als wäre man mit den Marx Brothers allein auf einer einsamen Insel.«

»Plimsoll?«

»Das ist der Bursche, den Freddie mitbringt.«

»Und er heißt Plimsoll?«

»Zumindest hat Freddie das behauptet. Der Mann selbst war zu blau, um sich dazu zu äußern. Während wir uns unterhielten, stützte er sich mit der einen Hand stumm an einem Briefkasten ab, während er mit der andern nach unsichtbaren Fliegen grapschte. Dabei hat er unentwegt breit gegrinst. Ich habe noch nie jemanden erlebt, der so randvoll war.«

Auf Lady Hermiones Stirn erschien eine steile Falte, als wolle sie ihrem Gedächtnis nachhelfen.

»Wie sah er aus?«

»Groß und schlaksig. Hatte ungefähr Clarences Figur. Eigentlich brauchst du dir nur einen jungen, besäuselten Clarence mit Hakennase und Hornbrille vorzustellen, und schon hast du ein ziemlich akkurates Bild von Plimsoll. Warum fragst du? Kennst du ihn etwa?«

»Daran versuche ich mich gerade zu erinnern. Ich bin sicher, daß ich den Namen schon mal gehört habe. Hat Freddie dir etwas über ihn erzählt?«

»Dazu war keine Zeit. Du weißt ja, wie es ist, wenn man Freddie begegnet. Man sucht instinktiv das Weite. Ich blieb nur so lange stehen, bis er mir gesagt hatte, daß er mit diesem Fliegenfänger nach Blandings kommt und daß der Fliegenfänger Tipton Plimsoll heißt. Dann sprang ich ins erstbeste Taxi.«

»Tipton! Natürlich! Jetzt fällt es mir wieder ein.«

»Du kennst ihn?«

»Nicht persönlich, aber man hat mich in einem Restaurant auf ihn aufmerksam gemacht, kurz bevor wir London verließen. Er ist ein junger Amerikaner, der in England erzogen wurde, soviel ich weiß, und er ist sehr reich.«

»Reich?«

»Kolossal reich.«

»Das ist ja ...«

Es entstand eine Pause, als die beiden einander ansahen. Dann wanderten ihre Augen gleichzeitig nach links zu der Wand, hinter der Veronica Wedge im Bett lag und an die Decke starrte. Lady Hermione atmete jetzt schneller, und während Colonel Wedge verträumt mit den Zehen seines Ehegesponses spielte, kam ein verklärter Blick in seine Augen.

Er hüstelte.

»Vee wird sich bestimmt nett mit ihm unterhalten.«

»Ja.«

»Ein bißchen Abwechslung kann nichts schaden.«

»Nein.«

»Es ist doch ... äh ... nett für junge Leute ... hier draußen ... auf dem flachen Land ... wenn sie ein bißchen Gesellschaft haben. Bringt sie auf andere Gedanken.«

»Ja. Hat er einen guten Eindruck gemacht?«

»Ich fand ihn ganz reizend, wenn man mal davon absieht, daß er voll war wie eine Strandhaubitze.«

»Das darf man nicht so ernst nehmen. Wahrscheinlich verträgt er nicht viel.«

»Richtig. Und wenn einer den ganzen Abend mit Freddie zusammen ist, muß er sich ja irgendwie stärken. Außerdem ist Vee ja nicht besonders anspruchsvoll.«

»Wie meinst du das?«

»Na, wenn man bedenkt, daß sie mal mit Freddie verlobt war ...«

»Du meine Güte, das hatte ich ganz vergessen. Ich werde ihr sagen, daß sie das auf keinen Fall erwähnen darf. Und du solltest Clarence warnen.«

»Ich gehe am besten gleich zu ihm. Gute Nacht, meine Liebe.«

»Gute Nacht, Schatz.«

Auf Colonel Wedges markantem Gesicht lag ein sonderbar entrücktes Lächeln, als er das Zimmer verließ. Im allgemeinen war er nicht der Mann, der sich Tagträumen hingab, aber jetzt war er doch ins Träumen gekommen. Ihm war, als stünde er in der Bibliothek von Blandings Castle, einen Arm um die Schultern eines großen, schlaksigen jungen Mannes mit Hornbrille gelegt, der ihn um eine Unterredung unter vier Augen gebeten hatte.

»Ob Sie meiner Tochter Gesellschaft leisten dürfen, Plimsoll?« sagte er in Gedanken. »Aber selbstverständlich dürfen Sie ihr Gesellschaft leisten, mein lieber Freund.«

In ihrem Roten Zimmer dachte Veronica noch immer über den Sommerball nach, und sie war dabei nicht sehr optimistisch. Am liebsten wäre sie bei diesem festlichen Anlaß funkelnd wie ein Kristallüster aufgetreten, doch damit war wohl kaum zu rechnen. In ein paar Tagen war zwar ihr dreiundzwanzigster Geburtstag, aber sie wußte aus Erfahrung, daß sie ein Brillantenkollier als Geschenk nicht erwarten konnte. Im günstigsten Fall würde es eine Brosche geben, die ihr Onkel Galahad versprochen hatte, und eine nicht näher spezifizierte hübsche Kleinigkeit, von der ihr Vetter Freddie einmal andeutungsweise sprach.

Aus diesen Grübeleien erwachte sie, als die Tür aufging. Der Lichtschein, der unter der Türe zu Veronicas Zimmer hindurchkam, hatte nämlich die Aufmerksamkeit des vorbeikommenden Colonel erregt. Sie richtete sich in den Kissen auf und wandte ihre großen Kulleraugen in Richtung Tür. Mit einer langsamen, einschmeichelnden Stimme wie süße Sahne, die man hören kann, säuselte sie:

»Hallo, Daddy.«

»Guten Abend, mein Kind. Wie geht's?«

»Danke gut, Daddy.«

Colonel Wedge setzte sich auf das Fußende des Bettes und wunderte sich wieder einmal, wie ihm das beim Anblick seiner Tochter oft passierte, daß es Eltern wie seiner Frau und ihm, die doch wahrhaftig beide keine Schönheiten waren, gelingen konnte, etwas so Atemberaubendes in die Welt zu setzen. Veronica Wedge mochte ja ein Dummerchen sein, aber sie war mit Abstand das attraktivste Mädchen, das sich in den Stammbaumverästelungen von Debretts Adelsregister finden ließ. In ihr verband sich der Verstand eines Perlhuhns, das schon als Küken auf den Kopf gefallen und deshalb geistig zurückgeblieben war, mit einer strahlenden Schönheit, um die sich die Fotografen der Gesellschaftsblätter rissen. Immer wenn in der Presse Überschriften erschienen wie

AUFRUHR IM LONDONER WESTEND
PRESSEFOTOGRAFEN PRÜGELN SICH
TAUSENDE SEHEN ZU

dann konnte man ziemlich sicher sein, daß Veronica Wedge diesen Konkurrenzkampf ausgelöst hatte.

»Wann bist du denn zurückgekommen, Daddy?«
»Eben erst. Der Zug hatte Verspätung.«
»War's schön in London?«
»Sehr schön. Ausgezeichnetes Essen. Dein Onkel Galahad war auch da.«
»Onkel Gally kommt zu meinem Geburtstag her.«
»Ich hab's schon gehört. Und Freddie trifft morgen ein.«
»Ja.«

Veronica Wedges Stimme klang sachlich. Falls der Abbruch ihrer Verlobung mit Frederick Threepwood und seine Verbindung mit einer andern ihr jemals seelischen Schmerz bereitet hatte, dann war sie offenbar über diesen Kummer längst hinweg.

»Er bringt einen Freund mit. Tipton Plimsoll heißt er.«
»Ach, den.«
»Kennst du ihn?«
»Nein, aber als ich neulich mit Mama bei Quaglino essen war, hat ihn jemand erwähnt. Er hat schrecklich viel Geld. Möchte Mama, daß ich ihn heirate?«

Sein Kind konnte manchmal so entwaffnend einfach und direkt sein, daß es Colonel Wedge den Atem verschlug. So auch jetzt.

»Du lieber Himmel!« sagte er, als er wieder sprechen konnte. »Wie kommst du denn nur darauf. An so was hat sie bestimmt nie gedacht.«

Veronica lag einen Augenblick da und dachte nach. Sie tat das nicht oft, und es fiel ihr auch schwer, aber dies waren ja besondere Umstände.

»Ich hätte nichts dagegen«, sagte sie. »Er sieht gar nicht übel aus.«

Worte der Leidenschaft waren das natürlich nicht gerade, und Julia hätte über Romeo bestimmt mehr zu sagen gehabt, aber in Colonel Wedges Ohren war es Musik. Ihm war ganz leicht ums Herz, als er seiner Tochter einen Gutenachtkuß gab. An der Tür fiel ihm dann ein, daß er ja noch ein anderes Thema hatte anschneiden wollen.

»Ach, sag mal, Vee, hat dich schon mal jemand ein süßes Häschen genannt?«

»Nein, Daddy.«

»Fändest du es denn etwas Besonderes, wenn es jemand täte? Ich meine, wo sich doch heutzutage die jungen Leute wer weiß wie nennen – ›Puppe‹ und ›Mieze‹ und was sonst noch alles?«

»Oh ja, Daddy.«

»So so«, sagte Colonel Wedge.

Er kehrte ins Blaue Zimmer zurück. Das Licht brannte nicht mehr, und deshalb sprach er auf gut Glück in die Dunkelheit.

»Du!«

»Ach, Egbert, ich war schon fast eingeschlafen.«

»Tut mir leid. Ich wollte dir nur sagen, daß ich mit Vee über Plimsoll gesprochen habe, und sie scheint interessiert zu sein. Offenbar war sie dabei, als du ihn in diesem Restaurant gesehen hast. Sie findet, er sehe gar nicht übel aus. Das ist doch schon ganz schön für den Anfang, findest du nicht? Und was diese andere Sache betrifft: Sie sagt, ›süßes Häschen‹ hätte eine ganze Menge zu bedeuten. Scheint was Gepfeffertes zu sein. Das solltest du Dora sagen. Mir scheint, daß man auf die kleine Prudence aufpassen muß. Gute Nacht, altes Mädchen, ich gehe jetzt zu Clarence.«

Lord Emsworth schlief noch nicht. Er lag im Bett und hielt ein Buch über die ›Pflege von Schweinen in guten und in schlechten Tagen‹ in der Hand. Kurz vor dem Eintreten seines Schwagers hatte er es jedoch sinken lassen, um über das Grauenvolle nachzudenken, das ihm bevorstand. Die Aussicht, daß er seinen jüngeren Sohn Frederick würde beherbergen müssen, war bereits genug, um ihn zu entnerven. Man braucht dem nur noch einen Betrunkenen hinzuzufügen, um eine Situation zu schaffen, die auch den robustesten Earl vollends aus dem Gleichgewicht bringen mußte.

»Ach, Egbert«, sagte er dumpf.

»Ich will dich nicht lange stören, Clarence. Nur eine Kleinigkeit. Du weißt doch, daß ich dir sagte, Freddie werde seinen Freund Plimsoll hierher mitbringen.«

Lord Emsworth durchlief ein Schauder.

»Und außerdem noch diesen Betrunkenen?«

Colonel Wedge schnalzte so ungeduldig mit der Zunge, wie es sonst nur die weiblichen Mitglieder dieser Familie fertigbrachten.

»Plimsoll *ist* dieser Betrunkene. Und was ich dir in diesem Zusammenhang sagen wollte: Wenn du mit ihm sprichst, dann erwähne bitte nicht, daß Veronica mal mit Freddie verlobt war. Am besten schreibst du dir das auf, damit du's nicht wieder vergißt.«

»Aber natürlich, mein Lieber, wenn du meinst. Hast du etwas zum Schreiben?«

»Hier, bitte.«

»Danke schön, danke schön«, sagte Lord Emsworth, während er als Notizpapier das Vorsatzblatt seines Schweinebuchs benutzte, da etwas anderes nicht zur Hand war. »Gute Nacht«, sagte er dann und steckte den Federhalter ein.

»Gute Nacht«, sagte Colonel Wedge, nachdem er ihn sich wiedergeholt hatte.

Er schloß die Tür hinter sich, und Lord Emsworth fiel erneut in dumpfes Brüten.

Blandings Castle rüstete sich zur Nachtruhe. Im Uhrenzimmer träumte Colonel Wedge von wohlhabenden Schwiegersöhnen. Im Blauen Zimmer nahm sich Lady Hermione im Halbschlaf vor, gleich am nächsten Morgen ihre Schwester Dora anzurufen und ihr einzuschärfen, mit mütterlichen Argusaugen über ihre Tochter Prudence zu wachen. Im Roten Zimmer starrte Veronica wieder an die Decke, aber diesmal lag ein sanftes Lächeln auf ihren schön geschwungenen Lippen. Ihr war nämlich gerade eingefallen, daß Tipton Plimsoll der richtige Mann wäre, um sie mit Juwelen zu beschenken – genauer gesagt: zu überhäufen.

Lord Emsworth hatte sich erneut seinem Schweinebuch zugewandt und stierte jetzt durch seinen Kneifer auf das, was auf dem Vorsatzblatt geschrieben stand.

»Plimsoll bei Ankunft sagen, daß Veronica mit Freddie verlobt war.«

Er war darüber etwas erstaunt, denn er konnte nicht verstehen, weshalb Colonel Wedge diesen Trunkenbold Plimsoll nicht selbst darüber informieren wollte. Aber er hatte es schon lange aufgegeben, den komplizierten Gedankengängen seiner Mitmenschen nachzuspüren. Statt dessen schlug er Seite 47 auf, wo sich die goldenen Worte über Roggenbollmehl und Rübenmelasse finden, und bald war er ganz darin vertieft.

Draußen fiel das helle Licht des Mondes auf Mauern und Zinnen. Nur noch ein paar Tage, und es würde Vollmond sein ...

2

Die Zeiger derjenigen Londoner Uhren, die sich ausnahmsweise in Übereinstimmung mit dem Observatorium von Greenwich befanden, zeigten am folgenden Morgen exakt auf zwanzig nach neun, als die kunstvoll verzierte Eingangstür von Wiltshire House am Grosvenor Square plötzlich aufflog und in dichter Formation ein alter Spaniel, ein junger Spaniel und ein irischer Setter in mittleren Jahren herausgefegt kamen, gefolgt von einem jungen Mädchen in Blau. Sie überquerte die Straße zu dem gegenüberliegenden, nur den Anliegern zur Verfügung stehenden kleinen Park, schloß das Tor auf und ließ ihre Begleiter hindurchwitschen, erst den Junior-Spaniel, dann den Senior-Spaniel und zuletzt den irischen Setter, der von einem Duft am Wege kurz aufgehalten worden war.

Es existieren vermutlich keine genauen Richtlinien, die festlegen, unter welchen Voraussetzungen ein Mädchen als süßes Häschen einzustufen ist, aber es dürfte wohl kaum einen unparteiischen Richter geben, der Prudence, dem einzigen Kind des verewigten Sir Everard Garland, K. C. B., und seiner Frau Dora, diesen Titel streitig gemacht hätte. Zwar besaß sie nicht die atemberaubende Schönheit einer Veronica Wedge, deretwegen Fotografen sogar handgemein wurden, aber auf ihre ranke, schlanke, blauäugige Art war sie durchaus attraktiv genug, um zu rechtfertigen, daß ihre männlichen Bekannten sie am Telefon so nannten. Was ihr an Quantität fehlte, machte sie durch Qualität wett.

Was dem zufälligen Beobachter jedoch an diesem Morgen an dem zierlichen, hübschen Persönchen besonders aufgefallen wäre, war die Tatsache, daß sie so vergnügt aussah. Ja, sie wirkte wie ein kreuzfideles, aufgekratztes junges Mädchen. Ihre Augen leuchteten, ihre Füße schienen kleine Tanzschritte zu vollführen, und von ihren Lippen kam ein fröhliches Liedchen, zwar nicht so laut, daß es die Ruhe am Grosvenor Square gestört hätte, aber immerhin laut genug, um schockierend auf einen jungen Mann mit Monokel zu wirken, der ihr gefolgt war und ihr nun streng mit dem Schirm in den Po piekste.

»Nicht so wild, meine liebe Prue«, sagte er tadelnd. »So was schickt sich doch nicht.«

Obgleich die Uhren, wie bereits erwähnt, erst auf zwanzig

nach neun zeigten, handelte es sich bei diesem Musik- und Sittenrichter um Lord Emsworths jüngeren Sohn Freddie. Trotz der frühen Stunde war Frederick Threepwood schon auf den Beinen, voll im Einsatz für die Firma, bei der er beschäftigt war. Da man ihn nach London geschickt hatte, um den englischen Absatzmarkt von Donaldson's Inc., dem Hersteller des weltberühmten Donaldson's Hundeglück, zu erweitern, war er gekommen, um mit seiner Tante Dora ein Verkaufsgespräch zu führen, bevor sie ausging.

Natürlich handelte es sich dabei nur um einen untergeordneten Punkt im Terminkalender eines vielbeschäftigten Mannes, Lady Dora Garland war nämlich nicht, wie gewisse andere Damen, von Hunden umtost wie ein Fels in der Brandung, und über dem Hauptquartier der Firma in Long Island würde man keine Fahnen hissen, wenn sie einen Auftrag erteilte; trotzdem war sie als Herrin über zwei Spaniels und einen irischen Setter eine ernstzunehmende Kundin. Wenn man pro Tag, sagen wir, zwanzig Hundekuchen je Spaniel veranschlagt und ebensoviel, wenn nicht mehr, für den irischen Setter, dann lohnte es sich durchaus, sie für diese Menagerie als Abnehmerin zu gewinnen. Der dynamische junge Manager mag zwar den Kopf voller gigantischer Projekte haben, aber er verachtet solche Kleckergeschäfte dennoch nicht, weil er weiß, daß auch Kleinvieh Mist macht.

Vom unerwarteten Auftauchen ihres Vetters schien Prudence genauso überrascht zu sein wie Colonel Wedge am Vorabend von dem des Lord Emsworth.

»Nanu, Freddie«, rief sie erstaunt aus, »schon so früh unterwegs?«

Der junge Dynamiker war ob dieser Begrüßung sichtlich pikiert.

»So früh? Was meinst du mit ›so früh‹? Drüben in Long Island ist die Nacht für mich sogar bereits um sieben Uhr zu Ende, und um halb zehn stecken wir meistens schon mitten in der zweiten Konferenz.«

»Was, du nimmst an Konferenzen teil?«

»Und ob!«

»Jetzt bin ich aber sprachlos«, sagte Prudence ungerührt. »Und ich dachte immer, du wärst so eine Art Büroburche.«

»Ich? Ich bin Vizepräsident! Sag mal, ist Tante Dora zu Hause?«

»Sie telefonierte gerade, als ich hinausging. Irgendwer hat aus Blandings angerufen.«

»Gut. Ich muß nämlich mit ihr sprechen. Konnte leider erst heute einen Termin einschieben. Es handelt sich um eure Hunde. Wie füttert Ihr sie eigentlich?«

»Meistens mit der Hand.«

Freddie schnalzte unwillig mit der Zunge. Solche Späßchen sind ja ganz nett, aber sie behindern die reibungslose Geschäftsabwicklung.

»Du weißt schon, was ich meine. Was gebt Ihr ihnen zu fressen?«

»Ich hab's vergessen. Mutter kann's dir genau sagen. Barren's Sowieso.«

Freddies gutgekleidete Gestalt wurde von einem kurzen Schauder geschüttelt. Er sah aus, als sei er ins Bein gebissen worden.

»Doch nicht etwa Barren's Bello-Bissen?«

»Richtig.«

»Oh Gott!« stöhnte Freddie, und vor Entsetzen fiel ihm das Monokel aus dem Auge. »Seid Ihr denn hier drüben von allen guten Geistern verlassen? Das ist schon der fünfte Fall von Barren's Bello-Bissen, dem ich in nur zwei Wochen begegnet bin. Und da behauptet man, die Engländer seien tierlieb. Wollt Ihr etwa, daß eure Hunde Rachitis, Rheuma, Staupe, Anämie und Magengeschwüre kriegen? Dann macht nur so weiter und vergiftet sie mit diesem Zeug, dem einige der lebenswichtigsten Vitamine fehlen, wie ich zufällig weiß. Barren's Bello-Bissen – also ich muß schon sagen! Wenn es gesunde, natürliche, lebensfrohe Prachthunde werden sollen, brauchen sie Donaldson's Hundeglück. Donaldson's Hundeglück darf in keinem Freßnapf fehlen, ob bei arm oder reich. Nur Hunde, die Donaldson's Hundeglück bekommen, sind wirklich vitale, kräftige, instinktsichere Hunde, die den Kopf hochtragen und mit allen vier Beinen im Leben stehen. Auch Ihr Hund würde Donaldson's Hundeglück kaufen! Mit Donaldson wird Ihr Spaniel zum Super-Spaniel! Machen Sie aus Ihrem Setter einen glücklichen Setter und geben Sie ihm Donaldson's Hundeglück! Strahlende Augen, eine feuchte Schnauze und ein wedelnder Schwanz danken es Ihnen. Donaldson's Hundeglück gibt es in der Fünf-Schilling-Packung, der Zwei-Schilling-Packung und in der Sparpackung ...«

»Freddie!«

»Ja?«

»Schluß!«

»Schluß?« fragte Freddie, der doch gerade erst angefangen hatte.

»Ja, Schluß. Halt ein. Mach mal Pause. Mann, du redest ja wie ein Wasserfall. So allmählich glaube ich dir das mit den Konferenzen. Vermutlich läßt du da keinen zu Wort kommen.«

Freddie rückte an seinem Krawattenknoten.

»Ich darf sagen, daß die Jungs sich gern meine Meinung anhören«, gab er bescheiden zu.

»Und ich bin sicher, daß du ihnen den Wunsch bereitwillig erfüllst, sobald du auf Rufweite heran bist.«

»Habe ich zu laut gesprochen?«

»Du hast gebrüllt wie ein Stier auf der Weide.«

»Bei so was komme ich immer in Fahrt.«

»Dann paß nur auf, daß sie dich nicht mal wegen überhöhter Geschwindigkeit schnappen. Soll das also bedeuten, daß aus dir ein erfolgreicher Geschäftsmann geworden ist, Freddie?«

»Naja, wenn man bedenkt, daß der Big Boss mich damit beauftragt hat, unsern Verkauf in England anzukurbeln, dann muß ich wohl ziemlich ... Aber das kannst du dir ja selber denken.«

»Und dabei hattest du überhaupt keine Vorkenntnisse?«

»Nein. Es war die reine Intuition.«

Prudence schnaufte energisch.

»Siehst du. Und wenn du es fertigbekommen hast, Geschäftsmann zu werden, dann schafft das auch jeder andere.«

»Das würde ich nicht sagen.«

»Aber ich. Ein Glück, daß wir uns hier begegnet sind. Du hast mir das letzte, schlagende Argument geliefert. Dagegen kommt Bill nicht an.«

»Bill?«

»Damit nehme ich ihm den Wind aus den Segeln. Es ist doch sonnenklar, wie das gelaufen ist. Zuerst warst du ein ganz normaler Trottel ...«

»Wie bitte?«

»... aber kaum hast du geheiratet, da ist aus dir ein Vollblutunternehmer geworden. Daran lag's: an deiner Heirat.«

Dieser Theorie wollte Freddie nicht widersprechen.

»Ja«, nickte er. »So könnte man es wohl sagen. Ich mache gar kein Hehl daraus, daß ich alles meiner lieben Frau ...«

»Kein Mann hat je etwas zuwege gebracht, bevor er verheiratet war.«

»... verdanke, die mir stets ein Halt und eine ...«

»Nimm zum Beispiel Heinrich den Achten.«
». . . Stütze war.«
»Oder König Salomo. Kaum hatten sie geheiratet, da waren sie nicht mehr zu bremsen. Man sah sie nur noch rotieren. Und mit Bill wird es genauso sein. Er behauptet zwar immer, er tauge nicht zum Geschäftsmann, und mimt den empfindsamen Maler, aber das ist alles Blödsinn. ›Warte nur, bis du verheiratet bist‹, habe ich zu ihm gesagt, ›dann wirst du schon sehen, was in dir steckt.‹ Und jetzt kann ich dich als Beweisstück Numero eins vorlegen. ›Sieh dir nur Freddie an, Bill‹, werde ich zu ihm sagen, und das wird ihn endgültig überzeugen.«
»Wer ist dieser William?«
»Ein Bekannter von mir. Ich habe ihn durch Onkel Gally kennengelernt. Onkel Gally ist sein Taufpate.« Prudence sah sich vorsichtig um, und als sie sich davon überzeugt hatte, daß sie unbeobachtet waren, brachte sie ein Foto zum Vorschein. »Das ist er.«
Der auf dem Foto abgebildete junge Mann war nicht direkt gutaussehend. Bei einem Schönheitswettbewerb hätte die Jury schon beide Augen fest zudrücken müssen, um ihm auch nur eine klitzekleine Chance einzuräumen. Er hatte eine breite Nase, abstehende Ohren und ein vorspringendes Kinn. Eigentlich hätte dies auch das Foto eines liebenswürdigen Gorillas sein können. Liebenswürdig deshalb, weil sogar auf diesem Amateurfoto zu erkennen war, daß sein Blick offen und freundlich war.
Der zu diesem Gesicht gehörige Körper war sehr massig und bestand anscheinend nur aus Muskeln. Insgesamt handelte es sich hier um das, was viktorianische Schriftstellerinnen als einen »außerordentlich stattlichen Mann« zu bezeichnen pflegten, und Freddies erste Reaktion war ein leises Erstaunen darüber, daß so jemand sich überhaupt freiwillig fotografieren ließ.
Dann wich sein Erstaunen einem gewissen Interesse. Er klemmte sein Monokel fester ins Auge und besah sich das Bild genauer.
»Bin ich diesem Vogel nicht schon mal begegnet?«
»Das mußt du selbst am besten wissen.«
»Ja, ich bin ihm schon mal begegnet.«
»Wo denn?«
»In Oxford.«
»Aber Bill war gar nicht in Oxford. Er war auf einer Kunstakademie.«

»Ich meine auch nicht die Universität, sondern eine Kneipe am Rand dieser Stadt, in der ich Stammgast war. ›Zum Maulbeerbaum‹ hieß sie, und jedesmal, wenn ich hinkam, war dieser Bursche auch da. Angeblich bekam er Geld dafür, daß er sich dort zeigte.«

»Die Kneipe gehörte seinem Onkel.«

»Tatsächlich? Also deshalb gehörte er sozusagen zum Inventar. Na, jedenfalls ging ich regelmäßig zum Essen oder auch mal auf ein Gläschen hin, und da er auch immer da war, wurden wir gute Bekannte. Lister hieß er.«

»So heißt er auch jetzt noch.«

»Bill Lister. Wir nannten ihn immer Blister. Und er war, wie du schon sagtest, Maler. Ich weiß noch, daß ich das ziemlich komisch fand. Die Sensibilität des Künstlers paßt doch irgendwie gar nicht zu so einem Gesicht.«

»Was meinst du mit ›so einem Gesicht‹?«

»Na, es ist doch eins, oder?«

»Mit deiner Visage, mein lieber Freddie«, sagte Prudence spitz, »ist auch nicht viel Staat zu machen. Ich finde Bill sehr hübsch. Merkwürdig, daß ihr befreundet wart.«

»Keineswegs. Blister war sehr beliebt bei allen, die ihn kannten.«

»Ich wollte sagen, wie merkwürdig, daß du ihn kennst.«

»Durchaus nicht. Man konnte gar nicht in den ›Maulbeerbaum‹ gehen, ohne auf ihn zu stoßen. Er schien die ganze Kneipe auszufüllen. Und wenn man erst mal auf ihn gestoßen war, dann kam man auch gleich mit ihm ins Gespräch. Also seinem Onkel gehört dieser Pub?«

»Nicht mehr. Er ist vor kurzem gestorben und hat ihn Bill vermacht.«

»Gibt's dort auch Hunde?«

»Woher soll ich das denn wissen?«

Freddies Augen hatten angefangen, lebhaft zu leuchten.

»Frag mal Blister. Wenn es dort welche gibt, sag mir Bescheid. Na«, meinte Freddie und steckte sein Notizbuch wieder ein, nachdem er eine kurze Eintragung gemacht hatte, »dann geht es meinem alten Freund ja gar nicht schlecht. Mit etwas Glück müßte er diese Kneipe doch mitsamt Getränkebeständen und Inventar zu einem ganz hübschen Preis verkaufen können.«

»Das ist es ja gerade. Ich möchte gar nicht, daß er sie verkauft. Er soll lieber die Malerei an den Nagel hängen und den ›Maulbeerbaum‹ übernehmen. Das ist doch eine glänzende Gelegenheit. Mit dem Malen bringt er es nie zu etwas, aber mit so einer Kneipe könnten wir ein Vermögen machen. Sie liegt nahe bei Oxford, so daß wir uns um Kundschaft nicht zu sorgen brauchten, und wenn wir noch einen Tennisplatz und einen Swimming-pool anlegen, könnten wir sogar in den großen Londoner Zeitungen inserieren und ein beliebtes Ausflugsziel daraus machen, zu dem die Leute von überall her kommen. Natürlich müßten wir etwas Startkapital haben.«

Wenn es nicht gerade um die vom Vater seiner charmanten Frau so sachverständig fabrizierten Hundekuchen ging, war Freddie Threepwood kein besonders heller Kopf, aber selbst einem noch schwächeren Licht als ihm wäre bei diesen Worten seiner Gesprächspartnerin eine Absonderlichkeit in der Wahl des Personalpronomens aufgefallen.

»Wir?«

»Bill und ich wollen heiraten.«

»Jetzt bin ich aber baff. Du liebst diesen Blister?«

»Wie wild.«

»Und er liebt dich?«

»Rasend.«

»Hat man Töne. Was sagt denn Tante Dora dazu?«

»Sie weiß es noch nicht.«

Freddie machte ein ernstes Gesicht. Er hatte dieses Kusinchen gern, und jetzt fürchtete er um ihr künftiges Glück.

»Sie wird nicht gerade frohlocken.«

»Nein.«

»Ich möchte Tante Dora nichts Böses nachsagen, sonst müßte ich sie die Frau mit dem größten Standesdünkel in ganz England nennen.«

»Mutter ist ein Goldstück.«

»Mag ja sein, daß sie ein Goldstück ist, obwohl ich gestehen muß, daß mir das bis jetzt noch nie aufgefallen ist. Aber du kannst doch nicht bestreiten, daß sie auf gesellschaftlichen Rang mehr Wert legt als jeder andere. Und ich glaube, wenn du ihr erzählst, daß dein Auserwählter einen Kneipenbesitzer zum Onkel hatte... Aber vielleicht war dieser Onkel ja nur eine unglückliche Ausnahme, wie sie auch in den besten Familien vorkommt. Womöglich kannst du mich damit trösten, daß Blisters Vater von blauem Geblüt war?«

»Er war Sportreporter. Onkel Gally hat ihn in einer Kneipe kennengelernt.«

»Kneipen scheinen ja in deiner Romanze eine zentrale Rolle zu spielen. Und seine Mutter?«

»Trat als Muskelfrau im Varieté auf. Gehörte zu Onkel Gallys engsten Freunden. Sie ist schon lange tot, aber er hat mir erzählt, daß sie in ihren besten Jahren mit einer Hand einen doppelten Knoten in ein Schüreisen schlingen konnte.«

»Also daher hat Blister eine Figur wie ein Schrank.«

»Es scheint so.«

Freddie nahm sein Monokel heraus und polierte es. Er wirkte jetzt noch ernster als zuvor.

»Machen wir also mal Bilanz. Das Beste, was wir für Blister verbuchen können, sind sein gutes Herz und eine Kneipe.«

»Ja.«

»Dir genügt das natürlich. Ein gutes Herz, sagst du dir, zählt mehr als eine Krone. Aber was ist mit Tante Dora? Wenn mich nicht alles täuscht, wird die Tatsache, daß Onkel Gally Blisters Patenonkel ist, nicht viel Eindruck machen. Ich glaube kaum, daß sie mit ihrem Segen so ohne weiteres herausrücken wird.«

»Das hab' ich mir auch schon gedacht«, sagte Prudence. »Deswegen lassen wir uns heute morgen in aller Stille im Standesamt an der Brompton Road trauen, ohne ihr etwas davon zu sagen.«

»Was!«

»Ja.«

»Mich laust der Affe!«

»Ich hab's mir genau überlegt. Meiner Meinung nach müssen wir für die Familie ein Dings schaffen, ein ... Wie heißt doch dieser französische Ausdruck?«

»Olalà?«

»Fait accompli. Hier muß ein fait accompli her. Wenn man Leute vor ein fait accompli stellt, müssen sie sich damit abfinden. Tja, und ich sagte dir ja schon, daß wir ein bißchen Startkapital brauchen, wenn wir Bills Pub so herrichten wollen, wie wir uns das vorstellen. Da wird Onkel Clarence einspringen müssen.«

»Meinst du wirklich, daß er dafür der Richtige ist?«

»Immerhin ist er das Familienoberhaupt. Als Familienoberhaupt kann er doch seine Nichte nicht im Stich lassen. Er ist praktisch verpflichtet, mir beizustehen. Ich denke also, wir sollten mit dem fait accompli ankommen und dann zu Onkel Clarence gehen und sagen: ›Wir haben da ein tolles Geschäft an der Hand und brauchen nur ein ganz klein wenig von deinen aufgehäuften Schätzen, um es in eine Goldgrube zu verwandeln. Ich bin deine Nichte, und Bill ist soeben dein Neffe geworden. Blut ist dicker als Wasser. Also, was ist?‹ Ich finde, wir tun das einzig Vernünftige, wenn wir im Standesamt Brompton Road heiraten.«

Ihre jugendliche Begeisterung wirkte ansteckend auf Freddie. Er mußte daran denken, daß auch er heimlich geheiratet hatte, und daß seine Ehe ein Bombenerfolg geworden war. Bei dem Gedanken an den Tag, als er und Niagara »Aggie« Donaldson sich aus dem Staub gemacht hatten, um Mann und Frau zu werden, wurde ihm richtig warm ums Herz.

»Ich glaube, du hast wirklich recht.«

»Oh, Freddie, du bist ein Schatz!« Prudences blaue Augen leuchteten dankbar und glücklich über diesen moralischen Beistand ihres Vetters. An diesem Reisenden in Sachen Hundekuchen, dachte sie bei sich, hatte sie doch schon immer gehangen, und sie machte sich bittere Vorwürfe, als ihr einfiel, daß sie ihm mal im zarten Alter von zehn Jahren mit einem wohlgezielten Stein die Mütze vom Kopf geworfen hatte. »Dein Verständnis und Wohlwollen bedeuten ja so viel für uns. Hast du heute morgen schon etwas vor?«

»Nichts Besonderes. Nur diese Unterredung mit Tante Dora, und dann will ich in der Bond Street eine kleine Besorgung machen. Ansonsten bin ich frei.«

»Was ist das denn für eine kleine Besorgung in der Bond Street? Willst du ein Geburtstagsgeschenk für Vee kaufen?«

»Ja, ich dachte an einen Anhänger. Aber vor allem will ich mich um Aggies Kollier kümmern. Mir ist da etwas Dummes passiert. Sie hat mir das verflixte Ding dagelassen, damit ich es zum Juwelier bringe und reinigen lasse, und dann habe ich es völlig vergessen. Aber sie braucht es anscheinend bei den diversen Feten und Vergnügungen, in die sie sich im leichtlebigen Paris gestürzt hat, und telegrafiert mir deswegen schon seit ein paar Tagen. Die Depesche, die ich heute morgen bekam, war ein einziges Donnerwetter, und ich habe den Eindruck, wenn ich noch länger warte, kommt es zur Katastrophe. Warum fragst du, ob ich heute morgen schon was vorhabe? Möchtest du, daß ich hinkomme?«

»Das wäre lieb von dir. Bill vergißt garantiert, einen Trauzeugen mitzubringen. Er ist ganz durcheinander, der Ärmste. Und den Taxifahrer möchte ich dazu nicht nehmen.«

»Verstehe. Als Aggie und ich damals diese Prozedur durchmachten, mußten wir uns leider mit dem Droschkenkutscher begnügen, und er hat uns die Stimmung ziemlich verdorben. Kam sich für meinen Geschmack ein bißchen zu witzig vor, und außerdem hat er mit allen Mitteln versucht, sich zum Sektfrühstück einzuladen. Aber wird denn Onkel Gally nicht dasein? Er ist ja gewissermaßen der Schirmherr der ganzen Unternehmung?«

»Du erwartest doch nicht, daß Onkel Gally schon um zwölf Uhr auf den Beinen ist? Der arme Kerl ist vermutlich erst zwischen sechs und sieben ins Bett gekommen. Nein, du wirst gebraucht. Bitte, bitte, komm, lieber guter Freddie.«

»Gut, ich werde da sein. Wir Threepwoods lassen doch niemanden im Stich. Ich werde allerdings einen Menschen namens Plimsoll mitbringen.«

»So, warum denn?«

»Geht nicht anders. Ich fahre heute abend mit ihm nach Blandings und will ihn über Mittag im Auge behalten, sonst versackt er irgendwo. Mit dem Mann habe ich ein großes Geschäft vor.«

»Ist er jemand Besonderes?«

»Und ob er jemand Besonderes ist. Ihm gehört Tipton's.«

»Nie gehört.«

»Du hast noch nie von Tipton's gehört? Da sieht man wieder, daß du noch nie in Amerika warst. Tipton's Supermärkte gibt es in jeder noch so kleinen Stadt des mittleren Westens. Sie versorgen das Landvolk mit allem, auch mit Hundekuchen. Wenn man die Hundekuchen, die bei Tipton's im Lauf eines Jahres verkauft werden, in einer Reihe aneinanderlegen würde, dann ergäbe das eine Kette von der Felsenküste Neu-Englands bis zum Strand von Florida. Vielleicht noch länger.«

»Also Plimsoll heißt in Wahrheit Tipton? Wenn wir uns begegnen und ich sage ›Tag, Plimsoll‹, dann wird er wohl seinen falschen Bart abreißen und rufen ›April, April, ich bin Tipton‹?«

Freddie sah sich abermals gezwungen, unwillig mit der Zunge zu schnalzen.

»Plimsoll ist Hauptaktionär bei Tipton's«, erklärte er streng. »Und ich habe vor, ihn dazu zu überreden, daß er Donaldson's Inc. zum alleinigen Lieferanten von Hundekuchen für seine riesige Ladenkette macht. Wenn das klappte, wäre es der größte Erfolg, den wir je gelandet hätten.«

»Dein Schwiegerpapa würde sicher einen Luftsprung machen.«

»Der würde auf Long Island herumhopsen wie ein Känguruh.«

»Und dich würde er befördern zum ... Gibt es denn noch etwas Höheres als Vizepräsident?«

»Naja, wenn man's genau nimmt«, bekannte Freddie in einer Anwandlung von Aufrichtigkeit, »dann ist der Vizepräsident in den meisten amerikanischen Konzernen so ungefähr das, womit man anfängt. Ich vermute, daß er mich zur Belohnung zum Stellvertretenden Verkaufsdirektor macht.«

»Also jedenfalls viel Glück. Wie stehen denn die Chancen?«

»Manchmal gut, manchmal nicht so gut. Weißt du, dieser Tippy hat sein Vermögen erst vor ein paar Monaten bekommen, und seither hat er fast pausenlos gefeiert.«

»Das wäre offenbar ein Mann nach Onkel Gallys Herzen. Eine Art Geistesverwandter.«

»Ich stehe deswegen vor der Schwierigkeit, den psychologisch günstigen Moment zu erwischen, um ihn zur Unterschrift zu bewegen. Er ist nämlich entweder zu bedüselt, um einen Federhalter in die Hand zu nehmen, oder er hat einen so gewaltigen Kater, daß ihn nichts mehr interessiert außer Aspirin. Darum war es auch ein geschickter Schachzug von mir, ihn zu überreden, daß er mit mir nach Blandings kommt. Er ist dort nicht so gefährdet wie in London.«

»Und er kann dir nicht so leicht entwischen, wenn du ihn erst mal geschnappt hast und lauthals von Donaldson's glücklichen Hunden schwärmst.«

»Ganz recht. Auch das hatte ich einkalkuliert. Aber ich sollte besser nicht den ganzen Morgen hier mit dir vertrödeln. Wo, sagtest du, findet das große Ereignis statt?«

»Im Standesamt Brompton Road. In der Nähe des Park Hotels.«

»Und die Zeremonie beginnt ...?«

»Punkt zwölf.«

»Schön. Dann bleibt mir ja noch genug Zeit, um Tante Dora zu bearbeiten und anschließend in diesen Klunkerladen zu gehen. Danach rufe ich schnell Tippy an und sage ihm, wo wir uns treffen, und dann komme ich zu dir.«

»Daß dir ja nichts Unüberlegtes herausrutscht, wenn du mit Mutter sprichst!«

»Mein liebes Kind, du kennst mich doch! Was deine Romanze betrifft, werde ich schweigen wie ein Grab.«

Als er etwa zwanzig Minuten später Wiltshire House wieder verließ, machte er ein ernstes und ratloses Gesicht. Die Bearbeitung seiner Tante Dora war nicht von dem Erfolg gekrönt gewesen, mit dem er so zuversichtlich gerechnet hatte. Über die bevorstehenden Ereignisse im Standesamt Brompton Road hatte er vereinbarungsgemäß geschwiegen wie ein Grab, und es kam ihm jetzt so vor, als hätte er genauso gut auch über das Thema Hundekuchen wie ein Grab schweigen können.

Es wäre vielleicht übertrieben zu behaupten, seine Anverwandte habe ihm einen Tritt vors Schienbein verpaßt, aber zumindest war sie nicht sehr guter Laune gewesen. Sie hatte unkonzentriert und sorgenvoll gewirkt und deutlich erkennen lassen, daß sie lieber allein gewesen wäre. Er hatte von ihr lediglich die Zusage erhalten, daß sie eine Gratispackung annehmen und die Hunde damit einmal probeweise füttern werde, und als Freddie in sein Standquartier zurückkehrte, nachdem er erst den Auftrag seiner Frau ausgeführt und dann für Veronica ein Geburtstagsgeschenk bestellt hatte, wurde ihm plötzlich klar, wie einem Schlangenbeschwörer zumute sein mußte, dem seine Kobra die Zusammenarbeit verweigert.

In seinen Räumen angekommen, rief er das Hotel Barribault an, diesen Luxusschuppen für die Hautevolee, und ließ sich mit Mr. Plimsoll verbinden. Kurz darauf vernahm er am andern Ende der Leitung eine heisere, rauhe Stimme – die Stimme eines Mannes, dessen Kehle völlig ausgedörrt ist.

»Hallo?«

»Tag, Tippy. Hier ist Freddie.«

»Ach, Tag, Freddie. Du hast Glück. Eine Minute später, und ich wäre nicht mehr hier gewesen.«

»Wo willst du denn hin?«

»Zum Arzt.«

Freddie gab Laute des Mitgefühls von sich.

»Geht's dir nicht gut?«

»Doch, mir geht's sogar glänzend. Unglaublich gut. Du wärst erstaunt, wenn du sehen könntest, wie gut es mir geht. Aber ich habe eine Art Ausschlag auf der Brust bekommen. Hast du schon mal einen Ausschlag auf der Brust gehabt?«

»Ich glaube nicht.«

»Das ist keine Glaubensfrage. Entweder hast du's schon mal gehabt oder nicht. Dazwischen gibt's nichts. Mein Ausschlag ist merkwürdig rosig wie ein Sonnenaufgang an einem Junimorgen. Ich dachte mir, es kann nichts schaden, wenn so ein Medikus mal einen Blick darauf wirft. Ich hatte nämlich noch nie die Masern.«

»Warum nicht?«

»Tja, das ist die große Frage. Wenn jemand die Antwort darauf fände, würde er vermutlich die gesamte Wissenschaft revolutionieren.«

»Sag mal, könnten wir uns um zwölf am Standesamt Brompton Road treffen? Ein Freund von mir heiratet dort.«

»So eine Schnapsidee. Trotzdem wünsche ich ihm viel Glück. Er wird es gebrauchen können. Also gut, Standesamt Brompton Road, zwölf Uhr.«

»Es ist in der Nähe des Park Hotels. Ich lade dich dort zum Essen ein.«

»Großartig.«

»Ich komme mit dem Auto, also bring dein Gepäck mit. Dann können wir hinterher gleich nach Blandings fahren.«

»Blandings?«

»Ich möchte rechtzeitig zum Abendessen dort sein.«

»Blandings«, sagte Mr. Plimsoll. »Ach ja, Blandings. Jetzt weiß ich wieder, was ich dir noch sagen wollte. Ich komme nicht mit nach Blandings.«

Freddie Threepwood zitterte nicht oft wie Espenlaub. Normalerweise mußte man schon in seiner Gegenwart lobend von Barren's Bello-Bissen sprechen, um ihn aus der Fassung zu bringen. Jetzt aber zitterte er merklich, und zwar exakt wie Espenlaub.

»Was!«

»Nein. Wozu soll ich mich auf dem Land vergraben, wenn es mir so glänzend geht? Der Sinn des Ganzen war doch, wie du dich erinnern wirst, daß ich mit dir dorthin fahre, um etwas für meine Gesundheit zu tun, indem ich frische Luft atme. Aber da ich mich jetzt pudelwohl fühle, brauche ich keine frische Luft mehr. Genauer gesagt, ich möchte lieber darauf verzichten.«

»Aber Tippy . . .«

»Vergessen wir's«, sagte Mr. Plimsoll entschieden. »Die Sache ist gestorben. Aber diese andere Idee – mich zum Essen einzuladen – finde ich ausgezeichnet. Ich werde prompt zur Stelle sein. Wenn du einen mit roten Backen siehst, der vor Gesundheit strotzt: das bin ich. Ich fühle mich wirklich topfit. Ich sag's ja immer: Alkohol ist die beste Medizin. Die meisten Leute machen nur den Fehler, daß sie nicht genug davon trinken. Also um zwölf am Dingsda. O. K. Abgemacht. Alles klar.

Hervorragend. Prima. Primissima«, sagte Mr. Plimsoll und legte auf.

Eine Weile stand Freddie reglos da. Er war wie betäubt von dem Schlag, der all seine Hoffnungen und Träume zerschmettert hatte. Fast hätte er den andern noch mal angerufen, um ihm gut zuzureden und ihn umzustimmen, aber dann überlegte er, daß das besser in Ruhe beim Essen geschähe. Er zündete sich eine Zigarette an, und mit einemmal spiegelte sich in seinem Gesicht willensstarke Entschlossenheit. Die Vizepräsidenten von Donaldson's Inc. sind hart im Nehmen. Sie geben nie auf, auch wenn sie mal am Boden sind.

Mr. Plimsoll nahm unterdessen Hut und Schirm, balancierte letzteren einen Augenblick übermütig auf seiner Kinnspitze und ging dann hinaus zum Lift. Wenig später stieg er in ein Taxi, während ihm der goldbetreßte Ex-König von Ruritanien, der das Hauptportal des Hotels bewachte, den Schlag aufhielt.

»In die Harley Street«, sagte er zu dem Fahrer. »Und treten Sie aufs Gas.«

In der Harley Street leben, wie man weiß, die Medizinmänner in Rudeln zusammen, und an fast jeder Haustür sind ihre Messingschilder so dicht gesät wie Blattern. In einem Gebäude auf der Hälfte dieser Straße hatten sich die folgenden Äskulapjünger zusammengetan: Hartley Rampling, P. P. Borstal, G. V. Cheesewright, Sir Abercrombie Fitch-Fitch und E. Jimpson Murgatroyd. Der, zu dem Tipton wollte, war E. Jimpson Murgatroyd.

Wenn man sich einen Doktor auf gut Glück aus dem Telefonbuch sucht und dabei lediglich überlegt, ob einem sein Mittelname gefällt (Tipton war nämlich einmal mit einem Mädchen namens Doris Jimpson verlobt gewesen), dann hat das den großen Nachteil, daß man erst weiß, was für ein Typ er ist, wenn man in seinem Sprechzimmer sitzt und es kein Zurück mehr gibt. Vielleicht erweist er sich ja als sympathisch, aber vielleicht liegt er einem auch ganz und gar nicht. Man kauft also gewissermaßen die Katze im Sack.

Kaum hatte Tipton diesen Dr. E. Jimpson Murgatroyd zu Gesicht bekommen, da wußte er, daß er einen Fehlgriff getan hatte. Ihm hatte ein jovialer Onkel Doktor vorgeschwebt, der ihm freundschaftlich mit dem Stethoskop in die Rippen piekste, seine erstaunliche Gesundheit lobte, ein paar Witze über zwei Iren namens Pat und Mike erzählte, eine Salbe für den Ausschlag verschrieb und ihn dann unter Schulterklopfen und Händeschütteln nach Hause schickte. Statt dessen erwies sich E. Jimpson Murgatroyd als ein pessimistisch aussehender Mensch älterer Bauart, der nach Jodtinktur roch und anscheinend von Kindesbeinen an die Welt von ihrer unerfreulichen Seite betrachtete.

Er war von Tiptons prächtiger Fitneß völlig unbeeindruckt geblieben und hatte ihn mit leiser, grämlicher Stimme gebeten, Platz zu nehmen und ihm den Ausschlag zu zeigen. Und als er einen Blick darauf geworfen hatte, schüttelte er den Kopf und sagte, das gefalle ihm aber gar nicht. Tipton erwiderte, daß ihm der Ausschlag auch nicht gefalle und daß sich das ja gut treffe, denn wenn er ein Ausschlaggegner sei und E. Jimpson Murgatroyd ebenfalls, dann könnten sie sich doch zusammentun und etwas dagegen unternehmen. In solchen Fällen, sagte Tipton, gehe doch nichts über Teamgeist und gemeinsames Handeln. Schon der Dichter sage doch, daß nur Einigkeit das Verderben hemmen könne.

Darauf legte E. Jimpson Murgatroyd seufzend eine Art Gummiring um Tiptons Bizeps und fing an, ihn aufzupumpen, während er so etwas wie eine Meßuhr auf seinem Tisch beäugte. Als er damit fertig war, sagte er, Tiptons Blutdruck gefalle ihm auch nicht. Tipton war überrascht, denn davon hatte er noch nie gehört, und er fragte, ob er denn überhaupt einen Blutdruck habe. Allerdings, antwortete E. Jimpson Murgatroyd, und zwar einen sehr hohen; worauf Tipton meinte, das sei doch sicher sehr gut. Aber E. Jimpson Murgatroyd sagte nein, das sei gar nicht gut, und dann klopfte er ihn rundherum ab. Anschließend stellte er Tipton ein paar sehr persönliche und reichlich taktlose Fragen bezüglich seines Lebenswandels, und dann kam er zur Urteilsverkündung.

Der Ausschlag für sich genommen, sagte er, sei nicht weiter schlimm. Wenn Tipton nichts außer diesem Ausschlag hätte, wäre er fein heraus. Ziehe man aber die andern Untersuchungsergebnisse mit in Betracht, dann komme er zu dem Schluß, daß sein Patient an hochgradiger Alkoholvergiftung leide und in Gefahr schwebe, in Kürze als Totalschaden abgeschrieben zu werden. Vergebens versicherte ihm Tipton, er habe sich noch nie im Leben so wohl gefühlt. E. Jimpson Murgatroyd wandte dagegen nur mürrisch ein, das sei oft so. So eine Ruhe vor dem Sturm, sagte er, kündige meist den endgültigen Zusammenbruch an.

Und als Tipton dann fragte, was er mit »endgültigem Zusammenbruch« meine, wurde E. Jimpson Murgatroyd (sein Vorname war übrigens Edward) ganz deutlich und erklärte, wenn Tipton nicht ab sofort die Finger von alkoholischen Getränken lasse und sich irgendwohin zurückziehe, wo er ein völlig ruhiges Leben führen, viel frische Luft atmen und sich richtig ausschlafen könne, dann werde er anfangen, Dinge zu sehen.

Dinge zu sehen?
Dinge zu sehen.
Was denn für Dinge?

Nun, sagte E. Jimpson Murgatroyd, das könne man nicht so ohne weiteres sagen. Der eine sehe dies, der andere jenes. Eidechsen ... weiße Mäuse ... Gesichter. Um zu verdeutlichen, was er meinte, nannte er als Beispiel den Fall eines Patienten adliger Abstammung, der das Londoner Nachtleben in ebenso vollen Zügen genossen hatte wie Tipton und dann – irrtümlich – glaubte, er werde von einem kleinen Mann mit einem schwarzen Bart verfolgt.

Die Konsultation endete damit, daß Tipton um drei Guineen erleichtert wurde.

Als Tipton an den Messingschildern vorbei auf die Straße trat, war sein vordem strahlendes Gesicht verdüstert, und er murmelte etwas vor sich hin. Was er da murmelte, klang wie: »Drei von den Besten. Glatt zum Fenster rausgeschmissen.« Und es klang bitter. Denn wenn er seine neu erworbenen Reichtümer nicht gerade zum Zwecke des Feierns mit vollen Händen ausgab, ging er damit sehr sparsam um. Mißmutig rief er ein Taxi herbei und trug dem Fahrer auf, ihn zurück ins Hotel Barribault zu fahren. Er hatte nämlich gerade in seiner Tasche nach einer Beruhigungszigarette gesucht und festgestellt, daß er sein Zigarettenetui im Hotelzimmer vergessen hatte.

Er war voller Skepsis und Ablehnung. Schließlich war er im Leben schon viel herumgekommen und hatte so allerhand dummes Zeug reden hören, aber soviel dummes Zeug er sich auch schon angehört hatte, noch nie hatte man bisher seine Ohren mit so horndummem Zeug beleidigt, wie es ihm dieser E. Jimpson Murgatroyd soeben aufgetischt hatte.

Wäre E. Jimpson Murgatroyd ihm mit solchem Nonsens an einem jener aschgrauen Morgen gekommen, als er schlaff in einem Sessel lag, einen Eisbeutel auf der Stirn und ein Glas Wasser mit Aspirin in Reichweite, dann hätte er seinen wildphantastischen Theorien möglicherweise ein bißchen Glauben geschenkt. In der Tat hatte es in den vergangenen zwei Monaten Momente gegeben, in denen Tipton, wenn ihm jemand gesagt hätte, seine einzige Rettung sei ein Leben als Mönch, dies für einen vernünftigen Vorschlag gehalten und ihn befolgt hätte.

Aber wenn man solchen Firlefanz an einem Morgen wie diesem vorgesetzt bekam, wenn die Sonne lachte und man sich wie das blühende Leben fühlte, dann war das ganz etwas anderes. Und als das Taxi vor dem Haupteingang des Barribault hielt, kam ihm der Gedanke, daß es eigentlich seine moralische Pflicht sei, dem Mann eine drastische Lehre zu erteilen, damit dieser es sich das nächste Mal besser überlegte, bevor er wieder unverantwortlichen Stuß von sich gab.

Ihm fiel auch gleich eine geeignete Strategie ein, wie man E. Jimpson Murgatroyd eine solche Blamage bereiten könnte, daß er sich als der dümmste Harley-Street-Doktor seit der Erfindung der Medizinflasche vorkommen müßte. Sein Plan bestand darin, sich schnurstracks in die Hotelbar zu begeben, vier oder fünf kräftigende Drinks zu kippen und dann noch mal hinzugehen, gesund und munter vor diesen Mann hinzutreten und zu sagen: »So, Murgatroyd, mein Lieber, es wird Sie vielleicht interessieren, daß ich mir seit unserm letzten Gespräch jede Menge Hochprozentiges einverleibt habe und daß ich mich besser fühle denn je. Von den dußligen Gesichtern, die Sie prophezeit haben, keine Spur. Was sagen Sie jetzt, Murgatroyd? Wie finden Sie das?«

Diesen Plan setzte Tipton Plimsoll unverzüglich in die Tat um. Mit einem Trällern auf den Lippen nahm er an der Bar Platz und bat den Barkeeper, die Handgelenke zu lockern und mit dem Eingießen anzufangen, denn bei ihm handele es sich um einen ebenso durstigen wie zahlungskräftigen Kunden.

Ungefähr zur selben Zeit machte ein junger Mann, der bis dahin durch die Drehtür des Hoteleingangs nach draußen gestarrt hatte, kehrt und kam mit schnellen Schritten auf die Bar zu. Er war ein großer junger Mann, der aussah wie ein liebenswerter Gorilla und sehr erregt zu sein schien. Sein Name war Lister, William Galahad, und er war ins Hotel Barribault gekommen, um einen Tisch für das Sektfrühstück nach seiner Trauung zu bestellen.

Wenn ein großer, bedächtiger Mann mit einem schlichten, braven Gemüt sich hoffnungslos in ein junges Mädchen verliebt, das klein, unbekümmert und impulsiv ist und dessen Devise »Nichts ist unmöglich« lautet, dann gerät er nicht selten in einen Zustand, als hätte man in seinem Innersten mit einem riesigen Quirl gerührt; und wenn Bill Lister den Anschein erweckte, als sei er sehr erregt, dann handelte es sich dabei keineswegs um eine Täuschung der Öffentlichkeit. Seit dem Tag, als Prudence Garland mit Schwung in sein Leben trat, hatte er sich fast andauernd so gefühlt wie ein Blatt, das von einem Herbststurm gepackt und herumgewirbelt wird.

Bill besaß ein solches schlichtes, braves Gemüt. Die Natur hatte ihn als einen jener Männer geschaffen, in denen die Liebe sanft und allmählich erwacht und sich langsam und stufenweise steigert vom ersten schüchternen Händchenhalten bis schließlich zur glanzvollen Hochzeit mit Brautjungfern und galonierten Dienern. Wenn je ein Mann wie geschaffen dazu war, mit Cut und Zylinder im Mittelpunkt eines Hochzeitsfotos zu stehen, dann war es William Galahad Lister.

Und jetzt war er nach vier Wochen hektischer Geheimtreffen und leidenschaftlicher Geheimkorrespondenz im Begriff, sich zwecks klammheimlicher Eheschließung in ein Standesamt zu schleichen.

Nicht, daß ihm das etwas ausgemacht hätte. Ihm war ja alles recht. Wenn Prudence sich eine Filmhochzeit mit Blaskapelle, Fotografen und Feuerwerk gewünscht hätte, dann hätte er dreimal tief Luft geholt und auch das mitgemacht. Denn er hätte dabei stets an das eine gedacht, worauf es ihm einzig und allein ankam – daß sie seine Frau würde. Es gab jedoch Augenblicke, in denen er sich trotzdem wünschte, daß alles sich etwas anders entwickelt hätte, und ein Verbesserungsvorschlag, der ihm spontan einfiel, war der, das Sektfrühstück anderswohin zu verlegen.

Im Hotel Barribault steigen nämlich vorwiegend amerikanische Millionäre und orientalische Potentaten ab, und man versteht sich dort besser als in jedem anderen Hotel dieser Kategorie darauf, unerwünschten Gästen das Gefühl zu geben, sie seien hier völlig fehl am Platze. Das Personal wird hauptsächlich danach ausgesucht, ob es im Verziehen der Mundwinkel und Rümpfen der Nase das nötige Talent besitzt.

Wie man auf dem Foto sehen konnte, war Bill ein handfester Bursche, und wenn man jemanden gebraucht hätte, um einen wildgewordenen Stier zu verscheuchen, dann wäre er genau der Richtige gewesen. Aber es gibt nun mal Situationen, in denen es nicht von Vorteil ist, groß und muskulös zu sein. Im hochfeudalen Barribault zum Beispiel tat man besser daran, schlank und von dezenter Eleganz zu sein.

Bill, schon von Natur aus eher schüchtern, war sich bewußt, daß seine Garderobe, die für ein Künstlerfest in Chelsea zweifellos gut genug war, in dieser Nobelherberge deplaziert wirkte, und nach seiner Unterredung mit dem Oberbefehlshaber des Speisesaals war er vor Unbehagen in Schweiß gebadet. Es war nur zu offensichtlich gewesen, daß der Oberbefehlshaber seinen Schlips mißbilligt hatte und den Gedanken, daß jemand mit derart ausgebeulten Hosen in seinem Speisesaal essen wollte, geradezu empörend fand. Mit dem Gefühl, viel zu große Hände und Füße zu haben und auszusehen wie ein Tippelbruder, war Bill davongestolpert.

Und als er dann die Drehtür zur Straße erreichte, sah er diese uniformierte Gestalt davor stehen, die wie der Ex-König von Ruritanien wirkte und ihn schon beim Eintreten so abschätzig gemustert hatte. Da wurde es Bill schlagartig klar, daß er es ohne einen Stärkungsschluck niemals fertigbringen würde, an diesem Mann vorbeizugehen. Das war der Grund, weshalb er so plötzlich abgedreht und Kurs auf die Bar genommen hatte.

Tipton Plimsoll war unterdessen mit seinem ersten Drink fertig und sah gerade zu, wie der Barmixer ihm einen zweiten zurechtmachte.

Der Mensch, der die Bar im Hotel Barribault eingerichtet hatte, war so umsichtig gewesen, die obere Hälfte der Tür zur Bar mit Glasscheiben zu versehen, so daß flotte junge Männer erst mal mit einem vorsichtigen Blick von draußen prüfen konnten, ob einer ihrer Gläubiger drin saß, bevor sie hereinkamen, um ihren Durst zu löschen. Als Bill durch diese Scheiben peilte, stellte er zu seinem Bedauern fest, daß an der Bar bereits ein großer, schlaksiger Kerl saß, und deshalb zog er sich zurück, um es sich noch mal zu überlegen. Er war sich nicht sicher, ob er in seinem gegenwärtigen deprimierten Zustand die Gegenwart eines großen, schlaksigen Kerls würde ertragen können.

Kurz darauf warf er, da er großen Durst verspürte, noch einen Blick nach drinnen. Und wieder sah er sich außerstande hineinzugehen. Wenn dieser große Schlaksige seine Hosen sah, würde er vermutlich spöttisch grinsen und sich abwenden. Er machte so einen Eindruck, und dieser Eindruck verstärkte sich beim dritten und vierten Hineinsehen.

Tipton Plimsoll entdeckte Bill erst, als dieser zum zweitenmal hinter der Scheibe auftauchte. Über der Bar des Hotels Barribault hängt nämlich ein von Flaschen und Getränkereklamen umrahmter Spiegel, in dem man die Tür sehen kann. Und plötzlich bemerkte Tipton, der gerade an seinem dritten Drink nippte, daß in diesem Spiegel ein unschönes Gesicht andauernd erschien und wieder verschwand.

Zuerst dachte er sich weiter nichts dabei. Amüsiert machte er den Barkeeper darauf aufmerksam.

»Der kann sich anscheinend nicht entscheiden«, sagte er.

»Sir?« sagte der Barkeeper fragend.

Tipton erklärte ihm, daß ein Typ mit Gorillagesicht schon ein paarmal durch die Tür geschaut habe und wieder verschwunden sei, woraufhin der Barkeeper sagte, ihm sei nichts aufgefallen. Darauf sagte Tipton »So, wirklich nicht?« und wurde etwas nachdenklich. Plötzlich fiel ihm auf, daß die Erscheinung ihn so angesehen hatte, als wolle sie ihm etwas sagen oder ihn warnen – zumindest hatte sie ihn auffällig starr angesehen. Jetzt erinnerte er sich auch wieder an E. Jimpson Murgatroyds Worte, und ihn beschlich ein beklemmendes Gefühl, das allmählich stärker wurde.

»Da!« sagte er, als Bills Gesicht sich zum vierten Mal zeigte.

»Wo?« fragte der Barmixer, als er vom Mixen aufsah.

»Jetzt ist es wieder weg«, sagte Tipton.

»Tatsächlich, Sir?« sagte der Barmixer. »Schöner Tag heute«, fügte er dann hinzu, um das Gespräch in Gang zu halten.

Eine Zeitlang saß Tipton in Gedanken versunken da. Das beklemmende Gefühl war immer beklemmender geworden. Dann fiel ihm ein, daß es ja eine ganz einfache Methode gab, um sich zu beruhigen. Er ging zur Tür und machte sie auf.

In dem Zeitraum zwischen Bills viertem Blick durch die Scheiben und Tiptons entschlossenem Nachsehen war aber ein neuer Faktor ins Spiel gekommen, nämlich der Stolz der Listers. Mit einemmal war es Bill schmerzlich zu Bewußtsein gekommen, wie lächerlich er sich eigentlich benahm. Sich von einem Mann in Uniform ins Bockshorn jagen zu lassen wie ein dummer Junge! Seine Selbstachtung meldete sich zu Wort. Durfte sich denn einer, der vergangenes Jahr bis ins Finale der Amateurboxmeisterschaft gekommen war, von einem einfachen Portier einschüchtern lassen, selbst wenn dieser ungefähr zwei Meter fünfzig groß und reich betreßt war? Ihm stieg die Schamröte heiß ins Gesicht, als er sich diese Frage stellte. Und während Tipton noch in Gedanken versunken dasaß, hatte er ein paarmal kräftig durchgeatmet und war dann mit geschwellter Brust durch die Drehtür geschritten. Dieser mutige Entschluß wurde auch prompt belohnt. Der Ex-König war nämlich gerade damit beschäftigt, einen Herzog oder Marquis oder jemand in dieser Preislage in ein Auto zu bugsieren, so daß er Bill nicht sehen konnte. Mit einem Gefühl ähnlich dem der drei biblischen Jünglinge, als sie den Feuerofen verließen, flitzte Bill an dem Portier vorbei und ging dann rasch weiter in Richtung Standesamt Brompton Road.

So kam es, daß Tipton, als er die Bartür aufstieß und sich nach allen Seiten umsah, ins Leere blickte. Ihm war, als ob sich eine eisige Hand um sein Herz legte.

Er ging zurück zur Bar, wo der Mixer ihm ein neues Glas hinstellte, aber er griff nicht danach. In Tipton Plimsoll stieg nämlich ein bisher nicht gekanntes Gefühl der Hochachtung vor E. Jimpson Murgatroyd auf. Jetzt konnte er diesen Jeremias im Arztkittel nicht mehr so einfach und leichtfertig als vertrottelten Spinner abtun. E. Jimpson Murgatroyd war vielleicht nicht besonders sympathisch. Sein Aussehen und seine pessimistische Lebenseinstellung konnten einem feinfühligen Menschen auf die Nerven gehen. Aber eins mußte man ihm lassen: Er verstand sein Handwerk.

Bill ging inzwischen weiter zur Brompton Road. Das stolze Gefühl, diesem ruritanischen Ex-König ein Schnippchen geschlagen zu haben, war bald wieder dem unabweislichen Verlangen nach einem kräftigen Schluck gewichen, das ihn schon in der Halle des Hotel Barribault überkommen hatte. Er war jetzt wieder das Nervenbündel, zu dem ihn die Erkenntnis gemacht hatte, daß heute sein Hochzeitstag war, und er lechzte nach diesem kräftigen Schluck, wie der edle Hirsch, den man in wilder Jagd gehetzt hat, nach dem kühlen Quell lechzt.

Und als er sich vor dem Eingang des Park Hotel befand, das nur einen Steinwurf weit vom Standesamt Brompton Road entfernt ist, ging es ihm durch den Kopf, daß sich hier die letzte Gelegenheit für einen kräftigen Schluck bot. Wenn man erst mal das Park Hotel auf seinem Weg nach Westen hinter sich gelassen hat, befindet man sich in einer Trockenzone.

Er trat deshalb ein und ließ sich erleichtert auf einen Barhokker sinken. Und es waren noch keine fünf Minuten vergangen, da erblickte Tipton Plimsoll das Park Hotel aus seinem Taxi, und er klopfte an die Scheibe, die ihn vom Fahrer trennte.

»He!« rief er dem Fahrer zu, und der Fahrer sagte »He?«

»Halten Sie hier«, sagte Tipton. »Ich steige aus.«

Ein schnelles Taxi braucht höchstens zehn Minuten vom Barribault zum Park Hotel, und Tipton hatte ein besonders schnelles Taxi erwischt. Aber in zehn Minuten kann sich ein kräftiger Mann ohne weiteres von einem Schock erholen und seine Ruhe wiederfinden. Als Tipton vor dem Park Hotel stand, überlief es ihn siedendheiß bei dem Gedanken, daß er einen Cocktail unberührt hatte stehen lassen, bloß weil irgendein Gesicht zufällig aufgetaucht und wieder verschwunden war.

Für das Verschwinden dieses Gesichts fielen ihm inzwischen Dutzende von Erklärungen ein, von denen jede hundertmal plausibler war als diese grausige, an die er zuerst gedacht hatte. Es konnte dem Gesicht plötzlich eingefallen sein, daß es eine wichtige Verabredung hatte oder einen Brief einwerfen oder dringend telefonieren mußte oder – sonst irgendwas. Die Annahme, daß es nur in seiner Einbildung existierte und mit E. Jimpson Murgatroyd unter einer Decke steckte, kam ihm jetzt so absurd vor, daß er darüber lachen mußte, fröhlich und von Herzen. Er lachte noch immer leise vor sich hin, als er die Bar erreichte und die Tür öffnete.

Über der Bar des Park Hotels hängt, wie im Barribault, ein großer Spiegel. Und als Tipton einen flüchtigen Blick hineinwarf, um zu sehen, ob seine Krawatte richtig sitze, machte er plötzlich einen Satz und blieb dann wie angewurzelt stehen. Er hatte ein Gesicht gesehen. Und es war unzweifelhaft das Gesicht eines jungen Mannes, der aussah wie ein liebenswürdiger Gorilla.

Wenn man sagt, das Herz habe einem stillgestanden, dann ist das vom medizinischen Standpunkt aus betrachtet nicht ganz korrekt. Das Herz steht einem nicht still. Es muß weiterklopfen, egal, wie der Besitzer sich fühlt. Auch bei Tipton – dem das sehr unwahrscheinlich vorgekommen wäre, wenn man es ihm gesagt hätte – schlug das Herz weiter. Aber die Illusion, es habe die Arbeit eingestellt, war dennoch täuschend echt.

Die Augen traten ihm aus dem Kopf wie bei einer Schnecke, und es schoß ihm, wie schon im Barribault, durch den Kopf, daß E. Jimpson Murgatroyd zwar nicht der Mann war, den er auf nächtliche Zechtour mitgenommen hätte, daß er aber über prophetische Gaben verfügte wie einer, der mit Renntips handelt. Man mußte es schon als beängstigend bezeichnen, wie dieser Knabe die Zukunft voraussagen konnte. Einen Augenblick lang brachte Tipton diesem Murgatroyd dieselbe Ehrfurcht entgegen wie ein Eingeborener seinem Medizinmann.

Angesichts dieser Tatsache mag es sonderbar erscheinen, daß er schon wenige Minuten später wieder seine alte Ansicht vertrat, diese Koryphäe aus der Harley Street sei ein Quacksalber, ein Windbeutel und ein Rindskarnuffel.

Die Erklärung dafür ist die, daß Tipton nach seinem ersten Schock die Augen fest geschlossen und bis hundert gezählt hatte. Und als er sie wieder öffnete, war das Gesicht fort – spurlos verschwunden.

Ihm fiel ein Stein vom Herzen, und gleichzeitig gingen ihm die oben erwähnten unfreundlichen Gedanken über E. J. Murgatroyd durch den Kopf. Er begriff jetzt, wie es zu diesem unangenehmen Zwischenfall hatte kommen können. Die Episode im Barribault war ihm offenbar stärker an die Nieren gegangen als vermutet und hatte zu einer Art Autosuggestion geführt, so daß er einer optischen Täuschung zum Opfer gefallen war. Seine Stimmung, die eben noch niedergedrückt war, stieg wieder. Er war nicht mehr zu Tode betrübt, sondern so himmelhoch jauchzend wie eh und je. Mit einem Strahlen, das die ganze Bar zu erleuchten schien, ging er auf den Barmixer zu und gab seine Instruktionen.

Als er an seinem zweiten Glas nippte, teilte er dem Mann hinter der Bar mit, daß er in Kürze im Standesamt Brompton Road erwartet werde, und bat um ortskundigen Rat, wie er am besten dorthin gelange. Der Barkeeper sagte, das müsse wohl in der Beaumont Street sein, und Tipton sagte »So? Aha«, worauf der Barkeeper sagte »Ja, bestimmt« und ihm mit Hilfe von zwei Zahnstochern und einer Cocktailkirsche erläuterte, wie er gehen müsse. Tipton bedankte sich mit der strahlenden Herzlichkeit, die ihn an diesem Morgen bei jedermann so beliebt machte, und ging, Zahnstocher und Cocktailkirsche auf der Handfläche vor sich her balancierend, seiner Wege.

Ungefähr zur selben Zeit sah Bill auf die Uhr. Da er auch nach diesem Stärkungstrunk noch zu nervös war, um an der Bar sitzen zu bleiben, war er wieder hinausgegangen und eine Weile unruhig die Brompton Road auf und ab gelaufen. Jetzt fand er, daß es Zeit sei, zum Standesamt zu gehen und dort im Wartezimmer Posten zu beziehen. Wenn Prudence hinkäme und ihn nicht vorfände – nicht auszudenken! Unverzüglich setzte er sich in östlicher Richtung in Bewegung.

So kam es, daß Tipton, der in westlicher Richtung ging, ihn plötzlich vor sich sah, als er gerade in die Beaumont Street einbiegen wollte, woraufhin sein Herz erst ein paar wilde Hopser vollführte und dann zum zweitenmal einen völligen Stillstand vortäuschte.

Tipton griff zu einer bewährten Technik und schloß die Augen, und wieder mit Erfolg. Als er die Augen aufmachte, war das Gesicht verschwunden.

Das hatte ihn getröstet und seine vibrierenden Nerven beruhigt, als ihm vor ein paar Minuten etwas Ähnliches passierte, aber diesmal kam er nicht so leicht darüber hinweg. Er merkte jetzt, daß dieses Gesicht, mit dem er es zu tun hatte, wie das Kaninchen in der Schießbude war: mal sah man es, mal war es weg, und immer tauchte es ganz unerwartet auf. Eben hatte es sich mal wieder in Luft aufgelöst, aber was half das schon, dachte er ganz vernünftig, da es sich ja im nächsten Moment wieder zeigen konnte. Egal, wie dieses Versteckspiel weiterging, er mußte sich jedenfalls damit abfinden, daß dieses Gesicht von jetzt an sein ständiger Begleiter war. Mit anderen Worten, es hatte ihn endgültig erwischt.

Tipton Plimsoll fand das nicht fair. Dieser adlige Patient, von dem E. Jimpson Murgatroyd sprach, hatte dem Alkohol offenbar genauso zugesprochen wie er, Tipton, und war trotzdem nach Doktor Murgatroyds Aussage mit einem kleinen Mann mit schwarzem Bart davongekommen – etwas, das nach Tiptons Meinung leicht zu verkraften war. Ein kleiner Mann mit schwarzem Bart konnte einem mit der Zeit sogar ans Herz wachsen. Aber von einem Gesicht verfolgt zu werden wie dem, das ihn jetzt verfolgte, das war doch etwas völlig anderes!

Er fühlte sich nun sehr deprimiert und verzweifelt, und unter diesen Umständen schien es ihm das beste, einen Gang durch den Hyde Park zu machen und den Enten auf dem See zuzusehen. Der Anblick dieser gefiederten Freunde hatte ihm in Zeiten von Streß und Aufregung schon öfter Trost gespendet und neuen Lebensmut gegeben. Enten strahlen nämlich große Ruhe aus. Auch wenn alles ringsumher von Erdbeben oder Umsturz erschüttert wird, halten die Enten sich da heraus und bleiben ganz sie selbst.

Tipton ging also in den Park und hielt ein Weilchen stumme Zwiesprache mit den am Ufer des Sees versammelten Enten und Erpeln. Dann machte er sich wieder auf die Suche nach der Beaumont Street, die er auch samt Standesamt mühelos fand. Er ging ins Wartezimmer. Es war ein kleiner, muffiger Raum, in dem sich zur Zeit nur ein kräftig gebauter junger Mann aufhielt, der regungslos vor sich hinstarrte, wie man das bei jungen Männern kurz vor der Eheschließung gelegentlich beobachten kann. Sein Rücken war Tipton zugekehrt, und dieser verspürte den dringenden Wunsch, dem jungen Mann aufmunternd auf die Schulter zu klopfen und zu empfehlen, er solle sich aus dem Staub machen, solange noch Zeit dazu sei.

Als er sich dem jungen Mann näherte, drehte dieser sich um.

Tipton kam erst wieder zu sich, als er draußen auf der Straße war und eine Stimme hörte, die ihm irgendwie bekannt vorkam. Als der Nebel vor seinen Augen sich hob, nahm er Freddie wahr, der ihn tadelnd ansah.

»Wie kannst du nur behaupten, es ginge dir glänzend?« fragte Freddie streng. »Ich hab' dich noch nie verschwiemelter gesehen, nicht mal nach diesem Abend im ›Angry Cheese‹, als du mit weichen Eiern nach dem Ventilator geworfen hast. Du hättest es bitter nötig, nach Blandings zu kommen, Tippy.«

Mit zitternder Hand klopfte ihm Tipton Plimsoll auf den Arm.

»Hast recht, Freddie, alter Freund. Ich komme mit nach Blandings.«

»Wirklich?«

»Jawohl, und je eher, je lieber. Außerdem möchte ich dich bitten, dafür zu sorgen, daß man mir keinerlei alkoholische Getränke serviert, solange ich dort bin. Es ist mir ernst, Freddie, alter Freund. Ich bin bekehrt.« Er schwieg einen Augenblick und schauderte bei dem Gedanken an das, was er gerade gesehen hatte. »Und jetzt entschuldige mich bitte. Ich muß gehen und mir ein bißchen die Enten im Hyde Park ansehen.«

»Wozu willst du dir denn die Enten im Hyde Park ansehen?«

»Freddie, alter Junge, es gibt Augenblicke im Leben eines Mannes«, sagte Tipton ernst, »da muß er sich einfach mal die Enten im Hyde Park ansehen. Und was unser Mittagessen betrifft, das kannst du streichen. Ich werde im Barribault einen Zwieback und etwas Milch zu mir nehmen. Hol mich dort ab, wenn du losfährst«, sagte Tipton und ging gesenkten Hauptes davon.

Freddie, der ihm verblüfft durch sein Monokel nachgestarrt hatte, trat schließlich in das Standesamt, wo Bill noch immer saß und stumpf ins Leere stierte.

Das Wiedersehen zwischen Frederick Threepwood und William Lister braucht der Chronist wohl nicht im einzelnen zu schildern. Es genügt zu erwähnen, daß die beiden zusammenkamen und ihre alte Freundschaft wieder aufleben ließen. Zwar gibt es kaum etwas Rührenderes als solche Begegnungen alter Freunde nach langer Zeit, aber die Fragen, wie es denn dem alten Sowieso gehe und was aus dem Dingsda geworden sei, werden dabei so ausführlich erörtert, daß es die meisten Leser nur langweilen würde.

Wir können deshalb ruhig einiges überspringen bis zu dem Augenblick, als Bill, der am Schicksal dieser Kumpane aus alten Zeiten merklich weniger Interesse zeigte als sein Freund, auf die Uhr sah und sich die Bemerkung erlaubte, daß es nun aber für die andere vertragschließende Partei höchste Zeit werde aufzukreuzen.

Und da Freddie sah, daß die Uhr auf dem Kamin schon halb eins zeigte, konnte er nicht umhin zuzugeben, daß das Ausbleiben seiner Kusine nicht einer gewissen Merkwürdigkeit entbehre. Man kann es zwar verstehen, wenn bei solchen Anlässen die Braut ähnlich einem Titelverteidiger im Schwergewicht den Bräutigam zuerst in den Ring steigen läßt, aber mittlerweile hätte Prudence wirklich dasein müssen.

Bill war schon in den letzten ein bis zwei Stunden mit den

Nerven zu Fuß gewesen, und daher geriet er jetzt völlig aus der Fassung. Erst schnappte er ein paarmal nach Luft, und dann gab er seinen Befürchtungen Ausdruck.

»Ob ... ob sie sich's etwa anders überlegt hat?«
»Na hör mal, Blister!«
»Das könnte doch sein.«
»Ausgeschlossen. Ich hab' sie noch heute früh gesehen, und da war sie von Kopf bis Fuß auf Hochzeit eingestellt.«
»Um wieviel Uhr war das denn?«
»Gegen halb zehn.«
»Also vor drei Stunden. Da hat sie genug Zeit gehabt, sich alles noch mal zu überlegen und einen Rückzieher zu machen. Ich hab's mir ja schon halb gedacht. Es ist sowieso unverständlich, was sie an mir findet.«
»Ach was, Blister, das redest du dir nur ein. Du bist ein Pfundskerl, und ich schätze dich sehr.«
»Schon möglich, aber sieh dir mal mein Gesicht an.«
»Ich seh's mir ja an, Blister, und es ist ein markantes, offenes, ehrliches Gesicht. Vielleicht nicht schön, aber was ist schon Schönheit. Alles nur äußerlich. Wenn du mich fragst: So eine halbe Portion wie Prue kann sich glücklich schätzen, einen Mann wie dich zu kriegen.«
»Nenn sie gefälligst nicht ›halbe Portion‹!«
»Hör endlich auf, so zu tun, als ob sie die Königin von Saba wäre.«
»Das ist sie aber.«
»Wie bitte?«
»Na, jedenfalls beinahe.«

Es ging Freddie durch den Sinn, daß er es bei dem Versuch, seinen Freund zu beruhigen und aufzumuntern, vielleicht nicht ganz richtig angestellt hatte. Sie schwiegen beide, und Freddie nagte nachdenklich am Griff seines Schirms, während Bill, der von seinem Stuhl aufgesprungen war, als hätte er auf glühenden Kohlen gesessen, aufgeregt im Wartezimmer hin und her ging.

Nach einer Weile meldete sich Freddie wieder zu Wort, diesmal etwas zögernd.

»Sag mal, Blister, könnte es sein, daß jemand ihr etwas über dich erzählt hat?«
»Wie meinst du das?«
»Es gibt doch Leute, die einen bei seinem Mädchen anschwärzen. Irgendein Rindvieh hat zum Beispiel Aggie erzählt, daß ich mal mit meiner Kusine Veronica verlobt war, und seit-

her bekomme ich das immer wieder vorgehalten. Aggie ist wirklich eine liebe Frau – ein wahrer Engel, kann man sagen –, aber in diesem Punkt läßt sie nicht locker, so daß ich ein schweres Risiko eingehe, wenn ich Vee jetzt zum Geburtstag einen Anhänger schenke, auch wenn er nur ganz klein und bescheiden ist. Bestimmt hat jemand Prue etwas aus deinem Privatleben erzählt.«

»Aus meinem was?«

»Na, du verstehst schon. Künstler sind eben Künstler. Man hört doch so allerhand. Wüste Orgien im Atelier und so.«

»Red keinen Quatsch. Mein Gewissen ist ...«

»... rein?«

»Porentief rein.«

Freddie kaute wieder an seinem Schirmgriff.

»Wenn das so ist«, sagte er, »dann können wir meine Theorie fallenlassen. War auch nur so eine Idee. Wie spät hast du's?«

»Viertel vor eins.«

»Dann geht diese Uhr tatsächlich richtig. Ich fürchte, du mußt dich auf das Schlimmste gefaßt machen, Blister. Es sieht so aus, als käme sie nicht mehr.«

»Oh Gott!«

»Laß mich nachdenken«, sagte Freddie und knabberte erneut an seinem Schirm. »Es gibt nur eins«, fuhr er kurz darauf fort. »Ich sause jetzt zum Grosvenor Square, um rauszukriegen, was los ist, und du gehst inzwischen ins Barribault und wartest dort auf mich.«

Bill wurde blaß.

»Im Barribault?«

»Ich will dort jemand besuchen, den ich heute nachmittag nach Blandings mitnehme. Ich muß sehen, ob er transportfähig ist. Als ich ihn vor kurzem traf, war sein Verhalten sehr sonderbar. Die Art, wie er mir sagte, er werde zu Mittag nur Zwieback essen und Milch trinken, hat mich stutzig gemacht. Ich hatte den Eindruck, er wollte mich nur bluffen. Also warte in der Hotelhalle auf mich. Ich komme, so schnell es geht.«

»Nein, nicht in der Hotelhalle«, sagte Bill, den es bei diesem Gedanken grauste. In der Hotelhalle war er nämlich auf seinem Weg zum Ausgang einem livrierten Knaben begegnet, der aussah wie ein Thronerbe und ihm so einen kurzen, vernichtenden Blick zuwarf, wie ihn das Personal des Barribault vom Pikkolo aufwärts für Außenseiter der Gesellschaft parat hat, die sich versehentlich in das Hotel verirren. »Ich werde vor dem Eingang warten«, sagte er. Dort würde er zwar den Blicken des ruritanischen Ex-Königs ausgesetzt sein, aber das war nicht zu ändern.

Auf psychische Belastung reagieren die Menschen ganz unterschiedlich. Bei Bill, der sonst überall zu Fuß hinging, führte sie dazu, daß er mit einem Taxi zum Hotel Barribault fuhr, während Tipton Plimsoll, der sonst überall mit dem Taxi hinfuhr, sich entschloß zu laufen. Infolgedessen stand ersterer bereits vor dem Eingang des Hotels, als letzterer dort eintraf.

Bill war in Gedanken und bemerkte deshalb Tipton nicht. Aber Tipton bemerkte Bill. Er warf ihm einen kurzen Blick zu und wandte sich dann schnell ab, um eilig durch die Drehtür zu verschwinden. Der Ex-König von Ruritanien salutierte, als Tipton vorbeikam, und stellte dabei fest, daß er im Gesicht lindgrün war und am ganzen Körper zitterte wie Hausmachersülze.

Wenn zwei Männer allein auf engem Raum zusammen sind, dauert es meistens nicht lange, bis sie alle Standesunterschiede vergessen und zu fraternisieren beginnen. Die Stellung des Ex-Königs von Ruritanien vor dem Eingang des Hotels Barribault war zwar ebenso glanz- wie ehrenvoll, aber in Zeiten geringen Publikumsverkehrs war sein Leben doch etwas eintönig, so daß er sich durchaus einmal dazu herabließ, das Wort auch an gewöhnliche Sterbliche zu richten.

So verging auch diesmal nicht viel Zeit, bis er sich bereitfand, über die ausgebeulten Knie in Bills Hosen hinwegzusehen und leutselig zu bemerken, daß der Tag doch recht schön sei, woraufhin Bill, der inzwischen dringend menschlichen Mitgefühls bedurfte, erwiderte, daß der Tag in puncto Wetter sicherlich ganz passabel sei, aber in anderen wesentlichen Aspekten eine Menge zu wünschen übrig lasse.

Dann fragte er den Ex-König, ob er verheiratet sei, was dieser bejahte. Darauf erklärte Bill, daß er eigentlich mittlerweile auch verheiratet wäre, wenn seine Braut ihn nicht versetzt hätte, und dazu meinte der Ex-König, soviel Glück habe man nur einmal im Leben. Gerade hatte Bill den Ex-König gefragt, wie er sich denn das Ausbleiben der Braut erkläre, und der Ex-König hatte ihm schon eine Wette fünf zu eins angeboten, daß sie von einem Lastwagen überfahren worden sei, als ein Taxi mit quietschenden Bremsen hielt und Freddie ausstieg.

Freddie machte ein ernstes Gesicht. Er nahm Bill am Ärmel und zog ihn beiseite. Der Ex-König, erstaunt, daß Bill einen so gut gekleideten Herrn kannte, zwirbelte nachdenklich seinen Schnurrbart und murmelte »Donnerwetter!« Dann stand er wieder einfach da.

»Nun?« fragte Bill und packte Freddie aufgeregt am Arm.

»Au!« rief Freddie und wand sich. Wenn Männer von Bills Statur aufgeregt zupacken, fühlt sich das an wie der Biß eines Alligators, und das Gespräch mit dem Ex-König hatte Bill sehr aufgeregt.

»Hast du mit ihr gesprochen?«

»Nein«, sagte Freddie und rieb sich vorsichtig den Arm. »Und ich will dir auch sagen, warum nicht. Sie war nämlich nicht zu Hause.«

»Nein?«

»Nein.«

»Aber wo war sie denn?«

»In einem Taxi auf dem Weg zum Paddington-Bahnhof.«

»Warum um alles in der Welt wollte sie denn zum Paddington-Bahnhof?«

»Sie wollte nicht, sie fuhr gezwungenermaßen, bewacht von einem grimmigen Butler, der Anweisung von meiner Tante Dora hatte, sie in den Schnellzug nach Market Blandings zu verfrachten, Abfahrt zwölf Uhr zweiundvierzig. Und ich fürchte, mein lieber Blister, daß du dir das selber zuzuschreiben hast. Es wäre klüger gewesen, sie nicht zu Hause anzurufen und sie am Telefon ein süßes Häschen zu nennen; und wenn du es schon nicht lassen konntest, dann hättest du wenigstens so vorsichtig sein sollen, dich vorher zu vergewissern, daß du sie auch wirklich selbst an der Strippe hast und nicht ihre Mutter.«

»Oh mein Gott!«

»Tante Dora hat natürlich gleich Verrat gewittert. Als Prudence dann beim Verhör Ausflüchte machte, zog Tante Dora prompt einen noch schlimmeren Drachen zu Rate, nämlich meine Tante Hermione, die zur Zeit in Blandings zu Besuch ist. Tante Hermione hängte sich gleich heute früh ans Telefon und riet ihr abzuwarten, bis Prue nach dem Frühstück mit den Hunden Gassi ging. Diese Hunde«, sagte Freddie, »sind allesamt rachitisch. Zumindest werden sie es noch, wenn sie weiterhin Barren's Bello-Bissen bekommen. In Barren's Bello-Bissen, mein lieber Blister, fehlen nämlich einige der lebenswichtigsten Vitamine ... Au!«

Er brach ab, um seinen Arm erneut aus der stählernen Umklammerung von Bills Fingern zu befreien.

»Weiter, verdammt!« zischte Bill.

Seine Haltung war so drohend, daß Freddie, der mit seiner Kritik der minderwertigen Bello-Bissen noch längst nicht fertig war, beschloß, sich den größeren Teil seiner Ausführungen für einen günstigeren Zeitpunkt aufzuheben. Sein Gegenüber ähnelte jetzt einem Gorilla von leicht reizbarem Temperament, dem man eine Banane vorenthält. Wenn er plötzlich angefangen hätte, sich mit den Fäusten auf die Brust zu trommeln, wäre Freddie nicht besonders überrascht gewesen.

»Schon gut, schon gut«, sagte er beschwichtigend. »Ich kann dich ja verstehen. Du möchtest wissen, wie es weiterging. Also, um's kurz zu machen: Tante Hermione empfahl Tante Dora zu warten, bis Prue mit den Vierbeinern draußen wäre, um dann ihre Siebensachen nach verräterischen Schriftstücken zu durchstöbern. Das tat sie auch und wurde bald fündig. Sie entdeckte ein Bündel mit etwa fünfzig Briefen von dir, einer leidenschaftlicher als der andere und alle mit einem rosa Band zusammengehalten. Als Prue zurückkam, wurde sie ins Kreuzverhör genommen und mußte zugeben, daß sie etwas mit dir hat, und bei weiterer Befragung kam dann heraus, daß es dir an blauem Blut ebenso fehlt wie an Bargeld. Schon zehn Minuten später fing man unter Tante Doras Aufsicht an zu packen, während Prue bittere Tränen weinte.«

Bill raufte sich das Haar. Für einen Maler hatte er ziemlich kurzes Haar, aber ein wirklich verzweifelter Mann kann sich auch kurzes Haar raufen.

»Sie hat geweint? Dafür könnte ich ihre Mutter erwürgen!«

»Tante Dora ist ein Drachen«, nickte Freddie. »Aber du solltest erst mal meine Tante Constance kennenlernen, ganz zu schweigen von Tante Julia oder Tante Hermione, von der ich gerade sprach. Ja, so stehen die Dinge. Prue befindet sich auf dem Weg nach Blandings. Dazu muß man wissen, daß die jüngeren Mitglieder meiner Familie immer nach Blandings Castle geschickt werden, wenn sie sich in jemand verlieben, der nicht standesgemäß ist. Es ist so eine Art Insel der Verdammten. Ich erinnere mich noch sehr gut, wie ich meine Kusine Gertrude trösten mußte, als man sie dorthin verbannte, weil sie einen einfachen Landpfarrer heiraten wollte. Und wenn ich nicht schon dort gewohnt hätte, wäre ich bestimmt auch nach Blandings geschickt worden, als ich damals Aggie kennenlernte. Tja«, sagte Freddie, »man hat also die gute Prue aus dem Verkehr gezogen, und jetzt fragst du dich wahrscheinlich, was man da machen kann.«

»Ja«, sagte Bill, denn das war in der Tat die Frage, die ihn interessierte. Er warf seinem Freund einen hoffnungsvollen Blick zu, als erwarte er von ihm einen wohldurchdachten Schlachtplan, aber Freddie schüttelte den Kopf.

»Du brauchst mich gar nicht so anzusehen, Blister. Ich bin selber ratlos. Genauso fühle ich mich jedesmal, wenn mein Schwiegervater mich bei einer Konferenz anschaut. Mein Schwiegervater sieht aus wie ein römischer Imperator und hat die Angewohnheit, bei Konferenzen ungeduldig mit den Fingern zu trommeln und zu rufen: ›Los, los, ich warte auf Vorschläge!‹ Und mir fallen selten welche ein. Aber etwas habe ich doch unternommen. Prue sagte mir nämlich mal, daß Onkel Gally dein Patenonkel ist, und da habe ich ihn von unterwegs angerufen und gebeten, sich hier mit uns zu treffen. Wenn es einen gibt, der weiß, was man jetzt tun muß, dann ist er es. Der Mann steckt voller guter Ideen. Er wird wohl bald hier sein. Wenn mich meine trüben Augen nicht täuschen«, sagte Freddie, als ein Taxi vorfuhr, »ist er sogar schon da.«

Während der Ex-König von Ruritanien den Schlag aufhielt, kletterte ein gut aussehendes, modisch gekleidetes Herrchen von Mitte fünfzig behende aus dem Wagen und kam mit federnden Schritten auf die beiden zu, den Hut ein bißchen schräg auf dem Kopf und ein blitzendes, schwarz gerändertes Monokel im rechten Auge.

»Tag, Bill«, sagte er. »Komm mit rein und erzähle mal, wo dich der Schuh drückt. Freddie sagt, du hättest Probleme.«

Als er dann Bill herzlich die Hand schüttelte, sperrte der Ex-König von Ruritanien fassungslos die Augen auf, denn ihm kamen jetzt Zweifel an seiner Menschenkenntnis. Auch wenn er sich dazu herabgelassen hatte, mit Bill zu plaudern, hatte das doch nichts an seiner ursprünglichen Einschätzung geändert, daß es sich bei diesem um einen Außenseiter der Gesellschaft, wenn nicht gar um einen Künstler handelte. Und jetzt wurde dieser junge Taugenichts freundlich und per Handschlag von keinem Geringeren als dem berühmten Gally Threepwood höchstpersönlich begrüßt! Der Ex-König war tief betroffen und fragte sich, was nur aus seinem Urteilsvermögen geworden sei. Gally gehörte schließlich zur Prominenz, er war eine Berühmtheit in London und ein stets gern gesehener Gast in Varietés, auf Rennplätzen und in allen Restaurants, wo etwas los war. In gewissen Kreisen der Metropole war er bereits eine legendäre

Gestalt. Wenn Joe Louis, der braune Bomber, aus dem Taxi gestiegen wäre und Bill die Hand geschüttelt hätte, wäre der Ex-König nicht minder verblüfft gewesen.

Der Ehrenwerte Galahad Threepwood war das einzige wirklich namhafte Mitglied jener Familie, deren Oberhaupt Lord Emsworth war. Lord Emsworth hatte zwar einmal mit seinen Kürbissen einen ersten Preis gewonnen, und sein Schwein war, wie wir wissen, auf der Landwirtschaftsausstellung von Shropshire in der Klasse der Mastschweine zweimal mit der Silbermedaille ausgezeichnet worden, aber man konnte trotzdem kaum behaupten, daß er es zu öffentlichen Ehren und nationalem Ansehen gebracht habe. Gally dagegen hatte sich einen Namen gemacht. Es gab Männer in London – Buchmacher, Berufsspieler, Programmverkäufer auf Rennplätzen und so weiter –, denen Albert Einstein kein Begriff war, während sie den Namen Gally bestens kannten.

Das erste, was einem an Gally mit seinen siebenundfünfzig Jahren auffiel, war seine erstaunliche körperliche Frische. Wenn man bedenkt, was für ein Leben er geführt hatte, war er geradezu unverschämt fit. Selbst E. Jimpson Murgatroyd hätte zugeben müssen, daß er eine robuste Gesundheit besaß. Zu einer Zeit, als die meisten seiner Altersgenossen widerstrebend das Handtuch warfen und sich in die Bäder von Harrogate und Buxton zurückzogen, um ihre Gicht zu kurieren, hatte er munter weitergemacht und sich mit jedem Whisky-Soda zu neuen Höhen emporgeschwungen. Er hatte für sich das Rezept der ewigen Jugend entdeckt: die Karaffe nie aus der Hand stellen und nicht vor vier Uhr früh ins Bett gehen. Sein Auge war ungetrübt und seine Kräfte ungebrochen, sein goldenes Herz hatte er auf dem rechten Fleck, und er war überall beliebt außer bei seiner weiblichen Verwandtschaft.

Während der Ex-König vierzigmal hintereinander salutierte, als sei er eine Aufziehpuppe mit Uhrwerk, ging Gally voran durch die Drehtüre und ließ sich mit seinen Begleitern an einem Tisch in der Hotelhalle nieder. Nach dem strahlenden Begrüßungslächeln war sein Gesicht jetzt ernst und nachdenklich. Viel hatte Freddie ihm am Telefon nicht erzählt, aber es hatte genügt, um ihm klarzumachen, daß es größere Schwierigkeiten bei der Verwirklichung der Heiratspläne dieses jungen Mannes gab, den er ins Herz geschlossen hatte wie einen Sohn. Diesen Bill hatte er schon immer gern gehabt. Er konnte sich noch erinnern, wie er den Zehnjährigen einmal beiseitegenommen und ihm drei Schilling in die Hand gedrückt hatte, wobei er ihm verschwörerisch flüsternd einschärfte, das Geld auf Bounding Bertie um Drei-Uhr-Rennen von Plumpton zu setzen. Und er dachte noch gerne daran zurück, daß Bounding Bertie dann mit drei Längen Vorsprung gewonnen und ihm in der Siegerwette ein hübsches Sümmchen eingebracht hatte.

»Also«, fragte er, »wo brennt's denn?«

Die Lagebeschreibung, die Freddie Bill gegeben hatte, war, wie wir wissen, knapp aber präzise gewesen. Als er sie jetzt wiederholte, war auch der Ehrenwerte Galahad von der Prägnanz seines Reports beeindruckt. Er nickte von Zeit zu Zeit, und als der Bericht abgeschlossen war, bemerkte er, daß das ja eine schöne Bescherung sei. Sowohl Bill als auch Freddie stimmten ihm zu.

»Man hat sie also nach Blandings abgeschoben?« sagte der Ehrenwerte Galahad und nahm sein Monokel heraus, um es gedankenvoll zu putzen. »Es ist doch immer dieselbe Geschichte. Vor vielen Jahren – ihr wart noch gar nicht auf der Welt, Jungs – da haben sie auch mich ins Exil nach Blandings geschickt, um zu verhindern, daß ich Dolly Henderson heiratete, weil sie im Varieté auftrat.« Er saß ein Weilchen versonnen da und dachte an die alten Zeiten, denn diese Geschichte war die große Tragödie seines Lebens gewesen. Dann gab er sich einen Ruck und wandte sich wieder der Gegenwart zu. »Es ist doch völlig klar, was du zu tun hast, Bill. Du kannst unmöglich zulassen, daß das arme Kind, umringt von einer Meute wilder Tanten, mutterseelenallein dasitzt und sich die Augen ausweint. Du mußt auch nach Blandings gehen.«

Obwohl Freddie sonst die größte Hochachtung vor diesem cleveren Anverwandten hegte, schüttelte er jetzt zweifelnd den Kopf.

»Aber hör mal, Onkel Gally, die würden ihn doch hochkant hinausschmeißen, sobald er nur einen Fuß über die Schwelle setzte.«

»Wer sagt denn was von Fuß über die Schwelle setzen? Ich habe mich anscheinend nicht klar genug ausgedrückt. Als ich Blandings sagte, meinte ich natürlich Market Blandings. Kauf dir eine Fahrkarte nach Market Blandings, Bill, und nimm dir ein Zimmer im Emsworth Arms Inn. Der Gasthof wird dir gefallen. Haben gutes Bier dort. Vielleicht bedient noch derselbe Kellner wie im letzten Sommer. Netter Kerl. Heißt Herbert. Guter Freund von mir. Wenn du ihn siehst, sag ihm, ich lasse grüßen.«

Freddie kapierte immer noch nicht.

»Worauf willst du denn hinaus? Was soll Blister im Emsworth Arms Inn?«

»Sein Standquartier einrichten. Er muß schließlich irgendwo schlafen. Tagsüber wird er natürlich auf dem Schloß sein und das Schwein malen.«

»Das Schwein malen?«

»Ach so, das habe ich vergessen zu erwähnen. Deine Tante Dora sagte mir neulich, dein Vater habe ihr geschrieben und sie gebeten, einen Maler zu besorgen, der sein Schwein porträtiert.«

»Oho!«

»Ja, und Dora hat diesen Wunsch natürlich genausowenig ernst genommen, wie es alle meine Schwestern getan hätten. Sie hat sich darüber mokiert und ansonsten nichts in der Angelegenheit unternommen, außer Clarence indigniert zu schreiben, er solle sich gefälligst nicht lächerlich machen. Infolgedessen ist bisher kein Maler beauftragt worden. Jetzt wirst du diesem dringenden Bedürfnis nach einem Schweinsporträt abhelfen. Wie findest du das?«

»Toll!« sagte Bill.

»Ich hab' dir ja gesagt, er ist Klasse«, sagte Freddie.

»Ich hoffe, daß Clarence meinen Kandidaten akzeptieren wird.«

Freddie beeilte sich, alle diesbezüglichen Zweifel zu zerstreuen.

»Keine Sorge, Onkel Gally. Du brauchst nur dem alten Herrn zu telegrafieren, daß du ihm einen Maler schickst. Alles andere erledige ich. Ich fahre noch heute nachmittag nach Blandings, und ich garantiere dir, daß ich ihm Blister angedreht habe, noch ehe es dunkel ist. Für einen wie mich, der schon einige der schwierigsten Kunden Amerikas überredet hat, Donaldson's Hundeglück zu kaufen, stellt der alte Herr kein Problem dar. Er wird wie Wachs in meinen Händen sein. Du kannst doch hoffentlich Schweine malen, Blister? Gut, dann nimm den nächsten Zug, quartiere dich im Emsworth Arms Inn ein und warte, bis ich mich melde. Und vergiß nicht, Farben, Pinsel, Leinwand, Staffelei und so weiter mitzunehmen.«

Er verstummte, als er merkte, daß Bill ihm gar nicht mehr zuhörte. Bill bedankte sich nämlich gerade überschwenglich bei Gally, und dieser sagte »Aber nicht doch, mein Junge, nicht der Rede wert« und fügte hinzu, er freue sich, daß er habe helfen können.

»Ich bin überzeugt«, sagte er, »daß du bald eine Gelegenheit finden wirst, dich mit Prudence aus dem Staub zu machen und die Hochzeitsvorbereitungen dort fortzusetzen, wo sie unterbrochen wurden. Hast du schon die Ringe? Schön, dann steck sie gut ein, und wenn sich eine Chance bietet, verschwindet ihr beiden und werdet ein Paar. Siehst du irgendwelche Schwierigkeiten?«

»Nein«, sagte Bill.

»Nur eine«, sagte Freddie. »Es tut mir leid, Blister. Ich wäre gern in deiner Nähe geblieben, um väterlich über dich zu wachen, aber es geht nicht. Ich muß bei der Hautevolee in der Umgebung einige Geschäftsbesuche machen, und zwar gleich. Morgen werde ich bereits irgendwo in Cheshire erwartet.«

»Macht nichts«, sagte Bill. »Ich komme schon zurecht.«

Dieser leichtfertige Optimismus schien Freddie nicht zu behagen.

»Das sagst du so«, meinte er ernst. »Aber wirst du wirklich zurechtkommen? Auf dich kommt allerhand zu.«

Der Ehrenwerte Galahad nickte.

»Du hast recht. Da wäre das Problem mit dem Namen.«

»Richtig. Als man ihr die Daumenschrauben anlegte, hat Prue als erstes gestanden, daß ihr Herzliebster William Lister heißt. Es ist also besser, du nennst dich Messmore Breamworthy.«

»Unmöglich!« protestierte Bill. »So einen Namen gibt es doch gar nicht.«

»Zufällig heißt einer meiner Kollegen bei Donaldson's Inc. so. Deshalb kam ich ja darauf.«

»Messmore Breamworthy«, entschied der Ehrenwerte Galahad, »klingt vorzüglich. Und nun kommen wir zur wichtigen Frage der Maskierung.«

»Maskierung?«

»Sie ist meines Erachtens unerläßlich. Es kann nie schaden, sich zu maskieren. Mein alter Freund Fruity Biffen tut das schon seit Jahren jedesmal, wenn er aus dem Haus geht. Sein Verhältnis zu den Londoner Buchmachern ist leider sehr angespannt.«

Freddie pflichtete ihm bei.

»Du mußt dich unbedingt maskieren, Blister.«

»Aber wozu denn? Dort kennt mich doch niemand.«

»Möglicherweise hat Tante Dora ein Foto von dir gefunden und es Tante Hermione geschickt.«

»Prue besitzt nur ein Foto von mir, und das trägt sie immer bei sich.«

»Und was ist, wenn Tante Hermione sie bei ihrer Ankunft bis aufs Hemd filzt?«

»Du mußt mit allem rechnen«, bestätigte der Ehrenwerte Galahad. »Ich rate dir zu einem falschen Bart. Ich besitze einen, den ich dir leihen könnte. Fruity Biffen hat ihn sich zwar neulich ausgeborgt, um zum Rennen in Hurst Park gehen zu können, aber ich werde ihn mir wiederholen.«

»Ich werde mir doch keinen falschen Bart ankleben!«

»Überleg es dir gut. Er ist dunkelblond und wirkt sehr fesch. Fruity sah damit aus wie ein Assyrerkönig.«

»Niemals!«

»Ist das dein letztes Wort?«

»Jawohl. Ich klebe mir keinen falschen Bart an. Ich bin dir zwar sehr dankbar, daß du mir helfen willst...«

»Nicht der Rede wert. Du bist doch schließlich mein Patensohn. Außerdem hat deine Mutter mir zuliebe mal eines Abends nach dem Essen eine zweihundert Pfund schwere Hantel gestemmt, nur um mir eine Freude zu machen. So was verpflichtet einen doch. Also, wenn du eine so unüberwindliche Abneigung gegen falsche Bärte hast, wollen wir nicht mehr davon reden. Aber ich finde, daß du ein großes Risiko eingehst. Mach mir nur später keine Vorwürfe, wenn meine Schwester Hermione dir hinter einem Strauch auflauert und dich mit ihrem Schirm verdrischt. Wenn du keinen falschen Bart willst – bitte, dann vergessen wir's. Aber sonst bleibt alles wie besprochen, ja?«

»Unbedingt.«

»Gut. Ich muß jetzt gehen. Bin mit einem Hochstapler zum Essen verabredet.«

»Und ich«, sagte Freddie, »will mal nach oben gehen und nach dem Burschen sehen, von dem ich sprach. Hoffentlich hängt er nicht an der Flasche und läßt sich vollaufen.«

Diese Sorge war unnötig. In seinem Zimmer im dritten Stock spülte Tipton Plimsoll soeben einen stärkenden Zwieback mit einem Glas Milch herunter, wie er es versprochen hatte.

Von Zeit zu Zeit setzte er das Glas ab und sah blitzschnell über seine Schulter. Dann wandte er sich jedesmal erleichtert aufatmend wieder dem Gesundheitstrank zu.

4

Für die Fahrt vom Bahnhof Paddington nach Market Blandings benötigt der Schnellzug etwa drei Stunden und vierzig Minuten. Prudence Garland, die vom Butler ihrer Mutter auftragsgemäß in den Zug um zwölf Uhr zweiundvierzig verfrachtet worden war, erreichte daher ihr Reiseziel kurz vor fünf, gerade rechtzeitig, um am Fünfuhrtee teilzunehmen und sich dann erst einmal richtig auszuweinen.

Eine Braut, die man am Morgen ihrer Hochzeit ihrem Bräutigam entrissen hat, ist selten eine gute Unterhalterin, und Prudence war da keine Ausnahme. Gewiß, ein Mann wie Tipton Plimsoll, der inzwischen eine ziemliche Abneigung gegen Bills Gesicht hegte, hätte sich vielleicht gefragt, ob es wirklich so ein Unglück sei, wenn man einen Mann mit einer derartigen Visage nicht heiraten dürfe, aber sie sah das anders. Sie machte keinen Hehl daraus, daß ihre Situation sie deprimierte, und so, wie sie jetzt dreinsah, hätte sie sogar beim wildesten Pariser Atelierfest gedrückte Stimmung verbreitet.

Daher ist es nicht verwunderlich, daß Tipton, als er etwa eine Stunde später mit Freddie im Auto eintraf, vom Familiensitz der Emsworths im ersten Augenblick einen Eindruck von Trübsinn und Melancholie erhielt. Obwohl Prudence zur Zeit gar nicht anwesend war, da sie mit ihrem gebrochenen Herzen einen Spaziergang machte, hing die düstere Stimmung immer noch in allen Winkeln des Hauses wie der Geruch von Kohlsuppe. Tipton war mit den Werken Edgar Allan Poes nicht vertraut, und deshalb hatte er auch noch nie vom Fall des Hauses Usher gehört, aber einem beleseneren Mann wäre es sicherlich so vorgekommen, als habe er soeben dieses leidgeprüfte Haus betreten.

Besonders Lord Emsworth wirkte kummervoll. Er war ein gutmütiger Mensch, und deshalb schmerzte es ihn jedesmal, wenn eine seiner zahlreichen Nichten in Blandings einsitzen mußte, weil sie sich mit Leidenschaft, aber ohne Standesbewußtsein in einen jungen Mann verliebt hatte; und hinzu kam, daß Prudence, während sie trübselig in ihrer Teetasse rührte, mit zitternder Stimme gesagt hatte, da ihr Leben nun seinen Sinn verloren habe, werde sie sich künftig wohltätigen Aufgaben widmen.

Was das bedeutete, konnte er sich vorstellen. Es bedeutete, daß in seinem Arbeitszimmer mal wieder aufgeräumt würde. Zwar hatte das Mädchen eigentlich nur gesagt, sie wolle sich um den Kindergarten drüben in Blandings Parva kümmern, aber er ahnte, daß es dabei nicht bleiben würde. Eine Frau, die Kindergärten inspiziert, macht sich auch im Haushalt zu schaffen, und von da bis zum Aufräumen eines Arbeitszimmers ist es dann nur noch ein kleiner Schritt.

Er erinnerte sich, wie seine Nichte Gertrude, die zu einem Aufenthalt in Blandings vergattert worden war, weil sie einen einfachen Landpfarrer heiraten wollte, eine geradezu unausstehliche Ordnungsliebe entwickelt hatte; und er hatte allen Grund zu befürchten, daß Prudence, sobald sie sich eingewöhnt hatte, die diesbezüglichen Exzesse ihrer Kusine wiederholen und womöglich sogar überbieten würde. Sicherlich genügte ihr der Kindergarten vorläufig als Betätigungsfeld für ihre wohltätigen Absichten, aber eine innere Stimme sagte Lord Emsworth, daß das nur der Anfang von etwas weit Schlimmerem sein konnte.

Nimmt man zu diesen Schrecknissen noch die Tatsache hinzu, daß der Anblick seines jüngeren Sohnes Frederick die übliche Wirkung auf diesen empfindsamen Peer hatte, dann kann man verstehen, weshalb dieser während der Begrüßung Tipton Plimsolls durch das Empfangskomitee zusammengesunken und zitternd in einer Ecke kauerte und sein Gesicht in den Händen begrub, ohne sich an der Konversation zu beteiligen. Man kann zwar nicht sagen, daß der perfekte Gastgeber es genauso gemacht hätte, aber man kann Lord Emsworth verstehen.

Die nicht minder offenkundige Verzweiflung Colonel Wedges und seiner Gattin, Lady Hermione, war nur teilweise der von Prudence verbreiteten Katerstimmung zuzuschreiben. Ihr Lebensglück wurde noch durch ein anderes tragisches Ereignis verdunkelt. Ausgerechnet an diesem Tag nämlich, als es so sehr darauf ankam, daß ihre Tochter sich bei jungen Millionären von ihrer schönsten Seite zeigte, war Veronica von einer Mücke in die Nasenspitze gestochen worden, was ihre strahlende Schönheit um circa sechzig bis siebzig Prozent minderte.

Man hatte zwar alles Menschenmögliche getan und, dem Rat des Apothekers im Ort folgend, »Mugg's Mück-O-Lind« aufgetragen, aber dennoch hatten ihre Eltern ebenso wie Lord Emsworth ein Stimmungstief, so daß Tipton sich schon bald fragte, ob seine Befreiung von dem bewußten Gesicht mit einem Aufenthalt in dieser adligen Familiengruft nicht doch zu teuer erkauft sei. Deshalb empfand er die Erleichterung eines Belagerten beim Klang der Trompeten des Entsatzheeres, als er den Gong vernahm, der zum Umziehen fürs Abendessen aufrief, denn das bedeutete, daß er die nächste halbe Stunde für sich allein haben würde.

Das war um halb acht. Um fünf Minuten vor acht machte er sich widerstrebend auf den Weg in den Salon. Und dann, um drei vor acht, wurde alles mit einem Schlag anders. Die trübe Stimmung war plötzlich wie weggeblasen, es wurde hell um ihn her, süße Sphärenklänge ertönten, und der Duft von Rosen und Lavendel lag in der Luft.

»Meine Tochter Veronica«, sagte eine Stimme, und Tipton Plimsoll stand da und schwankte leicht, während seine Augen hinter der Hornbrille immer größer wurden.

Von dem Menschen Mugg wissen wir nichts. Ob er ein guter Familienvater, ein Tierfreund und ein geachteter Mitbürger war, vermögen wir mangels gesicherter Erkenntnisse nicht zu sagen. Muggs Talent als Hersteller von Heilmitteln dagegen steht außer Zweifel. Mit seinem »Mück-O-Lind« war er der Konkurrenz haushoch überlegen.

Wie Veronica Wedge so dastand und Tipton Plimsoll mit ihren großen Augen ansah wie ein Kälbchen, das über den Zaun hinweg ein Büschel Gras ansieht, wäre man nie auf den Gedanken gekommen, daß noch vor wenigen Stunden das Näschen unterhalb dieser Augen von einer Größe und Form war, als wäre W. C. Fields ihr Bruder. Mr. Mugg hatte mit seinen magischen Kräften dieser Nase ihre vollkommene Schönheit wiedergegeben. Hut ab vor Mr. Mugg, kann man da nur sagen.

»Meine Nichte Prudence«, fuhr die Stimme fort, die jetzt durch rosa Schleier zu ihm drang, begleitet vom Wohlklang diverser Harfen, Lauten und Schalmeien.

Für Nichten namens Prudence hatte Tipton kaum einen Blick übrig. Er nahm nur flüchtig wahr, daß es sich bei dieser um ein blauäugiges Persönchen in offenbar bester Stimmung handelte, bevor er seine ganze Aufmerksamkeit wieder Veronica zuwandte. Und je aufmerksamer er sie ansah, desto mehr erschien sie ihm wie speziell für ihn geschaffen. Tipton Plimsoll hatte sich verliebt, und zwar, wie ihm jetzt klar wurde, diesmal richtig. Er merkte, daß das, was er im Falle von Doris Jimpson und vielleicht noch einem Dutzend anderen für leidenschaftliche Liebe gehalten hatte, nur eine schwache Imitation gewesen war, vergleichbar jenen wirkungslosen Präparaten, vor denen Mr. Mugg seine Käufer zu Recht warnt.

Er starrte sie noch immer mit unverminderter Aufmerksamkeit an, als man zu Tisch bat.

Das Abendessen in englischen Landsitzen erweist sich leider nur zu oft als eine öde, wenig unterhaltsame Angelegenheit, denn wenn die Angehörigen der englischen Aristokratie einen Fehler haben, dann ist es der, daß sie bei Tisch ihr Essen meist stumm und geistesabwesend in sich hineinfuttern, ohne sich dabei um anregende Konversation und heitere Gastlichkeit zu scheren. An diesem Abend aber herrschte im Kleinen Speisesaal von Blandings Castle eine gänzlich andere Atmosphäre. Es ist kaum übertrieben, wenn man die Stimmung an der Tafel als ausgelassen und fidel bezeichnet.

Es war nämlich der Aufmerksamkeit von Colonel Egbert und Lady Hermione Wedge nicht entgangen, welchen Eindruck die Reize ihres Kindes auf den vermögenden Gast des Hauses gemacht hatten. Und dem Kind war dies gleichfalls nicht entgangen. Die Stimmung dieser drei läßt sich etwa mit der eines Pokerspielers vergleichen, der ein Full House in der Hand hält.

Und was die anderen betrifft, so war Prudence, die kurz vor dem Gang zum Essen von Freddie in die Pläne ihres Vielgeliebten eingeweiht worden war, lustig wie eine Lerche. Freddie, der stets gerne mit seinen Ex-Verlobten zusammentraf, freute sich, Veronica wiederzusehen, und gab allerlei Wissenswertes über Hundekuchen zum besten. Lord Emsworth hatte erfahren, daß Prudence sich das mit den wohltätigen Aufgaben inzwischen anders überlegt hatte, und war deshalb munter und vergnügt – was jeder diesem vortrefflichen Edelmann von Herzen gönnen wird. Wenn er sich an dem Austausch geistreicher Scherze, die über die Tafel hin und her flogen, dennoch kaum beteiligte, so hatte das nichts mit Launenhaftigkeit zu tun, sondern damit, daß es ihm gelungen war, unbemerkt von seiner Schwester ein Buch über Schweinezucht hereinzuschmuggeln, in dem er jetzt heimlich unterm Tisch schmökerte.

Der Aufgekratzteste in dieser heiteren Runde war aber Tipton Plimsoll. Weder sein zwangsweiser Verzicht auf Alkohol noch die Tatsache, daß man ihm als Ehrengast den Platz neben der gebieterischen Gestalt der Hausherrin zugewiesen hatte, vermochten das Brillantfeuerwerk seiner Bonmots zu beeinträchtigen. Ab und zu streifte sein Blick Veronica, und das schien ihn jedesmal zu neuen Geistesblitzen zu inspirieren.

Er war es, der die schlagfertigsten Antworten gab. Er war es, der die amüsantesten Anekdoten erzählte. Er war es, der den Anwesenden die Zeit zwischen Suppe und Fischgericht damit vertrieb, daß er ein volles Weinglas geschickt auf einer Gabel balancierte. Mit anderen Worten, er war eine Zeitlang die Seele des Ganzen.

Er war es, wie gesagt, eine Zeitlang – genauer gesagt, bis zu dem Augenblick, als man das Zwischengericht servierte. Da wurde dieser Bruder Lustig mit einemmal merkwürdig still, und er wies das Zwischengericht mit theatralischer Geste zurück. Irgendwas stimmte nicht mit Tipton Plimsoll.

Die Sache war die, daß er bei einem neuerlichen Blick in Richtung Veronica zu seinem atemstockenden Entsetzen beobachtet hatte, wie sie Freddie einen schelmischen Klaps auf die Hand gab und dabei sagte, er solle das endlich lassen. Dieser Anblick war ihm durch und durch gegangen und hatte seine Innereien in Knoten geschlungen.

Ihm war schon vor einer Weile aufgefallen, daß die beiden sich anscheinend verflixt gut verstanden, aber er hatte sich um Toleranz bemüht und sich gesagt, mit einer gewissen Kameradschaftlichkeit zwischen Cousin und Cousine müsse man eben rechnen. Dieser Klaps auf die Hand war nun aber ganz etwas anderes. Das hatte mit gutem verwandtschaftlichen Einvernehmen überhaupt nichts mehr zu tun. Er war ein leicht erregbarer Mann, und die Eifersucht ergriff jetzt Besitz von ihm.

»Nein, danke«, sagte er deshalb abweisend zu dem Bediensteten, der ihn für die Geflügelleberpastete zu interessieren versuchte.

Er konnte ja nicht wissen, daß es für den Klaps, den Veronica Freddie auf die Hand gegeben hatte, eine völlig harmlose Erklärung gab. Freddie hatte ihr nämlich bloß vertraulich zugeraunt, Donaldson's Hundekuchen seien so wohlschmeckend, daß sie sich sogar für den menschlichen Verzehr eigneten. Daraufhin hatte sie ihm als sensible junge Dame einen schelmischen Klaps auf die Hand gegeben und gesagt, er solle das endlich lassen.

Tipton aber, dem diese Einzelheiten nicht bekannt waren, kochte innerlich und verfiel in finsteres Schweigen. Das machte Lady Hermione große Sorgen, so daß sie unverzüglich nach der Ursache forschte. Sie folgte seinen Seitenblicken, erfaßte sofort die Lage und beschloß, sich nach dem Essen einmal Freddie vorzuknöpfen. Außerdem nahm sie sich vor, mit ihrer Tochter ein Wörtchen zu reden.

Letzteres tat sie, sobald sich die Damen vom Tisch erhoben hatten, um die Herren bei einem Glas Portwein allein zu lassen. Und sie tat es so erfolgreich, daß das erste, was Tipton beim Betreten des Salons zu Gesicht bekam, Veronica Wedge war, die sich einen flauschigen Umhang um ihre hübschen Schultern gelegt hatte.

»Mama meinte, Sie würden sich vielleicht gerne den Garten bei Mondlicht ansehen«, sagte sie in ihrer unumwundenen Art.

Eben war Tipton das Leben noch schal und leer vorgekommen, denn nicht genug damit, daß er Zeuge geworden war, wie das Mädchen seines Herzens einem anderen Mann einen Klaps auf die Hand gab; er hatte auch noch unter Qualen zusehen müssen, wie sein Gastgeber, der Sohn seines Gastgebers und der Schwager seines Gastgebers ein Glas Portwein nach dem anderen leerten, ohne daß er sich beteiligen durfte. Bei diesen Worten aber ertönten wieder süße Sphärenklänge, und der Raum füllte sich mit dem Duft von Rosen und Lavendel. Und was den rosa Schleier betrifft, der war so dicht, daß er kaum hindurchsehen konnte.

Er schnaufte aufgeregt. »Ob ich das würde?«

»Würden Sie denn?«

»Und ob ich das würde!«

»Reichlich kühl draußen«, sagte Freddie kritisch. »Mich brächten keine zehn Pferde in diesen dämlichen Garten. Ich rate euch, bleibt hier im Warmen. Wie wär's mit 'ner Partie Backgammon, Vee?«

Es geht doch nichts über die feinen Manieren des Adels. Lady Hermione Wedge sah vielleicht aus wie eine Köchin, aber in ihren Adern floß dennoch das Blut von hundert Earls. Deshalb unterdrückte sie das plötzlich in ihr aufsteigende Verlangen, ihrem Neffen mit dem nächstbesten stumpfen Gegenstand eins über seinen Holzschädel zu braten.

»Es ist keineswegs kühl draußen«, sagte sie. »Die Sommernacht ist wunderschön und mild. Sie werden nicht einmal Ihren Hut brauchen, Mr. Plimsoll.«

»Nicht mal die kleinste Andeutung eines winzigen Hütchens«, bestätigte Tipton überschwenglich. »Gehen wir!«

Er verließ den Raum mit seiner hübschen Begleiterin durch die Terrassentür, und dann wandte sich Lady Hermione Freddie zu.

»Freddie!« sagte sie.

Ihre Stimme klang scharf und energisch wie die Stimme einer Tante, die im Begriff ist, die Ärmel hochzukrempeln, in die Hände zu spucken und dann ihren Neffen in die Mangel zu nehmen.

Etwa zur selben Zeit saß Bill Lister drüben in Market Blandings im Garten des Emsworth Arms Inn angenehm entspannt in einem Liegestuhl, nachdem er ausgiebig zu Abend gegessen hatte, und starrte zum Mond hinauf, wobei er an Prudence dachte.

Da ging es ihm durch den Sinn, daß es an einem Abend wie diesem doch schön wäre, die zwei Meilen zum Schloß zu laufen und ein Weilchen unter ihrem Fenster Wache zu halten.

Dieser erste romantische Mondscheinspaziergang von Tipton Plimsoll und Veronica Wedge stellt den Chronisten vor ähnliche Probleme wie das Wiedersehen zwischen Freddie Threepwood und Bill Lister. Natürlich könnte er ihre Unterhaltung Wort für Wort wiedergeben, aber es ist fraglich, ob das den anspruchsvollen Leser, an den er sich ja wendet, wirklich fesseln, erbauen und bereichern würde. Es scheint deshalb klüger, die weitere Entwicklung der Dinge nur in großen Zügen darzustellen.

Tipton begann mit der treffenden Feststellung, daß der Garten bei Mondschein wirklich hübsch aussehe, worauf Veronica »Ja, nicht wahr?« sagte. Dann ergänzte er das mit der Bemerkung, daß Gärten immer irgendwie hübscher aussähen, wenn der Mond scheine ... oder so ... als wenn ... sagen wir mal ... der Mond nicht scheint, und darauf sagte Veronica: »Ja, nicht wahr?« Bis dahin hätte ihr Gedankenaustausch auch Cäsar und Kleopatra alle Ehre gemacht. Aber nun blieb bei Tipton plötzlich die Inspiration aus, und es entstand eine längere Pause.

Tipton Plimsoll gehörte nämlich zu jener Sorte von jungen Männern, die zwar mit Hilfe von ein paar Promille eine ganze Runde gleichaltriger und gleichgesinnter junger Herren, denen sie die Getränke bezahlen, amüsant unterhalten können, die aber leicht verstummen, wenn sie mit einer jungen Dame allein sind. Und bei dem Mädchen, mit dem er jetzt ganz allein auf der großen, vom Mond beschienenen Terrasse war, ging es ihm erst recht so. Seine große Liebe, ihre überwältigende Schönheit und die Tatsache, daß er zum Abendessen nur Limonade getrunken hatte, führten gemeinsam dazu, daß ihm die Worte wegblieben.

Nach einer Weile sagte Veronica, um das Gespräch wieder in Gang zu bringen, sie sei am Nachmittag von einer Mücke in die Nase gestochen worden. Tipton war erschüttert und versicherte ihr, er habe Mücken noch nie leiden können. Veronica erklärte, daß auch sie keine Mücken leiden könne, aber die seien ja immer noch besser als Zecken. Ja, sagte Tipton, oh ja, unbedingt, viel besser als Zecken. Gegen Schnecken habe sie aber nichts, meinte Veronica, und Tipton pflichtete ihr bei, daß Schnecken alles in allem prima Tierchen seien. Auch über Schnucken waren sie sich einig und vertraten beide die Ansicht, daß diese nicht nur wollig, sondern auch drollig aussähen.

Nachdem auf diese Weise das Eis erst mal gebrochen war, plätscherte die Unterhaltung mühelos dahin, bis Veronica dann sagte, sie sollten jetzt vielleicht lieber wieder hineingehen. »Schon?« fragte Tipton, und Veronica meinte »Es ist wohl besser«, und darauf sagte Tipton »Na schön, wenn's sein muß.« Sein Herz klopfte wild, als er sie zum Salon begleitete. Es gab jetzt für ihn keinen Zweifel mehr daran, daß dieses Mädchen und er füreinander bestimmt waren. Er fand es einfach überwältigend, daß zwei Menschen in ihren Ansichten so weitgehend harmonieren konnten – über Mücken, Zecken, Schnecken, Schnucken ... praktisch über alles. Und was den Vorfall bei Tisch betraf, so war er inzwischen bereit, darüber hinwegzusehen. Ihm war zwar tatsächlich so gewesen, als habe sie Freddie eins auf die Pranke gegeben, aber vielleicht war ihr die Hand einfach nur ausgerutscht.

Seine Hochstimmung hielt den ganzen langen Abend an, während man gemütlich beisammen saß, und er fühlte sich die ganze Zeit so, wie er sich sonst erst nach anderthalb Flaschen fühlte. Infolgedessen trank er, als um halb elf der Gute-Nacht-Whisky samt Zutaten auf einem Tablett hereingebracht wurde, seine Limonade, ohne mit der Wimper zu zucken. Er war erstaunt, daß Freddie und Colonel Wedge überhaupt den Wunsch nach etwas Höherprozentigem verspürten.

Um elf Uhr gab Lady Hermione das Zeichen zum allgemeinen Schlafengehen, und um zehn nach elf befand sich Tipton in seinem Zimmer im zweiten Stock und betrachtete von dort den Mond. Er war noch immer ganz erfüllt von der seltsam fieberhaften Erregung, die junge Männer überkommt, wenn sie zum erstenmal ein weibliches Wesen kennenlernen, dem sie sich seelenverwandt fühlen.

Es war ihm nicht möglich, sich in dieser Gemütsverfassung schlafen zu legen, und wie er den Mond so ansah, schien dieser ihm aufmunternd zuzunicken.

Fünf Minuten später öffnete er die Terrassentür im Salon und trat hinaus ins Freie.

Gleich darauf hörte er eine Stimme »Ach du meine Güte!« sagen und bemerkte Lord Emsworth dicht neben sich.

In Augenblicken großer Erregung pflegte Lord Emsworth jedesmal der Kneifer von der Nase zu fallen und dann an seinem Band wild hin und her zu schlenkern. Als er nun eine Gestalt bemerkte, die auf leisen Sohlen aus der Terrassentür des Salons geschlichen kam, passierte es wieder, denn er war überzeugt, daß es sich bei der Gestalt nur um einen Einbrecher handeln konnte. Dann sagte er sich aber, daß Einbrecher doch in Häuser eindringen und nicht aus ihnen herauskommen. Beruhigt angelte er daraufhin wieder nach seinem Kneifer und installierte ihn auf seinem alten Platz.

Nun sah er, daß es sich bei der fraglichen Gestalt tatsächlich nicht um einen nächtlichen Dieb handelte, sondern um seinen Gast namens Popkins oder Perkins oder Wilbraham ... der genaue Name fiel ihm nicht ein.

»Ach, Mr. Äh ...«, sagte er freundlich.

Im allgemeinen machte sich der Schloßherr von Blandings Castle nicht viel aus jüngeren Leuten. Man kann sogar behaupten, daß er sich immer dann besonders flink und behende bewegte, wenn es galt, ihnen aus dem Weg zu gehen. Aber an diesem Abend brachte er der ganzen Menschheit ohne Ausnahme größtes Wohlwollen entgegen.

Dazu hatte natürlich Prudences Sinneswandel beigetragen, aber der wichtigste Grund war, daß sein Sohn während des Gesprächs beim Portwein erwähnt hatte, er werde sich diesmal im Gegensatz zu früheren Besuchen nicht auf unbestimmte Zeit in Blandings Castle einnisten, sondern das Schloß nur als Operationsbasis für seine Werbekampagnen in der Umgebung benutzen. Shropshire und die angrenzenden Grafschaften sind ja besonders reich an Grundbesitzern mit wohlbestückten Hundezwingern, und es war Freddies Absicht, bei diesen Herrschaften Stippvisiten zu machen und manchmal bei ihnen über Nacht zu bleiben, manchmal aber auch diesen Unglücklichen ein paar Tage Gesellschaft zu leisten.

Bei dieser Nachricht hätte jedes Vaterherz höher geschlagen, und Lord Emsworths Verhalten war jetzt dementsprechend herzlich und zuvorkommend.

»Machen sicher einen kleinen Abendspaziergang, wie, Mr. Öh...?«

Tipton bejahte das und fügte erklärend hinzu, daß die Nacht ja so wunderschön sei.

»Herrlich«, nickte Lord Emsworth, und da er sich gerne klar und unmißverständlich ausdrückte, wiederholte er: »Herrlich, herrlich, herrlich, herrlich. Da ist auch der Mond«, sagte er dann und wies seinen jungen Freund mit einer Handbewegung auf diese zusätzliche Attraktion hin.

Tipton erklärte, daß er den Mond schon bemerkt habe.

»Hell«, sagte Lord Emsworth.

»Sehr hell«, bestätigte Tipton.

»Wirklich sehr hell«, sagte Lord Emsworth. »Ganz außerordentlich hell. Interessieren Sie sich«, fragte er dann, um das Thema zu wechseln, »für Schweine, Mr. Äh ... Öh ... Hm ...?«

»Plimsoll«, sagte Tipton.

»Nein, Schweine«, sagte Lord Emsworth, indem er etwas lauter sprach und das Wort diesmal ganz deutlich artikulierte.

Tipton erklärte, er habe nur darauf hinweisen wollen, daß sein Name Plimsoll sei.

»So?« sagte Lord Emsworth und grübelte eine Weile vor sich hin. Er konnte sich dunkel erinnern, daß irgendwer ihm irgendwann einmal aufgetragen hatte, irgendwas zu tun – was es war, fiel ihm momentan nicht ein –, wenn jemand mit diesem Namen auftauchte. »Also, wie ich gerade sagen wollte, ich gehe jetzt hinüber zum Stall und höre meinem Schwein ein Weilchen zu.«

»Tatsächlich?«

»Es heißt Plimsoll.«

»Ach nein?« sagte Tipton, den dieser Zufall überraschte.

»Ich wollte sagen: Kaiserin von Blandings. Sie hat auf der Landwirtschaftsausstellung von Shropshire die Silbermedaille in der Klasse der Mastschweine schon zweimal gewonnen!«

»Donnerwetter!«

»Hintereinander!«

»Alle Achtung!«

»Das hat vor ihr noch kein Schwein geschafft.«

»Was Sie nicht sagen!«

»Ja, das war eine Leistung. Sie ist aber auch sehr fett.«

»Das kann ich mir denken.«

»Jawohl, kolossal fett.«

»Ich glaub's Ihnen unbesehen«, sagte Tipton, der schon ganz kribbelig war. Ein Verliebter, der eigentlich herausgekommen ist, um im Mondschein von seiner Angebeteten zu träumen, läßt sich davon nicht gern durch Gespräche über Schweine ablenken, wie korpulent sie auch sein mögen. »Ich will Sie nicht aufhalten. Sie wollen jetzt sicher gern zu Ihrem Schwein gehen.«

»Wenn Sie wollen, mit Vergnügen«, sagte Lord Emsworth. »Hier entlang.«

Er packte Tipton am Arm, aber dieser Polizeigriff wäre gar nicht nötig gewesen. Tipton hatte sich bereits damit abgefunden, widerstandslos mitzukommen. Leider hatte er keine Übung im Abschütteln lästiger Lordschaften, und jetzt war es zu spät, um es noch schnell zu lernen. Er wünschte sich insgeheim nur, der alte Knabe möge über einen Mondstrahl stolpern und sich das Genick brechen. Dann ließ er sich resigniert abführen.

Die Kaiserin hatte sich wie üblich um diese Stunde bereits zur Ruhe begeben. Deshalb blieb Lord Emsworth nichts anderes übrig, als seinem Gast ihre Reize mit Worten zu schildern und ihn zu vertrösten.

»Morgen früh werde ich sie Ihnen zeigen«, sagte er. »Oder besser am Nachmittag, denn in der Frühe habe ich mit Galahads Maler zu reden. Mein Sohn Frederick«, erklärte er, »hat mir nämlich gesagt, daß mein Bruder Galahad mir einen Maler schicken will, der die Kaiserin porträtiert. Das ist schon lange mein Wunsch. Deswegen habe ich auch meiner Schwester Dora geschrieben und sie gebeten, mir einen Maler zu besorgen, aber sie hat sehr schroff geantwortet und mir geschrieben, ich solle mich nicht lächerlich machen; und meine Schwester Hermione hat auch protestiert. Irgendwie hatten sie was dagegen, daß ein Schwein in unserer Ahnengalerie aufgehängt wird. Hermione ist die, neben der Sie beim Abendessen gesessen haben. Das junge Mädchen, das neben Freddie saß, war ihre Tochter Veronica.«

Jetzt kam Tipton der Gedanke, daß diese Mondscheinpromenade vielleicht doch noch zu etwas gut sein könnte.

»Ich fand sie ganz bezaubernd«, sagte er in der Hoffnung auf ein ausführliches Gespräch über sein Lieblingsthema.

»Bezaubernd?« fragte Lord Emsworth verdutzt. »Hermione?«

»Miss Wedge.«

»Kenne ich nicht«, sagte Lord Emsworth. »Aber ich sprach gerade von meiner Nichte Veronica. Ein nettes Mädchen. Hat viele gute Eigenschaften.«

»Ach ja!« seufzte Tipton aus tiefster Seele.

»Sie hat ein gutes Herz und mag Schweine. Ich habe mal beobachtet, wie sie hinging, um eine Kartoffel, die der Kaiserin aus dem Trog gekullert war, aufzuheben und wieder in den Stall zu werfen. Das fand ich sehr lieb von ihr. So hilfsbereit sind nicht viele junge Mädchen heutzutage.«

Tipton war so überwältigt von diesem Beweis der Nächstenliebe und Mildtätigkeit seiner Herzensdame, daß es ihm vorübergehend die Sprache verschlug. Schließlich stieß er hervor: »Oh Mann!«

»Ich weiß noch, daß mein Sohn Freddie, der auch dabei war ...«

Hier brach Lord Emsworth unvermittelt ab. Diese erneute Nennung des Namens seines jüngeren Sohnes hatte bewirkt, daß irgend etwas in seinem Gedächtnis in Bewegung geriet und nun aus den Tiefen aufzutauchen schien.

Ach ja. Jetzt hatte er es wieder. Sein Schlafzimmer ... Egberts unerwarteter Besuch ... Die Notiz in seinem Buch über Schweine.

»Freddie, ja«, fuhr er fort. »Ja, natürlich, Freddie. Ich wußte doch, daß ich Ihnen etwas über ihn erzählen wollte. Er war mal mit Veronica verlobt.«

»Wie bitte!«

»Ja. Es ging dann in die Brüche – weshalb, weiß ich nicht mehr. Vielleicht deshalb, weil Freddie eine andere geheiratet hat. Aber sie hingen schon als Kinder sehr aneinander, und das ist auch jetzt noch so. Ich erinnere mich, daß meine Frau Veronica immer Freddies kleines Herzblatt nannte. Damals lebte meine Frau noch«, erläuterte Lord Emsworth, um dem Mißverständnis vorzubeugen, es könnte sich um eine Stimme aus dem Jenseits gehandelt haben.

Obwohl nun alles klar war, machte Tipton noch immer ein gequältes Gesicht. Innerlich rang er nach Luft. Vor einiger Zeit hatte ihn mal bei einer feuchtfröhlichen Feier in einer Hafenkneipe ein durch die Luft fliegendes Tablett an der Stirn erwischt, und das Gefühl von damals hatte er auch jetzt wieder: das Gefühl, auf unsicheren Beinen inmitten eines schwankenden und auseinanderbrechenden Universums zu stehen.

Andere Verliebte hätten sich vielleicht an seiner Stelle mit der

Überlegung getröstet, daß Freddie ja inzwischen verheiratet und deshalb aus dem Wettbewerb um Veronica Wedges Herz und Hand ausgeschieden sei. Aber die Erziehung, die Tipton genossen hatte, gestattete es ihm nicht, sich mit solchen Gedanken zu beruhigen. Als Sohn von Eltern, die, kaum hatten sie einander geheiratet, damit anfingen, mit anderen Leuten Ehen zu schließen – wobei sie eine Ausdauer bewiesen, die einer besseren Sache würdig gewesen wäre –, war er während seiner Kindheit mit rasanter Geschwindigkeit von einem Verwandten zum nächsten weitergereicht worden wie ein Medizinball. Zum Manne gereift, hatte er dann bei seinen Freunden und Bekannten allzuoft die alte »Frau betrügt verheirateten Liebhaber«-Geschichte miterleben müssen, um noch an die Dauerhaftigkeit des Ehebundes glauben zu können.

Sogar aus dieser Doris Jimpson, die er vermeintlich mal geliebt hatte, war dermaßen schnell hintereinander eine Doris Boole, Doris Busbridge und dann Doris Applejohn geworden, daß einem vom bloßen Zusehen ganz schwindlig werden konnte.

Deshalb besagte die Tatsache, daß Veronicas kleines Herzblatt von einst jetzt ein verheirateter Mann war, nach Tiptons Ansichten noch längst nicht, daß man ihn von der Liste der Konkurrenten streichen durfte. Möglicherweise war Freddie seiner Angetrauten überdrüssig geworden, und er hatte sie nach Paris geschickt, um die Scheidung einzureichen, die man dort bekanntlich so mühelos bekommt; und währenddessen machte er sich jetzt an seine alte Flamme heran, gewissermaßen als Vorübung für künftige Techtelmechtel. Die geflüsterte Bemerkung bei Tisch, die Veronica veranlaßt hatte, ihm einen Klaps auf die Hand zu geben und zu sagen, er solle das endlich lassen, war sicherlich ein Annäherungsversuch gewesen.

So stellte sich Tipton die Situation nun dar, und es kam ihm so vor, als sei der Mond auf einmal mit einem leisen Knall ausgegangen wie eine durchgebrannte Glühbirne – obwohl das in Wirklichkeit natürlich gar nicht so war.

»Ich werde jetzt besser zurückgehen«, sagte er dumpf. »Es ist schon spät.«

Während er zum Salon zurückwanderte, ragte aus dem Tumult seiner Gedanken nur einer klar erkennbar hervor: daß er nämlich – Gesichter hin, Gesichter her – dringend einen Schluck zur Stärkung brauchte. Er war überzeugt davon, daß selbst Dr. Murgatroyd, wäre er eben dabeigewesen, ihn dazu ermuntert hätte. Noch nie, würde Murgatroyd sagen, wenn er jetzt neben ihm stünde, hatte Tipton einen Schluck Hochprozentiges nötiger gehabt als in diesem Augenblick schwerster seelischer Erschütterung; und außerdem, würde dieser verständnisvolle Medizinmann dann hinzufügen, hatte er ja seit heute nachmittag um zwei ein ruhiges, gesundes Leben geführt, so daß das Risiko minimal war.

Die Karaffe stand wie immer auf dem Tischchen im Salon, noch gut zur Hälfte mit dem kostbaren Naß gefüllt. Sie anzusetzen und einen kräftigen Schluck zu nehmen, war für Tipton eine Sache von Sekunden. Dann wandte er seine Gedanken, umsichtig wie er war, der Zukunft zu. Dank seiner blödsinnigen Anweisung an Freddie, man solle ihm während seines Aufenthalts in Blandings nur Alkoholfreies servieren, würde dies die letzte Stärkung vor seiner Rückkehr in die Zivilisation sein, sofern er nicht umgehend Maßnahmen ergriff. Bei diesem Gedanken stockte ihm der Atem.

Jetzt hieß es rasch handeln, und das tat er dann auch. Er hastete in sein Zimmer und holte den Flachmann, ohne den er nie verreiste und den er auch diesmal, sei es aus Gewohnheit, sei es aus Sentimentalität, mitgenommen hatte, ging damit zurück in den Salon und füllte ihn. Mit dem beruhigenden Gefühl, alles Notwendige für die Zukunftssicherung getan zu haben, kehrte er dann in sein Zimmer zurück.

Diesem entschlossenen Handeln war es sicherlich auch zu verdanken, daß der Mond wieder leuchtete, und als Tipton sich aufs Fensterbrett stützte und auf die mondbeschienenen Wiesen und Bäume hinaussah, fühlte er sich soweit wiederhergestellt, daß er die malerische Wirkung dieser Szene wahrzunehmen vermochte. Zwar fand er es immer noch ärgerlich, mit Freddie auf ein und demselben Planeten leben zu müssen, aber er fürchtete ihn jetzt nicht mehr als Rivalen. Nach dem Schluck aus der Karaffe fühlte er sich imstande, es mit einem Dutzend Freddies aufzunehmen, und dabei kam ihm der Gedanke, daß man auf einem Bein nicht gut stehe und ein zweiter Schluck nichts schaden könne.

Er trank also noch einen und setzte eben zum dritten an, als er plötzlich mitten in der Bewegung innehielt und sich mit zusammengekniffenen Augen nach vorn beugte. Unten auf dem Rasen hatte sich irgend etwas bewegt.

Es war anscheinend eine menschliche Gestalt.

Es war in der Tat eine menschliche Gestalt – und zwar die Gestalt Bill Listers, der, wie geplant, zum Schloß gewandert war, um unter Prudences Fenster Wache zu halten. Dabei störte es ihn nicht weiter, daß er gar nicht wußte, welches von den vielen Fenstern das ihre war. Er hatte vor, sicherheitshalber unter jedem einmal Posten zu beziehen. Zufällig stand er jetzt genau unter dem richtigen. Sie hatte nämlich das Balkonzimmer neben Tipton.

Dort hatte er eine Weile sehnsüchtige Blicke hinaufgeworfen, und nun ging er ein paar Schritte weiter und schaute zu Tiptons Fenster hinauf. Als das Mondlicht auf sein Gesicht fiel, prallte Tipton zurück, tastete nach dem Bett hinter sich und ließ sich kraftlos daraufallen.

Es dauerte mehrere Minuten, bis er es fertigbrachte, zum Fenster zurückzugehen und einen zweiten Blick zu riskieren. Das Gesicht war nicht mehr da. Eben hatte es ihn noch angeglotzt, und jetzt war es weg. Das hatte er ja schon ein paarmal erlebt. Er ging wieder zum Bett, setzte sich und blieb, das Kinn in eine Hand gestützt, reglos sitzen. Er sah aus wie Rodins »Denker«.

Einige Zeit später bemerkte Lord Emsworth, als er die Treppe zu seinem Schlafzimmer hinaufschlurfte, eine große, schlaksige Gestalt auf dem Treppenabsatz. Zuerst dachte er an ein Schloßgespenst, obwohl er in diesem Fall eher eine Dame in Weiß oder einen Ritter mit dem Kopf unterm Arm erwartet hätte als einen aufgeschossenen jungen Mann mit Hornbrille. Dann gelang es ihm, wie schon einmal, nach intensivem Blinzeln die Gestalt als jenen netten Kerl zu identifizieren, der sich so für Schweine interessierte – seinen Gast, Mr. Äh... oder Öh... oder Hm...

»Entschuldigen Sie«, sagte die Erscheinung mit leiser, erregter Stimme. »Könnten Sie mir wohl einen Gefallen tun?«

»Sie wollen noch mal nach meinem Schwein sehen? Nun, es ist zwar schon ein bißchen spät, aber wenn Sie unbedingt...«

»Hier«, sagte Tipton. »Würden Sie bitte diese Flasche nehmen und irgendwohin tun?«

»Flasche? Flasche? Flasche? Hm? Ja? Irgendwohin tun? Aber gern, mein Lieber. Aber gern, aber gern, aber gern«, sagte Lord Emsworth, der sich dazu durchaus in der Lage sah.

»Danke«, sagte Tipton. »Gute Nacht.«

»Wie? Ach, gute Nacht? Jaja«, sagte Lord Emsworth. »Gewiß, gewiß, gewiß.«

5

Der gemütliche alte Gasthof Emsworth Arms Inn, in dem sich Bill Lister mitsamt Farben, Pinseln, Leinwand, Staffelei, Palette et cetera einquartiert hatte, lag an der Hauptstraße der kleinen Gemeinde Market Blandings. Am Abend des dritten Tages nach Bills Ankunft sah man dort einen einsamen Sportwagen vorfahren. Die Bremsen quietschten, eine Katze brachte sich mit knapper Not in Sicherheit, das Auto hielt, und Freddie Threepwood stieg aus. Er hatte sich gerade ein paar Tage den Brackenburys in Cheshire gewidmet und war nun auf dem Weg zu den Fanshawe-Chadwicks in der Grafschaft Worcestershire, die er gleichfalls mit seiner Gesellschaft beglücken wollte.

Sein Besuch in Cogwych Hall nahe Cogwych-in-the-Marsh in Cheshire, dem Landsitz von Sir Rupert Brackenbury, M. F. H., hatte Freddie in überschäumend gute Laune versetzt. Er war mit dem Vorsatz dorthin gefahren, Sir Rupert als Kunden zu gewinnen, und das war ihm auch gelungen. Mit subtiler Überredungskunst hatte er diesen M. F. H. zu einem überzeugten Anhänger von Donaldson's Hundeglück gemacht. Und wenn man bedenkt, daß die Initialen M. F. H. für »Master of Fox Hounds« stehen und Sir Rupert folglich für die Hundemeute im örtlichen Jagdclub zuständig war, dann kann man sich denken, was das bedeutete.

Wenn Sportsfreunde aus der Umgebung kämen, um mit den Cogwych-Hunden auf die Fuchsjagd zu gehen, würden sie verblüfft sein ob der strotzenden Gesundheit der Vierbeiner. »Teufel, Teufel, Sir Rupert«, würden sie sagen, »Ihre Viecher sehen aber verdammt fit aus!« Worauf Sir Rupert erwidern würde: »Und das ist auch kein Wunder, denn sie erhalten regelmäßig Donaldson's Hundeglück, ein hochwirksames Präparat, das die lebenswichtigen Vitamine A, B und C enthält.« »So, Donaldson's Hundeglück?« würden die Sportsfreunde dann sagen und sich im Notizbuch den Vermerk machen, für die eigene Hundemeute unbedingt auch einen Vorrat davon anzulegen. Und in der nächsten Jagdsaison würden dann andere Sportsfreunde zu diesen Sportsfreunden kommen und sagen: »Teufel, Teufel . . .« Na, man sieht schon, wie sich das herumsprechen würde. Wie ein Lauffeuer.

Als Freddie durch den Eingang des Emsworth Arms Inn trat,

pfiff er vergnügt vor sich hin. Ihm kam gar nicht der Gedanke, daß Bill Listers Angelegenheiten anders als in schönster Ordnung sein könnten. Mittlerweile waren Blister und der alte Herr sicherlich schon dicke Freunde, dachte er und hörte geradezu, wie der alte Herr zu Bill sagte: »Nennen Sie mich ruhig Onkel Clarence.«

Deshalb war er bei der Mitteilung, die man ihm am Empfangstisch machte, wie vom Donner gerührt. Er mußte sich an einem zufällig vorbeikommenden Küchenjungen festhalten, um nicht zusammenzuklappen.

»Abreisen?«

»Ja, Sir.«

»Wieso denn abreisen?« fragte Freddie fassungslos. »Er ist doch gerade erst angekommen und sollte ein paar Wochen bleiben. Sind Sie ganz sicher?«

»Oh ja, Sir. Der Herr hat seine Rechnung schon bezahlt und ein Taxi für den Sechs-Uhr-Zug nach London bestellt.«

»Ist er in seinem Zimmer?«

»Nein, Sir. Der Herr ist spazierengegangen.«

Freddie ließ den Küchenjungen los, der ihm dafür dankte und dann weiterging. Mit nachdenklich gespitzten Lippen und gerunzelter Stirn kehrte er zu seinem Sportwagen zurück. Er war sehr beunruhigt. Wenn ihn nicht alles täuschte, war etwas ernstlich schiefgegangen, und er hielt es für seine Pflicht, der Sache unverzüglich auf den Grund zu gehen.

Ihm fiel auch gleich ein, wo er mit den Nachforschungen beginnen könnte, denn die Nachwuchskräfte bei Donaldson's Inc. werden im blitzschnellen Denken geschult, so daß sie selten länger als eine Minute fünfzehn Sekunden ratlos sind. Wenn es jemanden gab, der Licht in diese mysteriöse Affäre bringen konnte, dann war es seine Kusine Prudence. Sie war mit Sicherheit eine ergiebige Informationsquelle. Wenn ein Mann sich nach mühevoller Bahnfahrt zu einem Kaff auf dem dicksten Lande durchgeschlagen hat, nur um dem Mädchen seines Herzens nahe zu sein, dann, so schloß Freddie messerscharf, würde dieser doch nicht urplötzlich zum Ausgangspunkt zurückkehren, ohne ihr vorher etwas davon zu sagen.

Kurz darauf brauste er in Richtung Schloß davon. Niemandem war es schmerzlicher bewußt als ihm, daß es für die Fanshawe-Chadwicks eine herbe Enttäuschung sein würde, wenn er später als erhofft käme, aber das ließ sich nicht ändern. Es ist nun mal nicht alle Tage Sonntag. Damit würden sich die Fanshawe-Chadwicks eben abfinden müssen, auch wenn es ihnen schwerfiel. Als Bills Freund und Gönner war es seine verdammte Pflicht und Schuldigkeit, sich erst einmal Informationen aus erster Hand und einen Überblick über die Lage zu verschaffen.

Sein Sportwagen war ein Flitzer, der es auf fünfundsiebzig Meilen in der Stunde brachte, und so erreichte er das Tor zum Schloßpark in Rekordzeit. Aber als er in die Zufahrt einbog, verlangsamte er seine Fahrt. Er hatte vor sich eine ihm bekannte Gestalt entdeckt.

Er drückte auf die Hupe und ließ sie ein paarmal aufjaulen.

»He, Tippy!« rief er. Er hatte es zwar eilig, aber man kann schließlich einem alten Freund nicht einfach im Vorbeifahren zuwinken, wenn man ihn zwei Tage lang nicht gesehen hat.

Tipton Plimsoll blieb stehen, warf einen Blick über die Schulter, und als er Freddie erkannte, machte er ein finsteres Gesicht. Er war eine ganze Weile in Gedanken vertieft auf dem Zufahrtsweg auf und ab gegangen, und unter den Gedanken, in die er vertieft gewesen war, hatten sich ein paar besonders unerquickliche befunden, die sich auf seinen hupenden Ex-Freund bezogen.

Die Vorsilbe »Ex-« ist hier angebracht, denn während Tipton früher Freddie Threepwood als kongenialen Gefährten und Spezi betrachtet hatte, mit dem es ein Vergnügen war, von Bar zu Bar zu ziehen, sah er jetzt in ihm nur noch den Nebenbuhler, und zwar einen ganz abgefeimten, verschlagenen Nebenbuhler, den man berechtigterweise auch als miesen Molch bezeichnen könnte. Denn wenn jemand eindeutig in die Kategorie des miesen Molchs gehörte, dann war es nach Tiptons Überzeugung ein Typ, der sich an unschuldige Mädchen heranmachte, nachdem er sich von seiner Frau getrennt hatte wie von einer alten Zahnpastatube.

»Gacks«, sagte er zugeknöpft. Der Anstand gebietet es zwar, daß man antwortet, wenn man von einem miesen Molch angesprochen wird, aber zu Freundlichkeiten ist man nicht verpflichtet.

Diese finstere Stimmung blieb nicht unbemerkt. Das wäre auch höchstens bei einer Beerdigung möglich gewesen. Aber Freddie deutete sie falsch und war daher mehr erfreut als verletzt. Bei einem Mann, der plötzlich keinen Alkohol mehr trinkt, nachdem das bisher sein Hauptnahrungsmittel war, muß man eben mit einer gewissen Übellaunigkeit rechnen, und deshalb folgerte er aus dieser Hamlet-mäßigen Verschlossenheit, daß sein Zechkumpan von einst noch immer abstinent war, was er ihm hoch anrechnete. Die grimmige Fassade des andern veranlaßte ihn daher nur, mitfühlend die Stimme zu senken, wie er es etwa am Bett eines Schwerkranken getan hätte.

»Hast du Prue gesehen?« fragte er leise.

Tipton sah ihn finster an.

»Hast du Halsschmerzen?« fragte er scharf.

»Wie? Nein, Tippy, ich habe keine Halsschmerzen.«

»Warum zum Teufel wisperst du dann wie ein defekter Wasserhahn? Was hast du gesagt?«

»Ich fragte, ob du Prue irgendwo gesehen hast.«

»Prue?« Tipton blickte noch finsterer. »Ach, du meinst diese Nervensäge?«

»Eine Nervensäge würde ich sie aber nicht nennen, Tippy.«

»Für mich ist sie eine Nervensäge«, erklärte Tipton kategorisch. »Im Taschenformat.«

»Naja, groß ist sie nicht«, gab Freddie versöhnlich zu. »Sie war schon immer ziemlich klein. Manche Mädchen sind eben so, andere nicht. Da kann man nichts machen. Aber um auf meine Frage zurückzukommen: Weißt du, wo sie zu finden ist?«

»Sie ist nicht zu finden. Sie macht mit deiner Tante einen Besuch bei Leuten namens Brimble.«

Freddie schnalzte enttäuscht mit der Zunge. Er wußte, wie diese nachmittäglichen Besuche bei Nachbarn auf dem Land gewöhnlich abliefen. Bis man Tee getrunken und den Garten angesehen hatte (wobei man immer gesagt bekam, wie herrlich er vor vier Wochen geblüht habe) und bis sämtliche Familienfotos vorgezeigt worden waren, ging es meistens schon aufs Abendessen zu. Es war also zwecklos, auf Prue zu warten. Und außerdem war es unfair, die Fanshawe-Chadwicks in Worcestershire so lange auf die Folter zu spannen. Die Leute konnten es bestimmt kaum noch erwarten, bis er kam.

Er machte ein kompliziertes Wendemanöver mit dem Auto. Als der Kühler schließlich parkauswärts zeigte, fiel ihm ein, daß Prudence möglicherweise ihre Kusine Veronica ins Vertrauen gezogen hatte.

»Wo ist denn Vee?« fragte er.

Ein Zittern überlief Tipton Plimsoll. Das hatte er erwartet. Freddies Schutzbehauptung, er habe die Nervensäge Prue sprechen wollen, hatte er keine Sekunde geglaubt. Er wurde jetzt noch abweisender.

»Sie ist auch weg. Warum?«
»Ich wollte sie was fragen.«
»Was denn?«
»Nicht so wichtig.«
»Ich könnte es ihr ja ausrichten.«
»Ach nein, schon gut.«
Es entstand eine Pause, in deren Verlauf sich Freddie unglücklicherweise an die Mahnung erinnerte, die seine Tante Hermione am Abend seiner Ankunft im Salon an ihn gerichtet hatte. Er merkte, daß er fast die Gelegenheit verpaßt hätte, ein paar passende Worte zu sagen.

Als Lady Hermione Wedge an besagtem Abend ihrem Neffen den Marsch blies, hatte sie ihm nämlich eingeschärft, daß ihr an einer Verbindung zwischen Tipton Plimsoll und ihrer Tochter sehr viel gelegen sei. Und auch Freddie war, nachdem er darüber nachgedacht hatte, sehr dafür gewesen. Er hatte erkannt, daß es ihm nur nützen konnte, wenn der Hauptaktionär der Ladenkette »Tipton's Stores« eine Frau heiratete, die mit Sicherheit ihren Einfluß zugunsten von Donaldson's Hundekuchen geltend machen würde. Er wußte, daß auf die gute Vee Verlaß war. Es war ihm unbegreiflich, wie er nur so nachlässig hatte sein können, diesen guten Zweck nicht schon früher mit allen Kräften zu fördern. Aber jetzt wollte er das Versäumte nachholen, und deshalb begann er mit der Feststellung, daß Veronica in seinen Augen wirklich ein properes, schnuckeliges Klasseweib sei, und ob Tipton das nicht auch finde?

Mit einer Miene wie Othello und einer Stimme wie ein Wolf in der Falle knurrte Tipton: »M-hm.«
»Verdammt attraktiv, wie?«
»M-hm.«
»Und ihr Profil ... Spitze, was?«
»M-hm.«
»Und dann ihre Augen! Kolossal. Dabei ist sie so lieb und nett. Ich meine, in puncto Charakter und so.«

Wenn ein Mann viel Übung darin hat, Hundekuchen schon beim geringsten Anlaß in höchsten Tönen zu lobpreisen, dann bereitet es ihm auch nicht die geringste Schwierigkeit, für ein hübsches Mädchen hymnische Worte des Entzückens zu finden. Freddie redete also einige Minuten lang so begeistert und stilistisch so brillant, daß jeder Hofdichter vor Neid erblaßt wäre. Seine Worte kamen von Herzen, und es dauerte nicht lange, bis Tipton sich vor stummer Verzweiflung krümmte wie ein Fisch im Netz. Er hatte natürlich gewußt, daß dieser miese Molch hinter seinem Mädchen her war, aber daß eine so glühende Leidenschaft in ihm brannte, hätte er denn doch nicht gedacht.

»So«, sagte Freddie schließlich, »jetzt muß ich aber weg.«

»Ach?« sagte Tipton.

»Ja, aber es ist nur für zwei, höchstens drei Tage.«

Nachdem er diese tröstenden Worte gesprochen hatte, ließ er den Motor seines Sportwagens an und legte den ersten Gang ein. Dabei kam es ihm so vor, als habe es im Getriebe geknirscht. Aber es war nur Tipton Plimsoll, der mit den Zähnen knirschte.

Bessere Nachrichten erwarteten Freddie bei seiner Rückkehr zum Emsworth Arms Inn: Bill Lister sei inzwischen von seinem Spaziergang zurückgekommen und packe jetzt in seinem Zimmer den Koffer. Er nahm drei Stufen auf einmal und stürmte ohne weitere Förmlichkeiten hinein.

Obwohl momentan von seinem Freund nur der Hosenboden zu sehen war, da er sich über seinen Koffer beugte, erkannte Freddie (der sonst kein sehr scharfer Beobachter war) auf den ersten Blick, daß er einen Mann vor sich hatte, in dessen Leben eine tragische Wende eingetreten war. Das Gesicht, das ihn dann ansah, hatte denselben Ausdruck wie der Hosenboden. Es war der Ausdruck einer leidenden Kreatur.

»Blister!« rief er.

»Tag, Freddie. Bist zu zurück?«

»Nur ganz kurz. Was höre ich da von wegen abreisen, Blister?«

»Ich reise heute ab.«

»Ich weiß, daß du heute abreist. Das haben sie mir unten schon gesagt. Was ich wissen möchte, ist: Warum willst du abreisen?«

Bill legte ein Unterhemd in den Koffer wie einer, der einen Kranz auf das Grab eines alten Freundes legt, und richtete sich dann müde auf. Er machte ein Gesicht wie ein Gorilla, der in eine schlechte Kokosnuß gebissen hat.

»Ich bin gefeuert worden«, sagte er.

Wenn auch betroffen, so war Freddie doch nicht sehr überrascht. Er hatte die ganze Zeit damit gerechnet, daß so etwas passieren könnte, ja sogar höchstwahrscheinlich passieren würde, wenn er nicht da war, um sich persönlich um seinen Freund zu kümmern.

»Das hab' ich befürchtet, Blister«, sagte er ernst. »Ich hätte hierbleiben sollen, um dir beizustehen. Was war denn der Grund? Hat dem alten Herrn das Porträt nicht gefallen?«

»Nein.«

»Aber du bist doch sicher noch nicht fertig damit?«

Ein Zucken lief über Bills starres Gesicht. Er legte einen Schlafanzug mit einem Anflug von Grimm zusammen.

»Natürlich nicht! Das habe ich ihm auch klarzumachen versucht. Bis jetzt ist es nur ein Entwurf. Ich habe dem alten Trottel ... Entschuldige.«

»Schon gut. Ich weiß, wen du meinst.«

»Ich habe ihm mehrmals gesagt, daß man das Bild eines Schweins erst als Gesamtwerk beurteilen kann. Aber je heftiger ich auf ihn einredete, um so mehr hat er mich gefeuert.«

»Hast du's hier?«

»Es liegt da auf dem Bett.«

»Laß mal sehen ... Mann Gottes, Blister!«

Freddie war zum Bett geeilt, hatte einen Blick auf die Leinwand geworfen, die dort lag, und war dann zurückgeprallt wie jemand, der etwas Grausiges gesehen hat. Jetzt setzte er sein Monokel wieder ein, um noch mal hinzusehen, und Bill beobachtete ihn düster.

»Findest du denn auch, daß daran etwas nicht stimmt?«

»Nicht stimmt? Mein lieber Alter!«

»Vergiß nicht, daß es noch unfertig ist.«

Freddie schüttelte den Kopf.

»Das spielt gar keine Rolle. Es ist sogar ein Glück, daß es unfertig ist. Da wäre jeder weitere Pinselstrich vertane Mühe. Warum um alles in der Welt hast du denn dieses Schwein als volltrunken dargestellt?«

»Volltrunken?«

»Das Schwein, das hier zu sehen ist, ist doch voll bis zur Eichmarke. Dieser glasige Blick. Dieses dümmliche Grinsen. Genauso habe ich Tippy schon erlebt. Weißt du, woran es mich erinnert? An eins dieser komischen Schweinchen, die man zu Silvester überall sieht.«

Bill war tief getroffen. So viel negative Kritik hört kein Künstler gern. Er kam auch zum Bett, aber nachdem er sich sein Werk genau angesehen hatte, mußte er widerstrebend zugeben, daß es nicht völlig abwegig war, was Freddie gesagt hatte. Bisher war ihm das gar nicht aufgefallen, aber die Kaiserin von Blandings, die ihm da von der Leinwand entgegenplierte, wies tatsächlich alle Anzeichen hochgradiger Alkoholisierung auf. Sie wirkte wie ein Mastschwein, das zu tief ins Glas geschaut hat.

»Komisch«, sagte er und schüttelte den Kopf.

»Gar nicht komisch«, korrigierte Freddie. »Ich kann verstehen, daß der alte Herr aufgebracht war.«

»Ich glaube, es war ein Fehler«, sagte Bill und trat mit kritisch zusammengekniffenen Augen drei Schritte zurück, »zu versuchen, ihr einen ausdrucksvollen Blick zu geben. Du ahnst ja nicht, Freddie, wie schwer man es als Maler mit so einem Modell hat. Sie lag einfach mit geschlossenen Augen da, und aus ihrem Mundwinkel tröpfelte Kartoffelpampe. Da wäre sogar ein Velazquez überfordert gewesen. Ich wollte dem Bild ein bißchen Leben geben, und deshalb habe ich sie mit einem Stock gepiekt und ihre Reaktion dann blitzschnell hingepinselt, bevor sie wieder einschlief. Aber ich sehe jetzt, was du meinst. Der Gesichtsausdruck stimmt irgendwie nicht.«

»Und der Körper auch nicht. Du hast sie rechteckig gemalt.«

»Ach, das hat nichts zu heißen. Ich hätte das wieder geändert. Weißt du, in der letzten Zeit habe ich ein bißchen in Kubismus gemacht und wollte mal was ausprobieren. Es war einfach nur ein Versuch.«

Freddie schaute auf seine Uhr und war entsetzt über das, was er da sah. Inzwischen mußten die Fanshawe-Chadwicks schon der Verzweiflung nahe sein. Aber er konnte die Dinge unmöglich so lassen wie sie waren. Mit einem Seufzer verdrängte er die Fanshawe-Chadwicks aus seinen Gedanken.

»Erzähl mir genau, was passiert ist, Blister. So ungefähr kann ich mir die Szene ja vorstellen. Du stehst an der Staffelei und schwingst den Pinsel; der alte Herr kommt angewackelt und setzt den Kneifer auf. Er stellt sich hinter dich und blinzelt dir über die Schulter. Dann prallt er mit einem erstickten Aufschrei zurück. Und wie ging's danach weiter? Hat er dir eindeutig gekündigt?«

»Ja.«

»Hat er keinen Platz gelassen für eine gütliche Einigung?«

»Nein.«

»Es hätte also keinen Zweck, ihm vorzuschlagen, daß du das Bild übermalst und noch mal neu anfängst?«

»Nein. Weißt du, ich bin leider etwas heftig geworden. An den Wortlaut erinnere ich mich nicht mehr, aber sinngemäß habe ich ihm gesagt, wenn ich gewußt hätte, daß er einen Schinken in Bonbonfarben haben wollte, dann hätte ich den Auftrag nie angenommen. Und dann hab' ich noch was von der Unterdrückung der künstlerischen Freiheit gesagt. Und außerdem, daß er mir den Buckel runterrutschen solle.«

»So? Hm«, sagte Freddie. »Aha. Tja ... Äh ... das ist aber nicht gut, Blister.«

»Nein.«

»Prue könnte sich deswegen aufregen.«

Bill schauderte.

»Das tut sie bereits.«

»Sie weiß es also?«

Bill schauderte noch einmal.

»Ja«, sagte er leise. »Sie weiß es. Sie war nämlich dabei, und sie blieb noch, nachdem dein Vater gegangen war.«

»Was hat sie gesagt?«

»Sie war stinkwütend und hat unsere Verlobung gelöst.«

»Das kann doch nicht wahr sein, Blister! Du mußt dich verhört haben.«

»Ich glaube nicht. Sie sagte, sie wolle mich nie mehr sehen und sie werde sich in Zukunft wohltätigen Aufgaben widmen.«

»Und was hast du darauf geantwortet?«

»Ich hatte gar keine Zeit zu antworten. Sie ist hysterisch lachend davongerannt.«

»So, so ... Hysterisch lachend, hm? So eine überspannte Gans. Manchmal kommt es mir so vor, als wäre bei dem Mädchen eine Schraube locker.«

Bills gramzerfurchtes Gesicht nahm einen drohenden Ausdruck an.

»Soll ich dir den Schädel einschlagen?« fragte er.

»Nein«, sagte Freddie, nachdem er es sich überlegt hatte. »Nein, danke. Wie kommst du darauf?«

»Weil du Prue eine überspannte Gans genannt hast.«

»Es paßt dir wohl nicht, wenn ich sie eine überspannte Gans nenne?«

»Nein.«

»Das sieht ja fast so aus, als hättest du noch etwas für sie übrig.«

»Natürlich habe ich noch was für sie übrig.«

»Ich hätte eher erwartet, daß du froh wärst, ein Mädchen loszusein, das dir den Laufpaß gibt, bloß weil dir das Konterfei eines Schweins nicht gelungen ist – das ja ein sehr schwieriges Sujet darstellt, wie du mir erklärt hast.«

Bill schüttelte unwillig den Kopf.

»Darum ging es doch gar nicht.«

»Dann hat deine Geschichte bei mir einen falschen Eindruck erweckt.«

»Das eigentliche Problem war doch, daß sie von mir verlangte, ich solle die Malerei aufgeben. Das habe ich abgelehnt.«

»Ach so. Du meinst die Sache mit der Kneipe.«

»Weißt du denn davon?«

»Sie hat das erwähnt, als ich sie neulich morgens am Grosvenor Square traf. Sie sagte, du hättest den ›Maulbeerbaum‹ geerbt, und sie wollte daraus gern ein florierendes Unternehmen machen.«

»Stimmt. Wir streiten uns deswegen schon seit Wochen.«

»Ich finde, sie hat recht. Du solltest es mal versuchen. Damit ist Geld zu machen, Blister. Als Kneipier könntest du ganz schön absahnen. Und warum nicht deine Malerei an den Nagel hängen? Sie ist doch wirklich lausig.«

»Das finde ich jetzt auch, nachdem ich Zeit gehabt habe, darüber nachzudenken. Die Art und Weise, wie sie davongespurtet ist, hat mir zu denken gegeben. Ist dir schon mal ein Mädchen, in das du verliebt warst, hysterisch lachend weggerannt?«

»Wenn ich's mir richtig überlege, nein. Ich hab's zwar schon erlebt, daß Aggie Krawall gemacht hat, aber sie blieb dabei immer ziemlich ortsfest. So was muß recht unangenehm sein.«

»Es geht einem unter die Haut, Freddie. Man fühlt sich wie ein Schuft und ein Lump und ein Schwein.«

»Ja, ich verstehe. Reue und Gewissensbisse.«

»Ich bin jetzt fast bereit zu tun, was sie will. Wenn sie meint, ich solle mit dem Malen aufhören, dann werde ich eben nie mehr einen Pinsel in die Hand nehmen.«

»Schön, schön.«

»Das werde ich ihr jetzt gleich schreiben.«

»Damit Tante Hermione den Brief abfängt?«

»Daran habe ich gar nicht gedacht. Würde sie das denn tun?«

»Garantiert. Die Korrespondenz junger Mädchen der Familie, die man in Blandings festgesetzt hat, wird immer streng kontrolliert.«

»Aber du könntest ihr doch heimlich mein Briefchen zustecken.«

»Nein, das geht nicht. Ich sagte dir ja, daß ich nur ganz kurz hier bin. Aber eins könnte ich tun. Ich könnte schnell mal hinüber in diese Strafkolonie fahren, und wenn Prue inzwischen zurück ist, werde ich ihr sagen, wie die Dinge liegen. Warte hier auf mich. Ich bleibe nicht lange – hoffe ich«, sagte Freddie, der sich vorstellte, wie sich die Fanshawe-Chadwicks in Worcestershire mittlerweile die Nasen an den Fensterscheiben plattdrückten und sehnsüchtig mit brennenden Augen auf die leere Autoauffahrt starrten.

Es dauerte nicht lange, bis Freddie sich wieder in Bills Zimmer einfand. Daß er anderthalb Stunden weggewesen sei, wie Bill meinte, war jedenfalls falsch und auf dessen strapazierte Nerven zurückzuführen. Als Bill ihm leidenschaftliche Vorhaltungen machte, weil er anscheinend unterwegs Blumen gepflückt habe, winkte er besänftigend ab.

»Ich habe mich wirklich beeilt, Blister«, versicherte er ihm. »Daß ich nicht früher hier war, liegt daran, daß ich für dich aktiv war und noch etwas erledigen mußte, bevor ich zurückkommen konnte.«

»Ist alles in Ordnung?«

»Wenn du damit meinst, ob ich mit Prue gesprochen und alles wieder eingerenkt habe: nein. Sie war noch unterwegs, um Leute zu besuchen. Die Brimbles, um genau zu sein. Sie wohnen bei Shrewsbury. Diese ländliche Sitte, bei glühender Hitze wer weiß wie weit zu fahren, um Besuche zu machen, ist schon sehr merkwürdig. Erst bringt man Stunden damit zu, sich in unbequeme Klamotten zu zwängen, dann tuckert man in der prallen Sonne über Land, kommt schließlich in Shrewsbury an – und was hat man davon? Die Brimbles. Aber«, fuhr Freddie fort, als er bei seinem Gesprächspartner Zeichen der Ungeduld bemerkte, »du willst sicher wissen, was ich unternommen habe, nachdem Prue nicht da war. Doch bevor ich dich ins Bild setze, möchte ich eins ganz klipp und klar wissen: Willst du wirklich diese Versöhnung? Ich meine, bist du bereit, dafür auf den Knien zu rutschen, zu Kreuze zu kriechen und klein beizugeben?«

»Ja.«

»Du bist dir doch darüber im klaren – ich erwähne das nur am Rande –, daß du damit deinen Start in die Ehe (sofern es zu einer solchen kommt) sehr erschwerst und deine Chance, in Zukunft den Ton anzugeben, praktisch auf Null reduzierst?«

»Ja.«

»Du solltest keine voreiligen Entschlüsse fassen, Blister. Ich kenne Prue besser als du. Sie ist genauso eine Gan... genauso wie alle kleinen Frauen: herrschsüchtig. Man braucht ihr nur den kleinen Dings zu reichen, und schon nimmt sie die ganze und so weiter. Zu mir war sie nur deshalb immer höflich und zurückhaltend, weil ich sie stets fest im Griff hatte. Kleine Frauen sind wie weibliche Pekinesen. Hast du schon mal erlebt, wie weibliche Pekinesen ihre Herrchen tyrannisieren? Man hat keine ruhige Minute mehr. Man ...«

»Zur Sache!« sagte Bill. »Zur Sache, zur Sache, zur Sache!«

»Bitte schön«, sagte Freddie. »Wenn du unbedingt willst, fahren wir fort in der Tagesordnung. Als ich diese Besserungsanstalt für junge Mädchen erreichte und feststellte, daß Prue nicht in ihrer Zelle saß, habe ich erst mal Onkel Gally angerufen.«

»Gally?«

»Genau den. Ich habe mir gesagt, wenn einer aus dem Stand eine gute Idee zustande bringt, dann ist er's – und ich hatte recht. Nachdem ich ihm die Lage geschildert hatte, brauchte er nur zwei Minuten und einen Whisky-Soda, um mit einer Bombenidee aufzuwarten!«

»Gott segne ihn dafür.«

»Das kann man wohl sagen. Hat er dir mal erzählt, wie er es gegen den erbitterten Widerstand einer zähnefletschenden Meute von Tanten durchgesetzt hat, daß mein Vetter Ronnie Fish ein Mädchen vom Varieté heiraten konnte?«

»Nein – das hat er geschafft?«

»Tatsache. Für dieses Wundertier ist so gut wie nichts unmöglich. Du kannst froh sein, daß er auf deiner Seite ist.«

»Bin ich auch. Aber was für eine Idee war das denn?«

»Eine Bombenidee«, wiederholte Freddie genüßlich. »Hast du eigentlich mal darüber nachgedacht, Blister, daß jemand, der so viele Leute beschäftigt wie mein alter Herr, nie ganz genau weiß, wieviele Seelen insgesamt auf seiner Lohnliste stehen? Nimm zum Beispiel mal Gärtner. Ihm ist zwar klar, daß sie zuhauf in seinen Ländereien herumwuseln, aber die Hälfte von ihnen ist ihm völlig unbekannt. Wenn er seinen Morgenspaziergang macht und einen mit der Harke hantieren sieht, dann denkt er nicht ›Ah, da ist ja der gute George und harkt sich die Finger wund‹ – oder der gute Joe oder der gute Percy oder Peter oder Thomas oder Cyril, je nachdem. Nein, er denkt lediglich ›Sieh da, ein Gärtner‹, und dann macht er vielleicht noch eine lässige Handbewegung und sagt ›In Ordnung, guter Mann, weitermachen‹ und geht seiner Wege. Und damit ...«

Bill hatte schon eine ganze Weile die Hände nervös geballt und wieder entballt. Jetzt ergriff er das Wort.

»Zur Sache, verdammt! Komm endlich zur Sache. Zur Sache, zur Sache, zur Sache! Was faselst du denn dauernd von Gärtnern?«

»Ich fasele nicht, Blister«, sagte Freddie beleidigt.

»Ich möchte wissen, was Gally vorgeschlagen hat.«

»Das versuche ich dir ja gerade so knapp wie möglich zu berichten. Was Onkel Gally am Telefon sagte, war, daß sich auf unserm Grund und Boden jeder, der dazu Lust hat, als Gärtner betätigen könnte, ohne daß es auffiele. Capito? Na klar. Das begreift doch ein Kind. Wenn du dich unbemerkt auf dem Gelände bewegen willst, brauchst du nur so zu tun, als ob du ein Gärtner wärst. Und falls du befürchtest, daß du dazu etwas von Gartenarbeit verstehen müßtest – nein, das mußt du nicht. Es genügt, wenn du mit einem Rechen oder einer Schaufel herumgehst und so tust, als ob. Rechen und Schaufeln gibt es bei Smithson auf der Hauptstraße.«

Als Bill die Grandiosität dieser Idee zu dämmern begann, war er erst mal sprachlos. Aber dann kamen ihm Bedenken.

»Da gibt es doch sicher so was wie einen Obergärtner, der die Aufsicht über die andern Gärtner hat?«

»Stimmt. Das ist ein gewisser McAllister. Und um den zu bestechen, bin ich so lange weggeblieben. Jetzt ist alles in Butter. Ein blauer Schein hat den Besitzer gewechselt. Du kannst getrost deinen Einzug halten. Wenn dir ein älterer Schotte mit stechendem Blick begegnet, der aussieht wie einer der Propheten, dann verzage nicht. Nicke ihm einfach zu und sag ihm, er könne auf seine Parkanlagen stolz sein. Und wenn du meinen alten Herrn siehst, tippst du dir ein paarmal ehrerbietig an die Mütze.«

Bill zögerte jetzt nicht mehr, diesen Plan ebenfalls als Bombenidee zu bezeichnen. Ja, er fand dieses Wort sogar noch ziemlich schwach.

»Das ist ja kolossal, Freddie!«

»Sag' ich doch.«

»Ich kann also beim Haus warten ...«

»... bis Prue daherkommt ...«

»... und mit ihr reden ...«

»... alles wieder hinbiegen und alle Mißverständnisse ausräumen. Und wenn sie nicht selber kommt, dann kommt bestimmt mal ein Küchenjunge vorbei, dem du ein paar Schilling und ein gut formuliertes Briefchen für Prue zustecken kannst, das du für alle Fälle bei dir trägst. Was hast du denn, Blister?«

Bills Gesicht hatte sich plötzlich verdüstert. Leiden und Verzweiflung spiegelten sich darin wider.

»Oh Gott!«

»Stimmt was nicht?«

»Das kann nicht klappen. Dein Vater kennt mich doch.«

Freddie sah ihn groß an. Er wirkte amüsiert und nachsichtig.

»Du glaubst doch nicht etwa, daß Onkel Gally so was übersehen würde? Na hör mal! Er schickt das Ding mit der nächsten Post her.«

»Das Ding?«

»Das Ding.«

Ein schrecklicher Verdacht beschlich Bill. Er wurde blaß.

»Doch nicht . . . das Ding?« hauchte er.

»Er ist gleich zu Fruity Biffen gefahren, um es zu holen. Also wirklich, Blister, ich verstehe gar nicht, warum du dich so gegen das Ding sträubst. Ich hab's zwar noch nicht gesehen, aber wenn der alte Biffen damit wie ein Assyrerkönig ausgesehen hat, dann muß es schon etwas Würdevolles und Schmuckes sein. Auf jeden Fall brauchst du eine massive Verkleidung, sonst kannst du kein Gärtner sein. Also beiß die Zähne zusammen. Jetzt«, sagte Freddie, »muß ich mich aber beeilen. Mach's gut, und viel Glück!«

»Pah!« sagte Colonel Wedge.

Er stieß das so hervor, wie man es hervorstoßen muß, wenn es richtig wirken soll: kurz und explosiv zwischen zusammengebissenen Zähnen. Wie jeden Morgen hatte er am Fußende des Bettes seiner Gattin gesessen und ihr beim Frühstück Gesellschaft geleistet. Jetzt stand er auf und ging, mißmutig mit den Schlüsseln in seiner Tasche klimpernd, zum Fenster und sah hinaus.

»Du lieber Himmel! So einer ist mir noch nie vorgekommen!«

Hätte in diesem Augenblick ein mitfühlender Freund neben ihm gestanden und wäre seinem finsteren Blick gefolgt, dann hätte dieser glauben können, die Bemerkung habe jenem Gärtner gegolten, der sich draußen auf dem Rasen mit einem Rechen zu schaffen machte; und er hätte sich wahrscheinlich im Stillen gedacht, daß solche Worte der Kritik durchaus berechtigt waren. Mutter Natur hat ja schon allerhand seltsame Vögel hervorgebracht, und das war zweifellos einer von ihnen: ein Gärtner von überdimensionalem Körperbau mit einem sofort ins Auge springenden dunkelblonden Bart im assyrischen Stil, der sein Gesicht zum größten Teil bedeckte.

Dabei hatte der Colonel keineswegs diesen haarigen Naturburschen gemeint. Er hatte den Mann zwar während der letzten Tage schon ein paarmal in der Nähe des Hauses bemerkt, ihm aber weiter keine Beachtung geschenkt. Wenn einem das Herz schwer ist, denkt man nicht viel über Gärtner nach, auch wenn sie noch so bärtig sind. Nein, der Mann, den er gemeint hatte, war Tipton Plimsoll.

Es gibt Väter (und es sind gar nicht wenige), die jeden Bewerber um die Hand ihrer Tochter mit Eifersucht und Abneigung betrachten wie Schäfer, denen man ein Lämmchen wegnehmen will. Colonel Wedge gehörte nicht zu diesen. Ebensowenig gehörte er zu jenen Familienoberhäuptern, die sich, wenn ein junger Millionär an ihrem Töchterchen Interesse zeigt, einfach zurücklehnen und darauf warten, daß die Sache irgendwann mal ein glückliches Ende nimmt. Er war für Action. Er hatte gesehen, wie Tipton Plimsoll verliebte Augen machte, und nun wollte er, daß der junge Mann in die Offensive ging.

»Worauf wartet er bloß?« fragte er quengelig, seinen Rücken dem Bett zugewandt. »Es ist doch sonnenklar, daß er bis über beide Ohren in das Mädchen verliebt ist. Warum sagt er's ihr dann nicht?«

Lady Hermione nickte kummervoll. Auch sie war mehr für das Stürmische und Draufgängerische. Sie zog ein Gesicht wie eine Köchin, die etwas Angebranntes riecht, und bestätigte ihrem Gatten, daß die Plimsollsche Zurückhaltung ganz unverständlich sei.

»Unverständlich? Sie könnte einen rasend machen!«

Lady Hermione stimmte diesem Verbesserungsvorschlag zu: »Ja. Ich rege mich auch sehr auf. Dabei lief zuerst alles so gut. Ich glaube, Veronica leidet auch darunter. In den letzten Tagen war sie ganz verändert.«

»Nicht war? Das ist mir auch aufgefallen. Sie ist so still.«

»Als ob sie grübelte.«

»Genau. Sie erinnert einen an dieses Mädchen bei Shakespeare, das ... Wie heißt es da? Ich weiß noch, daß ein Wurm vorkommt, und am Ende steht was von einer Wange. Ach ja, richtig: ›Sie sagte ihre Liebe nie und ließ Verheimlichung, wie in der Knosp' den Wurm, an ihrer Purpurwange nagen.‹ Natürlich grübelt sie. Das ist doch kein Wunder. Hat sich Hals über Kopf in den Jungen verknallt; nimmt an, daß er sich auch in sie verknallt hat; alles deutet auf ein Happy-End hin; und auf einmal kommt die Sache ohne ersichtlichen Grund ins Stocken, weil der Kerl nichts unternimmt. Es ist wirklich ein Trauerspiel. Weißt du, was Freddie mir erzählt hat, als er ankam?« fragte Colonel Wedge und senkte seine Stimme zu einem andächtigen Flüstern, wie es der Enthüllung angemessen war, die er jetzt zu machen beabsichtigte. »Er hat mir erzählt, daß dieser Plimsoll der Hauptaktionär einer der größten Ladenketten Amerikas ist. Na, du kannst dir ja denken, was das heißt.«

Lady Hermione nickte noch trauriger als zuvor – wie eine Köchin, die das Angebrannte entdeckt hat und sieht, daß nichts mehr zu retten ist.

»Er ist ja so ein netter junger Mann«, sagte sie. »Gar nicht so, wie ich nach deinem Bericht erwartet hatte. So ruhig und wohlerzogen. Vor allem ist mir aufgefallen, daß er nur Limonade getrunken hat, seit er hier ist. Was hast du denn, Egbert?«

Mit dieser besorgten Frage reagierte sie auf einen Jauchzer aus dem Munde ihres Gatten. Colonel Wedge war zwar vollständig bekleidet, aber sonst glich er in jeder Hinsicht Archimedes, als er das nach ihm benannte Prinzip entdeckt hatte und mit dem Ausruf »Heureka!« aus seiner Badewanne sprang.

»Donnerschlag, altes Mädchen, du hast den Nagel auf den Kopf getroffen! Da liegt der Hund begraben. Limonade. Natürlich! Wie soll denn ein junger Kerl einen der folgenschwersten Schritte seines Lebens tun mit nichts als Limonade im Leib? Ich kann mich noch gut erinnern, daß ich eine ganze Flasche Champagner leeren mußte, bevor ich den Mut aufbrachte, dir einen Heiratsantrag zu machen. Jetzt ist alles klar«, sagte Colonel Wedge. »Ich werde gleich zu Plimsoll gehen, ihm väterlich die Hand auf die Schulter legen und sagen, er soll sich ein paar genehmigen – und dann ran!«

»Aber Egbert! Das geht doch nicht!«

»Was? Wieso nicht?«

»Das geht einfach nicht.«

Colonel Wedge wirkte entmutigt. Seine lebhafte Begeisterung war verflogen.

»Du hast wahrscheinlich recht«, gab er zu. »Aber man müßte dem Jungen doch einen Tip geben. Es geht schließlich um das Glück zweier Menschen und so weiter. Man kann Vee nicht einfach so in der Luft hängen lassen. Das wäre nicht fair.«

Mit einem Ruck richtete sich Lady Hermione in den Kissen auf, wobei sie ihren Tee verschüttete. Auch sie sah jetzt aus wie Archimedes – ein weiblicher Archimedes.

»Prudence!«

»Prudence?«

»Sie könnte das übernehmen.«

»Ach, du meinst Prue? Ich wußte erst gar nicht, wovon du redest.«

»Für sie wäre das ganz einfach. Wenn sie ihm einen Wink gäbe, würde es nicht auffallen.«

»Da ist was dran. Also Prudence, hm?« Colonel Wedge dachte nach. »Ja, ich verstehe. Ein liebes, hilfsbereites Mädchen... Hat ihre Kusine gern... Kann es nicht ertragen, daß sie unglücklich ist... ›Nehmen Sie's mir nicht übel, Mr. Plimsoll, wenn ich in einer persönlichen Angelegenheit...‹ Ja, das ist eine Idee. Aber wird sie's denn tun?«

»Bestimmt. Ich weiß nicht, ob du's auch bemerkt hast, aber Prudence hat sich sehr zu ihrem Vorteil verändert, seit sie nach Blandings gekommen ist. Sie kommt mir jetzt ruhiger vor, vernünftiger und rücksichtsvoller, so als ob sie andern Menschen gern etwas Gutes tun wollte. Du hast ja gehört, wie sie gestern sagte, sie wolle dem Herrn Vikar beim Wohltätigkeitsbasar helfen. Das fand ich sehr bemerkenswert.«

»Allerdings. Kein Mädchen würde dem Vikar beim Wohltätigkeitsbasar helfen, wenn es nicht herzensgut wäre.«

»Du solltest mal zu ihr gehen und mit ihr reden.«

»Das werde ich tun.«

»Wahrscheinlich ist sie in Clarences Arbeitszimmer«, sagte Lady Hermione, während sie ihre Tasse wieder füllte und mit neu erwachter Energie darin rührte. »Sie sagte mir gestern abend, sie wolle dort heute früh einmal ordentlich aufräumen.«

»Die alten Schlösser Englands«, heißt es in einem Gedicht von Felicia Hemans, »wie schön und stolz sie steh'n.« Und am altehrwürdigen Sitz des neunten Earl von Emsworth war, soweit es sein Äußeres betrifft, nichts, was die Dichterin hätte veranlassen können, ihre Ansicht zu revidieren. Weitläufig, grau und majestätisch, umgeben von leicht hügeliger Parklandschaft und blühenden Gärten, mit einem glitzernden See nahebei und der im Wind lustig flatternden Standarte seiner Lordschaft hoch über den Zinnen war dieser Bau zweifellos prachtvoll anzusehen. Sogar Tipton Plimsoll, der sonst nicht gerade zu lyrischen Gefühlsausbrüchen neigte, war beim ersten Anblick des Schlosses ganz andächtig geworden, hatte mit der Zunge ein Geräusch wie ein aus der Flasche gezogener Korken gemacht und gesagt: »Tolles Gemäuer!«

Aber es war bei diesem so wie bei vielen der alten Schlösser Englands: Wenn man erst mal eintrat und die Bewohner kennenlernte, merkte man, wo der Hase im Pfeffer lag. Tipton Plimsoll, der an diesem Morgen verdießlich auf der Terrasse umherschlurfte, bewunderte zwar nach wie vor den Bau als solchen, aber für die Mitglieder des Haushalts hegte er wenig Sympathie. Was für eine Sippschaft, dachte er, was für ein Haufen von Uhus und Pfeifenköpfen. Und das galt für jeden einzelnen von ihnen:

Lord Emsworth	ein Trottel
Colonel Wedge	ein Quatschkopf
Lady Hermione	eine Schreckschraube
Prudence	eine Nervensäge
Freddie	ein mieser Molch
Veronica Wedge	

Hier stockte er bei seiner Auflistung. Selbst in seiner Verbitterung, in der er sich vorkam wie einer der Propheten des Alten Testaments, der den Leuten ihre Sünden vorrechnet, brachte er es nicht über sich, hinter den Namen dieses reizenden Geschöpfs eins jener Schmähwörter zu setzen, die ihm bei allen andern so spontan eingefallen waren. Sie, aber nur sie, mußte geschont werden.

Dabei hatte sie es eigentlich gar nicht verdient, daß er sie so ungeschoren davonkommen ließ, denn wenn man nicht mal ein Mädchen, das sich für einen Frederick Threepwood nicht zu schade gewesen war, mit schärfsten Worten der Kritik belegte – wen dann? Und daß sie Freddies schnöden Verführungskünsten zum Opfer gefallen war, ging eindeutig daraus hervor, daß sie seit seiner Abreise ganz niedergeschlagen war. Man brauchte sie nur anzusehen, um zu wissen, daß sie sich vor Sehnsucht nach diesem Subjekt verzehrte.

Aber das Schlimme war – und da machte er sich gar nichts vor –, daß er sie trotz allem noch liebte. Leise seine moralische Schwäche verwünschend, ging Tipton auf die Flügeltüren des Salons zu. Ihm war der Gedanke gekommen, daß er die an seinem Herzen nagenden Quälgeister – wenn auch nur vorübergehend – vergessen könnte, wenn er mal nachsähe, was die Morgenzeitungen über die bevorstehenden Pferderennen des Tages schrieben. Fast hatte er den Salon erreicht, als jemand herauskam, und er sah, daß es sich dabei um die kleine Nervensäge Prudence handelte.

»Oh, hallo, Mr. Plimsoll«, sagte die Nervensäge.

»Hallo«, sagte Tipton.

Er sagte das mit so wenig Begeisterung in der Stimme, wie sich gerade noch mit den Geboten der Höflichkeit vereinbaren ließ. Auch unter günstigsten Bedingungen machte er sich nicht viel aus Nervensägen, aber in seiner momentanen Verfassung war ihm die Gesellschaft dieses Mädchens völlig unerträglich. Es ist deshalb anzunehmen, daß er mit der gemurmelten Bemerkung, er müsse etwas aus seinem Zimmer holen, an ihr vorbeigeeilt wäre, wenn sie ihn nicht in diesem Augenblick tieftraurig angesehen und gesagt hätte, sie habe ihn schon überall gesucht, und ob sie ihn nicht kurz sprechen könne.

Wenn ein wohlerzogener Mann von einer jungen Dame in dieser Weise angesprochen wird, kann er sie nicht einfach wortlos beiseiteschieben. Sicherlich hätte sein »Ja, natürlich« herzlicher klingen können, aber auf jeden Fall sagte er es, und dann setzten sie sich auf die Terrassenbrüstung, woraufhin Prudence Tipton ansah und dieser eine Kuh auf der nahe gelegenen Weide anstarrte.

Prudence brach als erste das peinliche Schweigen.

»Mr. Plimsoll«, sagte sie mit sanfter, engelsgleicher Stimme.
»Ja?«
»Ich möchte Ihnen etwas sagen.«
»So?«
»Ich hoffe, Sie werden mir nicht böse sein.«
»Hm?«
»Oder mir sagen, das ginge mich nichts an. Es ist nämlich wegen Vee.«

Tipton wandte sich von der Kuh ab, denn er hatte jetzt sein Interesse an ihr verloren. So geht es einem ja oft mit Kühen: Sie sind zwar schöne Tiere, aber auf die Dauer bieten sie dem Betrachter wenig Abwechslung. Prues einleitende Worte dagegen fand er sehr vielversprechend. Er hatte schon erwartet, sie werde ihn um eine Spende für den Wohltätigkeitsbasar bitten, denn er hatte gehört, daß sie sich für diese Veranstaltung sehr engagierte.

Er räusperte sich mit einer fragenden Intonation.
»Ahem?«

Prudence schwieg einen Augenblick. Seit der erzwungenen Trennung von dem Mann, den sie liebte, kam sie sich zwar vor wie eine Nonne, deren einziger Lebenszweck es ist, andern Gutes zu tun, aber nun kamen ihr doch Zweifel, ob sie die Aufgabe, um deren Erfüllung ihr Onkel Egbert sie eben gebeten hatte, wirklich so bereitwillig hätte übernehmen sollen. Ihr kam jetzt zu Bewußtsein, daß sie sich möglicherweise die größte Abfuhr ihres Lebens einhandeln würde.

Aber an Mut mangelte es ihr nicht. Sie schloß die Augen, um leichter sprechen zu können, und kam gleich zur Sache.

»Sie sind doch in Vee verliebt, nicht wahr, Mr. Plimsoll?«

Sie hörte ein Geräusch und machte die Augen auf. Tipton war vor Schreck von der Brüstung gekippt.

»Ich weiß, das es so ist«, fuhr sie fort, nachdem sie ihm mit einem freundlichen »Hau-ruck!« wieder vom Boden aufgeholfen hatte. »Man sieht es ja auf den ersten Blick.«

»Ach, wirklich?« sagte Tipton spitz. Das hatte ihn getroffen. Wie die meisten jungen Männer, denen man an der Nasenspitze ablesen kann, was sie denken, hatte er sich immer viel auf seine Selbstbeherrschung und Unergründlichkeit zugute gehalten.

»Na klar. Das sieht doch ein Blinder. So wie Sie sie immer anschauen. Ich begreife nur nicht, weshalb Sie es ihr nicht sagen. Sie hat zwar nicht mit mir darüber gesprochen, aber ich weiß, daß sie wegen Ihnen sehr unglücklich ist.«

Tiptons Groll verflog. Das war jetzt nicht der richtige Moment für gekränkte Eitelkeit. Er sah sie mit offenem Mund an wie ein Goldfisch.

»Sie meinen also, ich hätte bei ihr eine Chance?«

»Na, und ob!«

Tipton schluckte, machte große Augen und wäre fast noch einmal von der Brüstung gekippt.

»Und ob?« wiederholte er benommen.

»Eine todsichere Chance.«

»Aber was ist mit Freddie?«

»Freddie?«

»Ist sie denn nicht in Freddie verliebt?«

»Na, so eine verrückte Idee! Wie kommen Sie denn darauf?«

»Neulich abend beim Essen hat sie ihm einen Klaps auf die Hand gegeben.«

»Wahrscheinlich saß eine Mücke darauf.«

Tipton fuhr zusammen. Daran hatte er noch gar nicht gedacht, und dabei war diese Theorie, wenn man sich's mal genau überlegte, höchst plausibel. An dem fraglichen Abend hatten sich unter den Anwesenden im Speisesaal zweifellos auch Mücken befunden. Er hatte selbst ein paar totgeschlagen. Einen Augenblick ließ er seinen Blick auf der Kuh ruhen, wobei er dachte, was das doch für eine hübsche, liebenswerte Kuh sei – genau die Art von Kuh, mit der man sich anfreunden könnte.

Dann wurde ihm das Herz wieder schwer. Er schüttelte den Kopf.

»Das war ja nicht alles«, sagte er. »Sie hat ihm etwas zugeflüstert. Sie sagte, er solle das lassen.«

»Ach, das meinen Sie? Ich weiß, was er zu ihr gesagt hat. Es ging um seine Hundekuchen, und daß sie so schmackhaft seien, daß sie sich sogar für den menschlichen Verzehr eigneten.«

»Ich werd' verrückt!«

»Zwischen Vee und Freddie ist gar nichts.«

»Aber sie waren doch mal verlobt.«

»Ja, aber jetzt ist er verheiratet.«

»Schön und gut«, sagte Tipton und lächelte düster. »Verheiratet, naja. Was heißt das schon.«

»Und sie waren nur ein paar Wochen verlobt. Ich war damals in Blandings, als es passierte. Es hatte die ganze Zeit geregnet, und da haben sie's vermutlich aus Zeitvertreib getan. Irgendwann hat man ja mal genug von Backgammon. Also ehrlich, Mr. Plimsoll, Sie brauchen sich keine Sorgen zu machen, daß Vee in jemand anderen verliebt ist. Ich bin sicher, daß sie Sie liebt. Sie hätten mal hören sollen, wie begeistert sie von Ihrer Geschicklichkeit geredet hat, als Sie beim Abendessen das Weinglas auf der Gabel balancierten.«

»Das hat ihr also gefallen?« fragte Tipton begierig.

»Nach ihren Worten zu urteilen, war sie ganz hingerissen. Vee bewundert Männer mit praktischen Talenten.«

»Das sind ja ganz neue Perspektiven«, sagte Tipton und schwieg dann einen Augenblick, um sich darauf umzustellen.

»An Ihrer Stelle würde ich jetzt gleich hingehen und sie bitten, Ihre Frau zu werden.«

»Wirklich?« sagte Tipton. Er sah Prudence an, und in seinem Blick war nur noch Sympathie, Dankbarkeit und Anerkennung. Er konnte gar nicht verstehen, daß er sie einmal als kleine Nervensäge klassifiziert hatte. Das war wirklich eine absurde Fehleinschätzung gewesen. Sie so abzuqualifizieren, nur weil sie klein und lebhaft war! Er sah jetzt ein, daß man Frauen nicht nach Körpergröße und Motorik, sondern nur nach ihrem Herzen beurteilen durfte. Auch kleinformatige Mädchen können weit über sich hinauswachsen, wenn sie sich als gute Feen betätigen.

»Also Sie meinen, ich sollte ...?« fragte Tipton.

»Wenn ich Sie wäre, würde ich keine Sekunde mehr zögern. Wenn Sie wollen, gehe ich zu ihr und sage ihr, Sie wollten sie dringend in einer wichtigen Angelegenheit sprechen. Dann können Sie noch vor dem Mittagessen alles perfekt machen. Ich will Ihnen ja nicht dreinreden, falls Sie sich das anders vorgestellt haben, aber mein Vorschlag wäre, daß Sie sie zu einer Aussprache hinter den Rhododendronbüschen bitten, und wenn sie dann kommt, nehmen Sie sie in die Arme, küssen sie tüchtig und seufzen ›Du Stern meiner Träume!‹ Ich fände das besser als viele Worte zu machen. Da weiß man doch gleich, woran man ist.«

Das von ihr entworfene Szenario gefiel Tipton, und ein paar Minuten lang saß er da und malte es sich farbig aus. Dann schüttelte er den Kopf.

»Es geht nicht.«

»Warum denn nicht?«

»Meine Nerven würden nicht mitmachen. Ich müßte vorher etwas trinken.«

»Na, dann trinken Sie doch was. Darauf wollte ich gerade kommen. Ich beobachte Sie schon eine ganze Weile, und mir ist aufgefallen, daß Sie nichts als Limonade getrunken haben, seit Sie hier sind. Deswegen sind Sie auch noch nicht weitergekommen. Genehmigen Sie sich mal einen kräftigen Schluck.«

»Aber dann taucht doch gleich wieder dieses verdammte Gesicht auf.«

»Gesicht? Was für ein Gesicht?«

Tipton sah, daß er die merkwürdige Lage, in der er sich befand, würde erklären müssen, und das tat er dann auch. Da er dieses junge Mädchen inzwischen als eine Art Schwester betrachtete, der er vertrauen konnte, bereitete ihm sein Geständnis keinerlei Schwierigkeit. Klar und anschaulich schilderte er ihr die einzelnen Stationen: die Erbschaft; das Bedürfnis zu feiern; die zwei Monate unentwegten Alkoholgenusses; den Ausschlag; den Besuch in E. Jimpson Murgatroyds Praxis; Dr. Murgatroyds düstere Prophezeiung; das erste Auftauchen des Gesichts; das zweite Auftauchen des Gesichts; das dritte, vierte, fünfte und sechste Auftauchen des Gesichts. Er machte seine Sache sehr gut, so daß es auch für Zuhörer, die nicht so intelligent waren wie Prudence, kein Problem gewesen wäre, ihm zu folgen. Als er fertig war, saß sie schweigend da und sah nach der Kuh hinüber.

»Ich verstehe«, sagte sie dann. »Das muß sehr unangenehm für Sie sein.«

»Allerdings«, bestätigte Tipton. »Ich finde das gar nicht schön.«

»Das ginge wohl jedem so.«

»Ich würde ja nichts sagen, wenn es sich um ein kleines Männchen mit einem schwarzen Bart handelte. Aber dieses Gesicht ist fürchterlich.«

»Sie haben es aber außer am Abend Ihrer Ankunft hier nicht mehr gesehen?«

»Nein.«

»Na also.«

Tipton erkundigte sich, was sie mit dem Ausdruck »Na, also« meine, und Prudence sagte, sie habe damit die Vermutung einleiten wollen, daß das Ding nicht mehr aktiv sei und sein Erscheinen eingestellt habe. Dem widersprach Tipton. War es nicht wahrscheinlicher, gab er zu bedenken, daß es nur irgendwo auf der Lauer lag und wartete, bis seine Zeit wieder gekommen war? Nein, meinte Prudence, ihrer Ansicht nach sei das Gesicht von Tiptons andauerndem Limonadetrinken entmutigt worden und habe sich aus dem aktiven Leben zurückgezogen; Tipton riskiere daher nichts, wenn er sich – natürlich in Maßen – etwas Mut antrinke für seine Liebeserklärung.

Sie sagte das so überzeugend, als kenne sie sich mit Phantomgesichtern bestens aus, und ihre Worte munterten Tipton wieder auf. In seinem Gesicht lag ein Ausdruck energischer Entschlossenheit, als er sich erhob.

»In Ordnung«, sagte er. »Dann werde ich mir einen genehmigen.«

In diesem Entschluß bestärkte ihn die (allerdings unausgesprochene) Überlegung, daß höchste Eile geboten war, wenn er Veronica Wedge unter Vertrag nehmen wollte. Prudence hatte ihm zwar versichert, daß das Mädchen noch ganz unter dem Eindruck seines Balance-Akts mit der Gabel und dem Weinglas stehe, aber als nüchtern denkender Mann wußte er, daß die Faszinationskraft von Balance-Akten irgendwann einmal nachläßt. Außerdem stellte Freddie nach wie vor eine Gefahr dar. Gewiß, seine kleine Freundin hatte bestritten, daß es zwischen Veronica Wedge und diesem miesesten aller anglo-amerikanischen Molche ein Techtelmechtel gebe, und zunächst hatte er das auch geglaubt, aber inzwischen quälten ihn wieder Zweifel, und deshalb fand er, die Verlobung müsse schleunigst stattfinden, bevor sein Ex-Freund zurückkam und seine heimtückischen Annäherungsversuche wieder aufnehmen konnte.

»Bitte entschuldigen Sie mich«, sagte er. »Ich will nur schnell in mein Zimmer laufen und meine ... Ach du Schreck, da ist sie ja gar nicht!«

»Was wollten Sie denn in Ihrem Zimmer?«

»Meine Reiseflasche holen. Aber mir ist gerade eingefallen, daß ich sie Lord Emsworth zur Aufbewahrung gegeben habe. Wissen Sie, als ich vor kurzem aus dem Fenster sah und dieses Gesicht wieder entdeckte, da dachte ich, es wäre vielleicht besser, wenn jemand anders diesen Flachmann an sich nähme, und als ich den alten Lord auf der Treppe traf, habe ich ihm das Ding gegeben.«

»Und jetzt ist es in Onkel Clarences Schlafzimmer?«

»Wahrscheinlich.«

»Dann werde ich Ihnen die Flasche dort holen.«

»Bitte, machen Sie sich wegen mir keine Umstände.«

»Nein, nein. Ich wollte sowieso Onkel Clarences Schlafzimmer aufräumen gehen. Mit seinem Arbeitszimmer bin ich schon fertig. Ich bringe Ihnen den Flachmann in Ihr Zimmer.«

»Das ist wirklich sehr nett von Ihnen.«

»Nicht der Rede wert.«

»Doch, sehr nett«, beharrte Tipton. »Einfach große Klasse.«

»Ich finde, man sollte anderen Menschen helfen, wo man kann. Meinen Sie nicht auch?« sagte Prudence mit einem verhaltenen, wehmütigen Lächeln. Sie sah aus wie Florence Nightingale, die sich über ein Krankenlager beugt. »Das ist doch das einzig Wahre im Leben: andern Gutes zu tun.«

»Ich wünschte, ich könnte etwas für Sie tun.«

»Sie könnten mir etwas für den Wohltätigkeitsbasar geben.«

»Ich verspreche Ihnen eine fürstliche Spende«, sagte Tipton. »Und jetzt gehe ich hinauf in mein Zimmer. Wenn Sie so freundlich wären, Miss Wedge auszurichten, daß ich sie in circa zwanzig Minuten hinter den Rhododendronbüschen erwarte, und mir außerdem meine Reiseflasche zu bringen, dann werde ich alles andere bestimmt spielend schaffen.«

Als Tipton Plimsoll sich eine Viertelstunde später am verabredeten Ort einfand, war von Depression und Mutlosigkeit bei ihm nichts mehr zu merken. Er wirkte jetzt aufgeräumt und zuversichtlich. Das Lebenselixier, das in seinen Adern zirkulierte, hatte ihm gerade so viel Pep eingeflößt, wie nötig ist, wenn ein verliebter junger Mann sein Mädchen in die Arme nehmen und zu ihr sagen will: »Du Stern meiner Träume!« So wie Tipton da stand, war er der Inbegriff des männlichen Eroberers, der weiß, daß er die richtigen Worte parat hat. Er strahlte Überlegenheit und Selbstvertrauen aus.

Dann warf er einen strengen Blick gen Himmel, als wolle er sich jeden Wetterumschwung verbitten. Ein weiterer Blick, der den Rhododendronbüschen galt, schien die Warnung zu enthalten, daß es ihnen schlecht gehen würde, wenn sie irgendwelche Dummheiten machen sollten. Er rückte seinen Krawattenknoten zurecht, schnickte ein Staubkörnchen von seinem Jackett und spielte einen Augenblick mit dem Gedanken, »Du Stern meiner Träume!« gegen »Du süße Zuckermaus!« auszutauschen, verwarf das aber wieder wegen der vielen S-Laute.

Um der Wahrheit die Ehre zu geben, muß man jedoch sagen,

daß sich unter seinem furchtlosen Äußeren eine gewisse Beklommenheit verbarg. Er fühlte sich zwar gar nicht wie ein einfacher Mann mit Hornbrille, sondern eher wie ein unternehmungslustiger Wirbelwind, aber er mußte doch daran denken, daß er dieses Gesicht regelrecht herausgefordert hatte. In der Vergangenheit hatten ja schon viel geringere Provokationen genügt, um es in voller Größe erscheinen zu lassen, und auch Prudences aufmunternde Worte konnten seine Angst vor einem Comeback des Gesichts nicht vollständig ausräumen. Wenn es sich nämlich wieder zeigte, waren alle seine schönen Pläne geplatzt. Wie soll man denn etwas so Heikles wie einen Heiratsantrag zustande bringen, wenn dabei andauernd nicht-existente Gesichter um einen herumschwirren? Bei so was möchte man doch unbedingt mit dem Gegenstand seiner Liebe allein bleiben.

Aber als dann die Minuten vergingen und nichts passierte, schöpfte er wieder Hoffnung. Seine Erfahrung im Umgang mit dem Gesicht hatte ihn ja gelehrt, daß es, wenn überhaupt, dann prompt zur Stelle war. Kürzlich in seinem Zimmer zum Beispiel hatte er den Schnaps kaum heruntergeschluckt, als es sich schon präsentierte. Und bei anderen Gelegenheiten war es kaum weniger fix gewesen. Deshalb schien ihm seine jetzige Säumigkeit ein gutes Zeichen zu sein.

Gerade hatte er sich vorgenommen, noch ein paar Minuten zu warten, bevor er sich Prudences Theorie endgültig zu eigen machte, daß sich das Gesicht aus dem aktiven Dienst zurückgezogen habe, als er hinter sich einen schrillen Pfiff vernahm. Er drehte sich ruckartig um, und ein einziger Blick genügte, um all seine Hoffnungen zunichte zu machen.

Jenseits der Auffahrt stand dichtes Buschwerk, das die große Wiese vor dem Schloß begrenzte. Und aus diesen Büschen sah es ihn an. Diesmal trug es eine Art assyrischen Bart, als käme es gerade von einem Maskenball, aber er erkannte es trotzdem sofort. Er spürte den Druck dumpfer Verzweiflung wie eine zentnerschwere Last. Jetzt hatte es gar keinen Zweck mehr, auf Veronica zu warten und so weiterzumachen, wie Prudence es vorgeschlagen hatte. Er wußte, wieviel er sich zumuten konnte. Wenn Phantomgesichter ihn beobachteten und womöglich noch höhnisch grinsten, war er nicht in der Lage, seine Angebetete in die Arme zu schließen. Er drehte sich auf dem Absatz um und ging davon. Das Pfeifen wiederholte sich, und es kam ihm sogar so vor, als habe er ein »He!« gehört, aber er sah nicht zurück. Wenn es sich schon nicht vermeiden ließ, daß er dieses Gesicht sah, dann konnte er ihm doch zumindest die kalte Schulter zeigen.

Kaum war er außer Sichtweite, als Veronica Wedge freudig erregt vom Haus herangetrippelt kam.

Veronica war so glänzender Laune wie Tipton vor ein paar Minuten. Während der letzten Tage hatte der Anblick eines offensichtlich verliebten Bewerbers, dessen Tempo nach einem vielversprechenden Start plötzlich nachgelassen hatte, sie wie auch ihre Eltern bedrückt und verstört. Die Mondscheinpartie auf der Terrasse hatte in ihr die Hoffnung geweckt, daß sie den Mann fürs Leben gefunden habe und schon am nächsten Tag die Weichen für ihre Zukunft gestellt würden. Aber der nächste Tag wie auch die darauffolgenden Tage waren gekommen und vergangen, ohne daß sich etwas an Tiptons Zurückhaltung geändert hätte. Schon wollte die Schwermut von ihrem Herzen Besitz ergreifen, als Prudence mit der sensationellen Mitteilung kam, er wolle sich mit ihr hinter den Rhododendronbüschen treffen.

Veronica Wedge war, wie schon erwähnt, kein sonderlich aufgewecktes Mädchen, aber wenn man ihr Zeit ließ und sie nicht drängelte, war sie zu einfachen logischen Operationen durchaus imstande. Das, so sagte sie sich also, konnte nur eins bedeuten. Ein Mann verabredet sich ja nicht leichtfertig und unüberlegt mit einem Mädchen hinter Rhododendronbüschen. Wenn ein Mann ein Mädchen bittet, sich mit ihm hinter Rhododendronbüschen zu treffen, dann hat er die Absicht, Ernst zu machen und Tacheles zu reden. So jedenfalls dachte Veronica Wedge. Und deshalb war sie, als sie sich jetzt zum Stelldichein begab, glänzender Laune. Ihre Wangen glühten, ihre Augen glänzten. Ein Pressefotograf wäre bei ihrem Anblick in helles Entzücken geraten.

Ihre gehobene Stimmung erhielt jedoch wenig später einen Dämpfer. Als sie die Rhododendronbüsche erreichte und feststellen mußte, daß außer ihr niemand da war, überkam sie ein Gefühl der Leere und Enttäuschung. Sie sah sich nach allen Seiten um und entdeckte dabei eine Menge Rhododendron, aber keinen Plimsoll, und dessen Abwesenheit von der Bildfläche war ihr unbegreiflich.

Für Grübeleien blieb ihr aber keine Zeit, denn in diesem Augenblick merkte sie, daß sie doch nicht allein war. Sie vernahm ein leises Pfeifen und eine Stimme, die »He!« sagte. Da sie annahm, daß es sich hierbei um ihren vermißten Romeo handele

– wobei sie sich wunderte, daß er ein romantisches Tête-à-tête auf so prosaische Weise einleitete –, drehte sie sich schnell um. Dann stand sie wie versteinert da.

Aus den Büschen auf der andern Seite der Auffahrt sah ein Gesicht mit Bart und glotzte sie an.

»Iiii!« schrie sie und wich instinktiv zurück.

Bill Lister war ein sanftmütiger und galanter junger Mann, und deshalb wäre er zutiefst gekränkt gewesen, hätte er die Schlagzeilen im Stil der Boulevardpresse lesen können, die ihr durch den Kopf schossen und von denen UNHOLD METZELT SCHÖNHEIT NIEDER noch die harmloseste war. Da seine Gedanken nur mit dem Briefchen beschäftigt gewesen waren, das er seiner Liebsten überbringen lassen wollte, hatte er ganz vergessen, wie fürchterlich dieser Bart sein ehrliches Gesicht entstellte. Es war ja, wie wir wissen, schon in glattrasiertem Zustand nicht nach jedermanns Geschmack, aber wie es jetzt hinter Fruity Biffens Matratze hervorsah, bot es einen Anblick, bei dem es selbst einer Jeanne d'Arc den Atem verschlagen hätte.

Daran hatte er jedoch nicht gedacht. Sein einziger Gedanke war, daß er jetzt endlich jemanden bitten konnte, sein Briefchen zuzustellen.

Eigentlich hatte er dieses Billett doux dem großen Schlaks mit der Hornbrille anvertrauen wollen, der vor kurzem da war. Er hatte ihn schon von weitem kommen sehen, und da er so aussah, als würde er einem andern gern einen Gefallen tun, war Bill über die Wiese gerannt, um ihn abzufangen. Aber dieser Kerl hatte ihm nur einen abweisenden Blick zugeworfen und war dann einfach weitergegangen. Deshalb war es ihm wie ein Geschenk des Himmels vorgekommen, als kurz darauf Veronica auftauchte. Junge Mädchen, sagte er sich, sind bestimmt hilfsbereiter als Männer mit Hornbrillen.

Die Hoffnung, Prudence selbst zu begegnen, hatte Bill aufgegeben. Sofern sie überhaupt hier irgendwo spazierenging, dann jedenfalls nicht in dem Teil des Parks von Blandings, in dem er sich postiert hatte. Außerdem stand das, was er ihr sagen wollte, in dem Briefchen viel besser geschrieben, als es ihm jemals über die Zunge gekommen wäre. Er war nun mal kein großer Redner.

Wenn er doch nur wüßte, wie dieses Mädchen hieß, dachte Bill, denn er fand es ziemlich unmanierlich, einfach »He!« zu rufen. Aber da ihm nichts anderes übrigblieb, rief er es noch einmal, wobei er diesmal aus dem Gebüsch hervorkam und auf sie zuging.

Bedauerlicherweise blieb er dabei mit dem Fuß an irgendeiner Wurzel hängen, so daß er mit großen, ruckartigen Schritten und rudernden Armbewegungen auf sie zugestolpert kam, was ganz und gar nicht dazu angetan war, Veronicas Moral zu stärken. Auch wenn er das wochenlang vorher geprobt hätte, wäre ihm eine glaubwürdigere Darstellung eines Unholds, der eine Schönheit niederzumetzeln im Begriff ist, wohl kaum gelungen.

»Bluttat in Blandings Castle«, dachte Veronica und erbleichte unter ihrem »Rosenhauch«-Make-up. »Zerstückelte Leiche in Rhododendronbüschen entdeckt.«

Obwohl die Tochter eines Offiziers, eignete sich Veronica Wedge keineswegs zur Heroine. Die Töchter anderer Militärs hätten sich an ihrer Stelle vielleicht mannhaft behauptet und mit gerunzelter Stirn und einem schroffen »Was fällt Ihnen ein!« zur Wehr gesetzt, aber Veronica geriet in Panik. Die Lähmung ihrer schönen Beine ließ nach, und schon raste sie die Auffahrt hinauf wie ein wasserstoffblondes Kaninchen. Zuerst hörte sie noch schnelle Schritte hinter sich, dann nicht mehr, und gleich darauf war sie beim Haus und in Sicherheit.

Ihre Frau Mama ging zufällig auf der Terrasse auf und ab, und in deren Arme flüchtete sie sich mit einem aufgeregten Quietschen.

Bill ging zurück auf seine Wiese. Es gibt Zeiten im Leben, da scheint einem alles schiefzugehen, und jetzt war so eine Zeit. Er fühlte sich elend und verzweifelt.

Als Freddie ihm vorgeschlagen hatte, Prudence heimlich ein Briefchen zukommen zu lassen, da hatte sich das angehört wie das reinste Kinderspiel, und dabei sah es jetzt so aus, als bedürfte es dazu geradezu machiavellistischer Schliche und Ränke. Außerdem konnte er sich nicht unbegrenzt Zeit lassen, denn er mußte jederzeit damit rechnen, daß man ihn entlarvte und als die Gärtner-Imitation bloßstellte, die er war.

Schon an diesem Morgen hatte er einmal geglaubt, es sei soweit, als Lord Emsworth angeschussert kam und ihn in ein langes Gespräch über Blumen verwickelte, von denen er noch nicht mal die Namen gehört hatte. Es war ihm zwar gelungen, mit ein paar wohldosierten »Jawohl, Mylord«s und »Aha, Mylord«s diese Gefahr meisterhaft abzuwenden, aber würde ihm das noch einmal gelingen? Der Verstand des neunten Earl von

Emsworth, soviel war Bill bald klargeworden, konnte gewiß nicht messerscharf genannt werden; gleichwohl mußte es selbst diesem Mann bei einer erneuten Begegnung auffallen, daß er es hier mit einem recht eigenartigen Gärtner zu tun hatte, dessen Papiere man sich mal etwas näher ansehen sollte.

Deshalb mußte schnellstens – möglichst noch vor Sonnenuntergang – ein hilfsbereiter Mensch gefunden werden, der Prudence dieses Briefchen überbrachte. Bisher, so überlegte er, hatte er den Fehler gemacht, Gäste des Hauses mit Hornbrillen anheuern zu wollen, die ihn dann nur abweisend ansahen und weitergingen, sowie neurotische Damen der Oberschicht, die wie die Kaninchen davonstoben, sobald man das Wort an sie richtete. Statt dessen benötigte er, wie ihm jetzt klar wurde, als Emissär eine sozial niedriger stehende Person, der man einen finanziellen Anreiz bieten konnte – zum Beispiel einen von diesen Küchenjungen, von denen Freddie gesprochen hatte und die für ein paar Schilling die Sache mit Vergnügen übernehmen würden.

Kaum war ihm das durch den Kopf gegangen, als er auch schon eine rundliche Frauengestalt daherkommen sah, bei der es sich ganz offensichtlich um die Köchin des Schlosses handelte, die ihren freien Nachmittag hatte, und das Herz schlug ihm so freudig in der Brust, als hätte er einen Regenbogen erblickt. Mit dem Briefchen in der einen und einer Zwei-Schilling-Münze in der andern Hand eilte er ihr entgegen. Vor kurzem erst hatte er geglaubt, Veronica Wedge sei ihm vom Himmel geschickt worden. Denselben Fehler machte er jetzt bei ihrer Mutter.

Sein Irrtum war durchaus begreiflich. Fast jeder, der Lady Hermione Wedge zum ersten Mal sah, hielt sie für eine Köchin. Aber Bill hatte sie fälschlicherweise für eine liebenswürdige Köchin gehalten, eine gutmütige Köchin, eine Köchin von grenzenloser Güte und Sanftmut, die einem verzweifelten Liebhaber bereitwillig die helfende Hand reichen würde. Ihm war entgangen, daß sie wie eine erzürnte Köchin aussah, die zutiefst empört ist und im Begriff steht, einem Vorfall unverzüglich auf den Grund zu gehen.

Die tränenerstickten Herzergießungen ihrer Tochter hatten Lady Hermione dermaßen gegen bärtige Gärtner aufgebracht, daß sie im Gesicht hochrot war. Selbst die schüchternste Mutter nimmt es übel, wenn ihr Kind von einem Feld-, Wald- und Wiesenwerker in Angst und Schrecken versetzt wird, und Lady Hermione war alles andere als schüchtern. Als sie sich Bill näherte, war ihr Gesicht karmesinrot, und sie wollte so viel gleichzeitig sagen, daß sie erst einmal Luft holen und eine Auswahl treffen mußte.

Und während sie sich noch sammelte, hatte ihr Bill auch schon das Briefchen und die zwei Schilling mit der Bitte in die Hand gedrückt, sich letztere einzustecken und ersteres heimlich Miss Prudence Garland zu bringen, wobei sie darauf achten solle – dies bat er sie ganz besonders zu beachten –, daß sie dabei nicht von Lady Hermione Wedge gesehen werde.

»Ein gräßliches Frauenzimmer«, sagte Bill. »Ein Dragoner von der übelsten Sorte. Aber das brauche ich Ihnen wohl kaum zu sagen«, fügte er mitfühlend hinzu, denn er konnte sich denken, daß diese gute Seele mit Prues Schreckenstante schon so manchen Krach wegen der Schmorbraten und Haschees gehabt hatte.

Lady Hermione erstarrte.

»Wer sind Sie?« stieß sie heiser hervor.

»Keine Sorge«, beruhigte sie Bill. Daß sie sich wegen der Schicklichkeit des Briefchens Sorgen machte, ließ sie ihm nur noch sympathischer erscheinen. »Es ist alles in bester Ordnung. Mein Name ist Lister. Ich bin mit Miss Garland verlobt. Die alte Wedge hält sie hinter Schloß und Riegel und wacht mit Argusaugen über sie. Ein richtiger Drachen. Der sollte man mal ein paar Löffel Arsen in ihren Porridge tun. Könnten Sie das nicht übernehmen?« fragte er strahlend, denn da auf einmal alles so glatt ging, war er bester Laune.

Die Uhr über den Ställen hatte gerade so sachte und behutsam zwölf geschlagen wie ein Butler, wenn er verkündet, daß das Essen serviert ist, als der Glanz der Sonne über Blandings Castle noch überstrahlt wurde von Freddie Threepwood, der in seinem Sportcoupé angebraust kam. Seinen Besuch bei den Fanshawe-Chadwicks in Worcestershire hatte er inzwischen beendet. Man darf wohl annehmen, daß bei seinem Abschied alle heftig bewegt waren, aber er hatte sich schweren Herzens losgerissen, da ihn die Finches in Shropshire für eine Nacht erwarteten. Um auf dem Weg dorthin im Schloß hereinzuschauen, hatte er einen weiten Umweg in Kauf genommen, aber er wollte unbedingt mit Bill sprechen, um zu hören, wie es ihm in der Zwischenzeit ergangen sei.

Seine Suche im Park nach dem Gegenstand seines Interesses blieb zwar erfolglos, gab ihm aber Gelegenheit, ein paar Worte mit seinem Vater zu wechseln. Lord Emsworth, im korrekten, ja sogar feierlichen dunklen Anzug und einem frisch gestärkten Hemd, lehnte an der Umzäunung des Schweinestalls und hielt mit seiner Mastsau stumme Zwiesprache.

Da Freddie gewohnt war, seinen Erzeuger in Ziehharmonikahosen und einer abgetragenen Tweedjacke mit Löchern an den Ellenbogen zu sehen, konnte er einen Laut der Überraschung nicht unterdrücken. Dadurch wurde Lord Emsworths Aufmerksamkeit geweckt, und er drehte sich um, wobei er seinen Kneifer zurechtrückte. Was er durch diesen erblickte, als er ihn richtig justiert hatte, veranlaßte auch ihn zu einem überraschten Japsen.

»Freddie! Du meine Güte, ich dachte, du wärst irgendwo zu Besuch. Bleibst du lange hier?« fragte er ängstlich, und sein väterliches Herz klopfte sorgenvoll.

Freddie beruhigte ihn.

»Bin nur auf der Durchreise, Paps. Die Finches erwarten mich zum Mittagessen. Sag mal, wozu denn der Sonntagsstaat?«

»Was?«

»Die Klamotten. Die elegante Kluft. Alles erstklassige Maßarbeit.«

»Ach so«, sagte Lord Emsworth, der nunmehr begriff. »Ich fahre mit dem Zug um zwölf Uhr vierzig nach London.«

»Das muß ja was ganz Wichtiges sein, wenn du bei solchem Wetter nach London fährst.«

»Ist es auch. Sehr wichtig. Es geht darum, daß dein Onkel Galahad mir jemand anderes besorgt, um mein Schwein zu malen. Der erste ...« Hier versagte Lord Emsworth vor Empörung die Stimme.

»Aber warum telegrafierst du ihm nicht oder rufst ihn einfach an?«

»Telegrafieren? Anrufen?« Auf diesen genialen Einfall war Lord Emsworth offensichtlich nicht gekommen. »Du meine Güte, das hätte ich tatsächlich tun können! Aber dazu ist es jetzt zu spät«, seufzte er. »Ich hatte leider ganz vergessen, daß Veronica morgen Geburtstag hat, und deshalb habe ich auch noch kein Geschenk für sie; jetzt besteht ihre Mutter darauf, daß ich nach London fahre und etwas besorge.«

Irgend etwas blitzte in der Sonne. Es war Freddies Monokel, das ihm heruntergefallen war.

»Ach du lieber Himmel!« rief er. »Vee hat ja Geburtstag. Gut, daß du mich daran erinnerst. Ich hatte es auch völlig vergessen. Hör mal, Paps, würdest du mir einen Gefallen tun?«

»Was denn?« fragte Lord Emsworth vorsichtig.

»Was willst du denn für Vee kaufen?«

»Ich dachte an irgendeine hübsche Kleinigkeit, wie junge Mädchen sie gerne tragen. Deine Tante meinte, eine Armbanduhr wäre das richtige.«

»Schön, das kommt mir sehr gelegen. Dann gehst du am besten zu Aspinall in der Bond Street. Die haben Armbanduhren in rauhen Mengen. Wenn du dort bist, sagst du, du kämst im Auftrag von F. Threepwood. Ich habe nämlich Aggies Halskette zum Reinigen hingebracht und außerdem einen Anhänger für Vee bestellt. Sag ihnen, sie sollen die Kette verpacken und nach ... Kannst du mir folgen, Paps?«

»Nein«, sagte Lord Emsworth.

»Aber es ist doch ganz einfach. Erstens: die Kette. Zweitens: der Anhänger. Sag ihnen, sie sollen die Kette verpacken und nach Paris ins Ritz schicken, wo Aggie ...«

»Wer«, fragte Lord Emsworth mit einem gewissen Interesse, »ist Aggie?«

»Na hör mal, Paps. Du weißt doch: meine Frau.«

»Ich dachte, deine Frau hieße Frances.«

»Nein, sie heißt Niagara.«

»Das ist aber ein seltsamer Name.«

»Ihre Eltern haben die Flitterwochen in einem Hotel an den Niagarafällen verbracht.«

»Ist Niagara nicht eine Stadt in Amerika?«

»Nicht so sehr eine Stadt, mehr ein großer Wasserfall.«

»Ich dachte immer, es wäre eine Stadt.«

»Da bist du einer Falschmeldung aufgesessen, Paps. Aber um aufs eigentliche Thema zurückzukommen – ich habe nämlich nicht viel Zeit. Sag den Leuten bei Aspinall, sie sollen Aggie die Halskette nach Paris ins Ritz schicken, und bring mir den Anhänger mit. Du brauchst keine Angst zu haben, daß sie dich dafür zur Kasse bitten und du auf einmal zu einer riesigen Rechnung kommst wie die Jungfrau zum Kind ...«

Lord Emsworth horchte interessiert auf. Davon hörte er zum ersten Mal.

»Du hast ein Kind? Ist es ein Junge? Wie alt ist er? Wie heißt er denn? Sieht er dir etwa ähnlich?« fragte er und empfand plötzlich großes Mitleid mit dem armen Baby.

»Das war doch nur so eine Redensart, Paps«, erklärte Freddie geduldig. »Als ich sagte, du brauchtest nicht zu befürchten, daß du zu einer riesigen Rechnung kommst wie die Jungfrau zum

Kind, da meinte ich damit, daß du keine Angst zu haben brauchst, man könnte dir Geld für Dinge aus der Tasche ziehen, von denen du gar nichts weißt und die du nicht gewollt hast. Es ist alles schon bezahlt. Capito?«

»Selbstverständlich.«

»Dann wiederhole jetzt noch mal, was ich gesagt habe.«

»Es geht um eine Kette und einen Anhänger ...«

»Daß du die beiden ja nicht verwechselst!«

»Ich verwechsle nie etwas. Du möchtest den Anhänger deiner Frau schicken lassen und die Kette ...«

»Nein, nein! Umgekehrt!«

»Oder genauer gesagt, umgekehrt. Alles klar. Sag mal«, fragte Lord Emsworth und kam damit auf ein Thema zurück, das ihn wirklich interessierte, »warum wird Frances eigentlich Niagara genannt?«

»Wird sie ja gar nicht. Sie heißt nicht Frances.«

»Was wird sie nicht?«

»Niagara genannt.«

»Aber das hast du doch eben gesagt. Ist das Kind bei ihr in Paris?«

Freddie zog ein lavendelfarbenes Taschentuch hervor und wischte sich die Stirn.

»Komm, Paps, laß uns die ganze Sache vergessen, ja? Nicht das mit der Kette und dem Anhänger, aber diese Geschichte mit Frances und dem Kind ...«

»Ich finde Frances einen hübschen Namen.«

»Ich auch. Klingt wirklich gut. Aber jetzt wollen wir nicht mehr davon reden. Es wird uns beiden gut tun.«

Lord Emsworth klatschte in die Hände.

»Chicago!«

»Wie bitte?«

»Nicht Niagara. Chicago. Das ist die Stadt, die ich meinte. Es gibt in Amerika eine Stadt, die Chicago heißt.«

»Bevor ich herüber kam, gab es sie jedenfalls noch. Na, gibt's hier inzwischen etwas Neues?« fragte Freddie, fest entschlossen, das Thema zu wechseln, bevor der alte Herr auf die Idee kam zu fragen, warum er das Baby Indianapolis genannt habe.

Lord Emsworth überlegte. Er hatte vor kurzem den Speiseplan der Kaiserin geändert und damit großen Erfolg erzielt, aber er ahnte, daß sein Sohn sich für solche Neuigkeiten nicht besonders interessieren würde, da es ihm an Ernst und praktischer Vernunft schon immer gefehlt hatte. Dann tauchte aus dem Dunkel seines Bewußtseins die Erinnerung an eine Unterhaltung auf, die er vor einer halben Stunde mit seinem Schwager Colonel Wedge gehabt hatte.

»Dein Onkel Egbert ist sehr verärgert.«
»Weshalb denn?«
»Er sagt, die Gärtner seien hinter Veronica hergewesen.«
Freddie war erschrocken und, obwohl im allgemeinen tolerant, auch ein bißchen schockiert. Seine Kusine Veronica war natürlich sehr attraktiv, aber von englischen Gärtnern hätte er doch etwas mehr Beherrschung erwartet.

»Hinter ihr hergewesen? Die Gärtner? Du meinst, wie bei einer Treibjagd?«
»Nein, wenn ich mir's recht überlege, waren es gar nicht alle Gärtner, sondern nur einer. Und der war eigentlich überhaupt kein Gärtner – obwohl ich diesen Teil der Geschichte nicht verstanden habe –, sondern der junge Mann, der in deine Kusine Prudence verliebt ist.«
»Was!«
Freddie wurde schwindlig, und er mußte sich an der Umzäunung des Schweinekobens festhalten. Benommen angelte er nach seinem Monokel, das sich wieder einmal selbständig gemacht hatte.

»Das hat Egbert jedenfalls behauptet, aber mir kommt es recht komisch vor. Dann müßte der junge Mann doch hinter Prudence hergewesen sein. Veronica ist gleich zu ihrer Mutter gelaufen, und die ging dann augenblicklich zu dem jungen Mann, um ihn zu fragen, was ihm denn einfiele, und da gab er ihr einen Brief und zwei Schilling. Das«, gestand Lord Emsworth, »habe ich auch nicht ganz verstanden. Wenn dieser junge Mann in Prudence verliebt ist, dann begreife ich nicht, warum er Hermione heimlich Briefe zusteckt oder ihr zwei Schilling schenkt. Hermione hat doch genug Geld. Aber so war es nun mal.«

»Entschuldige bitte, Paps«, sagte Freddie mit erstickter Stimme, »aber ich muß schnellstens fort. Es ist sehr wichtig.«
Noch einmal zog er sein Taschentuch hervor und betupfte damit seine Stirn. Das, was Lord Emsworth so rätselhaft erschienen war, hatte er sofort richtig erfaßt. Er ahnte, daß der arme Blister zum zweitenmal einen Bock geschossen und damit den ganzen sorgsam ausgedachten Plan zu seiner Rettung vermasselt hatte. Obwohl der alte Herr das nicht ausdrücklich erwähnt hatte, war anzunehmen, daß sein unglücklicher Freund

von Tante Hermione eigenhändig aus Blandings Castle hinausgeworfen worden war. Inzwischen befand er sich vermutlich in seinem Zimmer im Emsworth Arms Inn und packte die Koffer. Dorthin zu fahren und mit ihm zu reden, war aber unmöglich. Das hätte nämlich bedeutet, das Mittagessen bei den Finches zu versäumen, und man konnte doch die Finches in Shropshire genausowenig warten lassen wie die Fanshawe-Chadwicks in Worcestershire.

Langsam ging er weiter, und er war noch nicht weit gegangen, als er vor sich eine dieser Gartenbänke sah, wie man sie in den Parkanlagen englischer Landhäuser allenthalben findet.

Nun sind Gartenbänke als solche wenig geeignet, die Aufmerksamkeit eines Mannes zu erregen, der in sorgenvolle Gedanken versunken ist. Er wirft höchstens einmal einen Blick darauf und setzt dann grübelnd seinen Weg fort. Auch diese Bank hätte Freddies Fuß gewiß nicht stocken lassen, wäre da nicht seine Kusine Veronica Wedge gewesen, die er auf derselben sitzen sah. Und während er sie noch erstaunt ansah, zerriß ein Schluchzen die Stille, und er merkte, daß Vee weinte. Bei diesem Anblick war Bills Problem vergessen. Er war nicht der Mann, der gefühllos weitergeht, wenn schöne Frauen leiden.

»Nanu, Vee«, sagte er und eilte zu ihr. »Was ist denn?«

Ein mitfühlender Zuhörer, dem sie in allen Einzelheiten erzählen konnte, wie unverzeihlich Tipton Plimsoll sich verhalten hatte, als er sich erst mit ihr hinter den Rhododendronbüschen verabredete und sie dann versetzte, so daß ein wildgewordener Gärtner sie anfallen konnte – das war genau das, worauf Veronica Wedge gewartet hat. Mit leidenschaftlichen Worten sprudelte sie ihre Geschichte hervor, und schon bald legte Freddie, der ein gutes Herz hatte, seinen Arm brüderlich um ihre Taille; und bald darauf küßte er sie auch noch ein paarmal brüderlich auf die Stirn. Als sie nun geendigt, gab er zum Lohn ihr – frei nach Shakespeare – eine Welt von Seufzern. Er schwur (in Wahrheit seltsam, wundersam! Und rührend war's! Unendlich rührend war's!), er wünschte, daß er's nicht gehört. Und dabei gab er ihr noch mehr Küsse.

Nicht weit entfernt stand Tipton Plimsoll hinter einem Baum. Er hatte das Gefühl, als habe ihm jemand einen kräftigen Schlag ins Genick verpaßt, während er Zeuge dieser Erneuerung einer alten Liebe wurde.

Lord Emsworth erreichte London kurz vor fünf und fuhr dann mit einem Taxi zum Senior Conservative Club, wo er sich für eine Nacht ein Zimmer nehmen wollte. Bill, der zur selben Zeit in der Hauptstadt eingetroffen war, da er in demselben Zug gesessen hatte, begab sich unverzüglich zum Wohnsitz des Ehrenwerten Galahad Threepwood in der Duke Street, St. James'. Von dem Augenblick an, da Lady Hermione Wedge die Maske hatte fallen lassen und schimpfend wie ein Fischweib über ihn hergefallen war, hatte für ihn festgestanden, daß hier der Rat eines welterfahrenen und klugen Mannes vonnöten war. Er selbst war zwar nach sorgfältiger Prüfung der Lage zu der Überzeugung gelangt, daß ihm einfach nicht zu helfen war, aber es konnte ja sein, daß dieser schlaue Kopf, der es sogar geschafft hatte, Ronnie Fishs Heirat mit einem Mädchen vom Varieté gegen den erbitterten Widerstand einer Horde keifender Tanten durchzusetzen, mit der ihm eigenen Brillanz trotzdem noch eine geniale Lösung für seine Probleme entdecken würde.

Er fand den Ehrenwerten Galahad vor dem Haus bei seinem Auto stehen, wo er sich mit seinem Chauffeur unterhielt. Die Pflichten eines Onkels waren diesem gutherzigen Mann heilig, und deshalb war er im Begriff, nach Blandings Castle zu fahren, um an den Geburtstagsfeierlichkeiten zu Ehren seiner Nichte Veronica teilzunehmen.

Als er Bill entdeckte, blinzelte er zuerst ungläubig, und dann machte er ein sorgenvolles Gesicht. Ihm schwante nichts Gutes. Wenn ein junger Mann, der eigentlich auf dem Anwesen von Blandings Castle mit einem Rechen hantieren sollte, plötzlich in der Duke Street auftauchte, dann konnte ein intelligenter Mann wie Gally daraus nur den Schluß ziehen, daß es ein Malheur gegeben hatte.

»Um Himmels willen, Bill«, rief er, »was machst du denn hier?«

»Kann ich dich einen Augenblick allein sprechen, Onkel Gally?« fragte Bill mit einem unfreundlichen Blick auf den Chauffeur, dessen große rote Ohren sich ihm entgegenreckten wie die einer Giraffe und dessen ganze Haltung rege Anteilnahme und größte Aufmerksamkeit erkennen ließ.

»Dann komm mal mit«, sagte der Ehrenwerte Galahad und ging mit ihm ein Stück die Straße hinunter, bis sie außer Hörweite waren. »Also, was ist? Wieso bist du nicht in Blandings? Sag bloß nicht, du hast wieder Mist gemacht und bist noch mal gefeuert worden?«

»Ehrlich gesagt, ja. Aber ich konnte nichts dafür. Woher sollte ich denn wissen, daß sie nicht die Köchin war? Jeder andere wäre auch darauf hereingefallen.«

Obwohl er noch keine Ahnung hatte, was passiert war, erriet der Ehrenwerte Galahad mühelos, wer da in Blandings Castle mit einer Köchin verwechselt worden war.

»Sprichst du von meiner Schwester Hermione?«

»Ja.«

»Du hast sie also für die Köchin gehalten?«

»Ja.«

»Und weiter?«

»Dann gab ich ihr zwei Schilling und bat sie, Prudence heimlich ein Briefchen zu bringen.«

»Aha. Jetzt kapiere ich. Und da hat sie das Flammenschwert hervorgeholt und dich aus dem Garten Eden vertrieben?«

»Ja.«

»Sonderbar«, sagte der Ehrenwerte Galahad. »Merkwürdig. Etwas ganz Ähnliches ist vor dreißig Jahren meinem alten Freund Stiffy Bates passiert, nur daß er den Vater des Mädchens für den Butler hielt. Hat Hermione deine zwei Schilling eingesteckt?«

»Nein, sie hat sie mir vor die Füße geworfen.«

»Da hast du mehr Glück gehabt als Stiffy. Er hatte dem Vater zehn Schilling zugesteckt, und der alte Halunke wollte sie nicht mehr herausrücken. Ich kann mich erinnern, daß Stiffy sich noch lange darüber geärgert hat, dafür, daß er mit der Mistgabel durch eine Stechpalmenhecke gejagt wurde, auch noch zehn Schilling bezahlt zu haben. Er hat sein Geld nie gern zum Fenster hinausgeworfen. Aber wie bist du nur Hermione begegnet?«

»Sie kam, um mich zusammenzustauchen, weil ich ihrer Tochter nachgelaufen war.«

»Du meinst wohl, ihrer Nichte?«

»Nein, ihrer Tochter. Gut gebaut, aber ein bißchen unbedarft und mit Plüschaugen.«

Der Ehrenwerte Galahad holte tief Luft.

»Also das ist dein Eindruck von Veronica? Das ist aber sehr ungewöhnlich, mein lieber Bill. Im allgemeinen sprechen die Männer, die sie kennen, von ihr als einer göttlichen Schönheit, in deren Augen man versinken möchte. Aber vielleicht ist es besser so. Die Sache ist sowieso schon kompliziert, und wenn du jetzt auch noch angefangen hättest, dich für dieses Mädchen zu interessieren, dann wäre ja alles entsetzlich verzwickt geworden. Aber wenn du sie gar nicht so toll findest, wieso bist du ihr dann nachgelaufen?«

»Ich wollte sie bitten, Prue das Briefchen zu bringen.«

»Ach so, ich verstehe. Was stand denn in diesem Briefchen?«

»Daß ich bereit bin, ihre Wünsche zu erfüllen – also die Malerei aufzugeben und meinen Pub zu übernehmen. Freddie hat dir sicher davon erzählt.«

»Ja, er hat es erwähnt. Nun mach dir mal keine Sorgen wegen des Briefs. Ich bin gerade auf dem Weg nach Blandings und werde mich darum kümmern, daß sie ihn bekommt.«

»Das ist sehr nett von dir.«

»Nicht der Rede wert. Ist er das?« fragte der Ehrenwerte Galahad und nahm einen Umschlag entgegen, den Bill aus der Tasche gezogen hatte wie ein Kaninchen aus dem Zylinder. »Mit ehrlichem Schweiß getränkt«, sagte er dann, als er das Papier durch sein Monokel beäugte, »aber das wird ihr wohl nichts ausmachen. So so, da hast du dich also entschlossen, den ›Maulbeerbaum‹ selbst zu übernehmen? Das finde ich sehr vernünftig. Mit der Kunst ist ja heutzutage kein Blumentopf zu gewinnen, während die Gastronomie Zukunft hat. Du kannst mit dem ›Maulbeerbaum‹ bestimmt gute Geschäfte machen, vor allem dann, wenn du ihn ein bißchen modernisierst.«

»Das möchte Prue auch. Swimming-pool, Tennisplatz und so weiter.«

»Dazu brauchst du natürlich Kapital.«

»Das ist allerdings der Haken.«

»Ich wünschte, ich könnte dir was geben, aber ich habe leider nichts. Ich lebe nur von dem spärlichen Anteil des Familienvermögens, der mir als jüngerem Sohn zusteht. Hast du eine Idee, wen du anpumpen könntest?«

»Prue meinte, daß Lord Emsworth vielleicht etwas herausrückt. Natürlich erst, wenn wir verheiratet sind. Das Dumme ist nur, daß ich zu ihm gesagt habe, er solle mir den Buckel runterrutschen.«

»Na und? Damit hattest du doch völlig recht.«

»Er hat sich aber darüber geärgert.«

»Ich verstehe immer noch nicht, was du willst.«

»Meinst du denn nicht, daß ich mir damit seine Hilfsbereitschaft verscherzt habe?«

»Ach wo! Clarence weiß doch schon nach zehn Minuten nicht mehr, was man zu ihm gesagt hat.«

»Aber er würde mich wiedererkennen.«

»Als den Pfuscher, der das Konterfei seines Schweins verhunzt hat? Er wird sich höchstens vage erinnern, daß er dich schon mal irgendwo gesehen hat, aber das ist auch alles.«

»Bist du sicher?«

»Absolut.«

»Und warum«, fragte Bill hitzig, wobei ihn die Erinnerung an das, was er durchgemacht hatte, erzittern ließ, »hast du mich dann gezwungen, mir diesen verdammten Bart umzuhängen?«

»Aus rein erzieherischen Gründen. Ein junger Mann steht im Leben erst dann auf eigenen Füßen, wenn er mal ein paar Tage einen falschen Bart getragen hat. So was härtet ihn ab und bringt ihm zu Bewußtsein, daß das Dasein auch seine Schattenseiten hat. Und außerdem kannst du von Glück sagen, daß du diesen Bart anhattest, als du meiner Schwester Hermione begegnet bist. Jetzt wird sie dich nicht wiedererkennen, wenn sie dich ohne sieht.«

»Wie meinst du das?«

»Wenn du morgen ins Schloß kommst.«

»Wenn ich – was?«

»Ach, habe ich dir das noch nicht gesagt? Während unseres Gesprächs«, erklärte der Ehrenwerte Galahad, »fiel mir ein, wie sich dein Problem auf ganz simple Weise lösen ließe. Clarence ist nämlich auf dem Weg hierher, weil ich ihm helfen soll, einen neuen Maler zu finden, der die Kaiserin porträtiert. Er hat mir aus Market Blandings telegrafiert, daß er kurz nach fünf hier sein will. Wenn er kommt, werde ich dich als den Kandidaten Nummer eins vorstellen. Damit wäre dein Problem gelöst.«

Bill machte große Augen. Ihm fehlten die Worte. So bewundernswert diese Geistesriesen ja sind – sie verschlagen einem doch immer wieder die Sprache.

»Das klappt nie im Leben!«

»Doch, bestimmt. Es sollte mich sehr wundern, wenn es auch nur die geringsten Schwierigkeiten gäbe. Mein lieber Junge, ich kenne meinen Bruder Clarence schon seit über einem halben Jahrhundert und weiß, wie er funktioniert. Sein I. Q. liegt ungefähr dreißig Punkte unter dem einer schwach begabten Kaulquappe. Das einzige, was mir noch ein bißchen Sorgen macht, ist die Zeitspanne bis zu dem günstigen Augenblick, wo du Prudence aus dem Schloß befreist und mit ihr davonläufst, um zu heiraten. Wirst du diese Zeit gut überstehen? Beim ersten Mal ist ja einiges schiefgegangen.«

Bill versicherte, daß er es schon schaffen werde – er habe aus seinen Fehlern gelernt. In diesem Moment bog Lord Emsworth um die Ecke, und als Bill ihn sah, wußte er, daß er hoffen durfte. Der Plan, den sein Patenonkel ausgeheckt hatte, beruhte darauf, daß man es auf der Gegenseite mit einem spleenigen und hochgradig vertrottelten Dussel zu tun hatte, und der neunte Earl von Emsworth machte fraglos den Eindruck, als sei er genau das und noch ein bißchen mehr.

London mit seinem hektischen Getriebe und den vielen Menschen, die einen fast umrannten, und den Omnibussen, die einen vor sich herjagten wie ein Kaninchen, versetzte den Herrn von Blandings Castle stets in helle Panik und ließ seine intellektuelle Leistungsfähigkeit noch weitaus tiefer unter die jener Kaulquappe absinken, von der sein Bruder gesprochen hatte. Als er jetzt an der Ecke der Duke Street stand und nach seinem Kneifer tastete, der ihm beim Überqueren der verkehrsreichen St. James' Street vor Aufregung von der Nase gefallen war: mit offenem Mund und leerem Blick, den Hut schräg über einem Ohr – da wäre er jedem Schwindler als ein willkommenes Opfer erschienen, und auch Bill betrachtete ihn zufrieden.

»Ah, da ist er ja«, sagte Gally. »Jetzt hör mir genau zu. Warte, bis er bei uns ist, und dann sagst du, du mußt jetzt gehen. Geh langsam bis zum St. James' Palace und komm dann genauso langsam zurück. Alles andere überlaß mir. Wenn du einen Vorwand brauchst, weshalb du zurückgekommen bist, dann kannst du mich ja fragen, wie das noch mal war mit dem Tip für das Rennen morgen in Sandown. Tag, Clarence.«

»Ah, Galahad.«

»Tja, ich muß jetzt leider gehen«, sagte Bill und zuckte leicht zusammen, als der Neuankömmling ihn durch seinen Kneifer ansah. Trotz der beruhigenden Versicherungen seines Mentors überkam ihn eine gewisse Unruhe und Befangenheit, als er sich jetzt wieder dem Mann gegenübersah, dem er zuvor unter so peinlichen Umständen begegnet war.

Und er hatte sich noch keineswegs völlig beruhigt, als er verabredungsgemäß nach einem kleinen Spaziergang in die Duke Street zurückkehrte, aber die fröhliche Unverfrorenheit, mit der ihn der Ehrenwerte Galahad begrüßte, machte ihm wieder Mut.

»Wie geht's, mein Bester?« sagte Gally. »Wieder zurück?

Ausgezeichnet. Dann brauche ich Sie nicht extra von Ihrem Landhaus hierher zu bemühen. Darf ich Sie mit meinem Bruder bekanntmachen? Lord Emsworth, Mr. Landseer.«

»Sehr erfreut«, sagte Lord Emsworth.

»Ganz meinerseits«, sagte Bill betreten. Er war jetzt wieder verlegen und nervös. Es wäre zwar übertrieben zu behaupten, der neunte Earl habe ihm einen durchbohrenden Blick zugeworfen, denn zu durchbohrenden Blicken war dieser kurzsichtige Peer nicht imstande, aber er hatte ihn zumindest unverwandt angestarrt. Und tatsächlich war es Lord Emsworth gerade durch den Kopf gegangen, daß er Bill schon mal irgendwo gesehen hatte. Möglicherweise im Club.

»Ihr Gesicht kommt mir bekannt vor, Mr. Landseer«, sagte er.

»So?« fragte Bill.

»Aber natürlich«, sagte Gally. »Ganz berühmter Mann, dieser Landseer. Sein Bild ist in allen Zeitungen. Sagen Sie mal, mein lieber Landseer, haben Sie zur Zeit viel zu tun?«

»Oh nein«, sagte Bill.

»Sie könnten also eine Arbeit übernehmen?«

»Oh ja«, sagte Bill.

»Großartig. Wissen Sie, mein Bruder würde Sie nämlich gerne überreden, morgen mit ihm nach Blandings zu fahren und ein Porträt seines Schweins zu malen. Sie haben sicherlich schon von der Kaiserin von Blandings gehört?«

»Oh gewiß«, sagte Bill.

»Wirklich?« fragte Lord Emsworth fasziniert.

»Na hör mal«, sagte Gally und lächelte leicht, »das ist doch klar. Als prominentester Tiermaler Englands weiß Landseer natürlich über alle bedeutenden Schweine des Landes Bescheid. Wahrscheinlich schneidet er sich sogar die Fotos der Kaiserin aus den Zeitungen.«

»Schon seit Jahren«, bestätigte Bill.

»Haben Sie je ein schöneres Tier gesehen?«

»Noch niemals.«

»Sie ist das fetteste Mastschwein in ganz Shropshire«, sagte Gally, »abgesehen von Lord Burslem, der in der Nähe von Bridgnorth wohnt. Es wird Ihnen Spaß machen, sie zu malen. Wann, sagtest du, fährst du zurück nach Blandings, Clarence?«

»Morgen mit dem Zug um zwölf Uhr zweiundvierzig. Wollen wir uns am Bahnhof Paddington treffen, Mr. Landseer?

Sehr schön. Und jetzt muß ich leider gehen. Ich will noch bei einem Juwelier in der Bond Street vorbeischauen.«

Er trottete von dannen, und Gally sah Bill triumphierend an.

»Na, mein Junge, was habe ich dir gesagt?«

Bill schnaufte ein bißchen wie einer, der Schweres durchgemacht hat.

»Warum mußtest du mich ausgerechnet Landseer nennen? Der Mann ist doch schon wer weiß wie lange tot!«

»Clarence hat Landseers Bild mit dem röhrenden Hirsch so gern«, sagte der Ehrenwerte Galahad. »Damit konnte ich ihn überzeugen.«

7

Am Morgen nach Lord Emsworths Abreise in die Hauptstadt lag Blandings Castle behaglich ausgestreckt in der sommerlichen Wärme. Die Sonne war schon mit den Hühnern aufgestanden und hatte von Stunde zu Stunde an Kraft zugenommen, und nun schien sie von einem saphirblauen Himmel herunter, tauchte die Ländereien und Gebäude in weißgoldenes Licht und ließ den See wie eine polierte Silberscheibe glänzen. Zwischen den Blumen summten Bienen, Grillen zirpten, die Vögel saßen matt im Schatten der Gebüsche, und den Gärtnern stand der Schweiß auf der Stirn.

So ziemlich der einzige Ort, zu dem die wärmenden Strahlen nicht vordrangen, war der neben der großen Halle gelegene Rauchsalon. Erst am späten Nachmittag kam die Sonne dorthin, und aus eben diesem Grund hatte sich Tipton Plimsoll nach einem spärlichen, aus einer Tasse Kaffee und ein paar trüben Gedanken bestehenden Frühstück dort niedergelassen, um über die Tragödie nachzusinnen, die sein Lebensglück zerstört hatte. Nach Sonnenschein war ihm nicht zumute. Wenn es nach ihm gegangen wäre, dann hätte er den morgendlich leuchtenden rosigen Schein durch Witterungsverhältnisse ersetzt, die eher denen im zweiten Akt des ›König Lear‹ geglichen hätten.

Es gehört nicht viel dazu, um einen verliebten jungen Mann depressiv zu stimmen, und nach dem gestrigen Anblick von Veronica Wedge und Freddie, wie sie in trauter Eintracht auf der Parkbank saßen, war seine Lebenslust auf den Nullpunkt gesunken. Während er nun im Rauchsalon hockte und geistesabwesend eine dieser illustrierten Zeitschriften durchblätterte, für die ihre Herausgeber die Stirn haben einen ganzen Schilling zu verlangen, verspürte er alle Symptome eines schweren Katers, ohne daß er dafür Kosten oder Mühen hätte aufwenden müssen. Hätte E. Jimpson Murgatroyd ihn so gesehen, er wäre entsetzt und bitter enttäuscht gewesen und hätte das Schlimmste befürchtet.

Und auch die Zeitschrift, in der er blätterte, vermochte ihn nicht auf fröhlichere Gedanken zu bringen. Sie enthielt fast nichts als Fotos von Damen der besseren Gesellschaft, und er fand es unbegreiflich, daß die Leute ihr sauer verdientes Geld dafür hinlegten, sich mit dem Anblick solcher Spinatwachteln die Augen zu verderben. Das Bild, das er gerade vor sich hatte, zeigte drei breit lächelnde junge Damen im Ballkostüm (von links nach rechts: Miss »Cuckoo« Banks, Miss »Beetles« Bessemer und Lady »Toots« Fosdyke), wie er sie gräßlicher noch nie gesehen hatte. Hastig blätterte er um und sah sich mit der Ablichtung einer Schauspielerin konfrontiert, die, eine Rose zwischen den Zähnen und die Augenlider halb gesenkt, lauernd über ihre Schulter plierte.

Schon wollte er das Heft mit einem unterdrückten Aufschrei in eine Ecke feuern, als sein Herz plötzlich einen Hopser machte. Bei genauerem Hinsehen hatte er nämlich entdeckt, daß es sich nicht um eine Schauspielerin, sondern um Veronica Wedge handelte. Es war die Rose, die ihn zunächst irregeführt hatte. Er hätte Veronica von sich aus nie mit vegetarischen Gelüsten in Verbindung gebracht.

Mit brennenden Augen starrte Tipton auf das Konterfei seiner Angebeteten. Wie wundervoll mußte es sein, so einem Gesicht jahrein, jahraus am Frühstückstisch gegenüberzusitzen! Was für ein liebes, zärtliches, faszinierendes, bezauberndes Gesicht. Und andererseits: was für ein trügerisches Gesicht, das mit Unschuldsmiene ernsthaften Bewerbern Hoffnungen machte, während es in Wahrheit die ganze Zeit plante, sich davonzuschleichen und mit skrupellosen Subjekten auf Parkbänken zu schmusen. In Tiptons Innerem ging es dermaßen drunter und drüber, während er diese lieblichen Züge mit blitzender Brille studierte, daß er unmöglich hätte sagen können, ob er diesem Foto lieber einen Kuß oder ein saftiges Ding hinter die Löffel gegeben hätte.

Glücklicherweise blieb ihm eine Entscheidung erspart, denn in diesem Augenblick hörte er, wie eine vergnügte Stimme »Hallo, hallo! Einen wunderschönen guten Morgen« sagte, und dann entdeckte er draußen vor dem offenen Fenster Kopf und Schultern eines adretten kleinen Herrn in einem grauen Flanellanzug.

»Ein herrlicher Morgen«, sagte dieser Herr und betrachtete ihn freundlich durch ein schwarzumrandetes Monokel.

»Grrch«, antwortete Tipton ebenso reserviert wie vor ein paar Tagen, als er zu Freddie Threepwood »Gacks« gesagt hatte.

Er hatte den Anonymus noch nie gesehen, schloß aber aus Andeutungen, die er beim Frühstück aufgeschnappt hatte, daß es sich um Veronicas Onkel Gally handeln müsse, der gestern abend erst spät eingetroffen war und deshalb die andern nicht mehr hatte begrüßen können. Und er hatte völlig recht. Der Ehrenwerte Galahad war unterwegs in einem Dorfgasthaus eingekehrt, um gemütlich zu Abend zu essen und mit den Einheimischen eine Partie Wurfpfeil zu spielen, und dabei war er mit einem der Lokalmatadore in ein langes Streitgespräch über den Boxkampf Corbett gegen Fitzsimmons geraten, so daß er das Schloß erst nach der Sperrstunde erreicht hatte. An diesem Morgen war er schon in seiner geselligen Art herumspaziert, um den alten Bekannten die Hand zu schütteln, neue Bekannte kennenzulernen und sich alles in allem wieder häuslich einzurichten. Seine Heimkehr ins Schloß seiner Ahnen glich jedesmal dem Einzug eines jovialen Monarchen, der längere Zeit auf Kreuzfahrt war und nun in sein angestammtes Reich zurückkommt.

»Heiß«, sagte er. »Sehr heiß.«

»Hm?«

»Heiß heute.«

»Was ist heiß?«

»Das Wetter.«

»Ach so«, sagte Tipton und wandte sich wieder der Illustrierten zu.

»Das wird noch richtig tropisch werden. Wie an dem Tag, als der Lokomotivführer ins Feuerloch stieg, um sich abzukühlen.«

»Was?«

»Der Lokführer. Drüben in Amerika. Es war so heiß, daß das einzige kühle Plätzchen im Feuerloch unter dem Kessel war. Dabei fällt mir ein«, sagte der Ehrenwerte Galahad, »kennen Sie den mit den drei Börsenmaklern und der Schlangenbeschwörerin?«

Tipton verneinte – zumindest kam aus seinem hinteren Rachenraum ein gurgelnder Laut, den Gally als Verneinung interpretierte, und deshalb erzählte er die Geschichte. Als er damit fertig war, herrschte Schweigen.

»Tja«, sagte Gally enttäuscht, denn als geübter Witzeerzähler erwartet man natürlich mehr als nur höfliches Schweigen, wenn man zur Pointe einer seiner besten Geschichten kommt, »dann werde ich mal weitergehen. Wir sehen uns ja beim Mittagessen.«

»Wie?«

»Ich sagte, wir sehen uns dann beim Essen.«

»Gacks«, sagte Tipton und nahm das Studium der Fotografie wieder auf.

Bei seinen gelegentlichen Besuchen in Blandings Castle glich der Ehrenwerte Galahad Threepwood, wie gesagt, einem leutseligen Monarchen, der munter in seinem Königreich herumspaziert, nachdem er sich jahrelang in fernen Ländern mit den Heiden herumgeschlagen hat; und wie ein solcher Monarch wollte er gern fröhliche Gesichter um sich sehen.

Infolgedessen schmerzte ihn die Trübsal des jungen Mannes, den er gerade verlassen hatte. Er sann noch immer darüber nach und suchte nach einer Erklärung, als er auf Colonel Egbert Wedge stieß, der sich im Rosengarten sonnte.

Da Gally stets im Bett frühstückte, während der Colonel so etwas als Verweichlichung ablehnte, war dies ihr erstes Wiedersehen seit dem Regiments-Bankett, und ihr Gespräch drehte sich daher ein Weilchen um dieses Ereignis. Colonel Wedge meinte, in seiner ganzen langen Laufbahn habe er noch nie eine schwachsinnigere Tischrede gehört als die, die der alte Bodger neulich gehalten habe. Gally widersprach und verwies auf den Schwafel, den dieser Todger eine halbe Stunde später gemacht hatte. Der Colonel gab zu, daß Todger eine Zumutung gewesen sei, aber doch nicht so schlimm wie Bodger. Da Gally sich den schönen Morgen nicht mit einem Streit verderben wollte, sagte er, möglicherweise habe sein Schwager recht, und er fügte noch hinzu, daß seiner Einschätzung nach beide Militärs so blau gewesen seien wie die Strandhaubitzen.

Dann schwiegen sie eine Weile, bis Gally die Frage stellte, die ihn schon die ganze Zeit beschäftigt hatte.

»Sag mal, Egbert«, sagte er, »da war eben so ein großer, schlaksiger Bursche. Wer war das?«

Darauf antwortete Colonel Wedge ganz zutreffend, diese Beschreibung passe auf viele Leute – ausgenommen vielleicht kleine dicke Burschen, woraufhin Gally mehr ins Detail ging.

»Ich hab' mich gerade mit ihm durch das Fenster zum Rauchsalon unterhalten. Großer, schlaksiger Kerl mit Hornbrille. Amerikaner, wenn ich mich nicht irre. Merkwürdigerweise erinnert er mich an jemand, den ich mal in New York kannte. Groß, schlaksig, jung, Stinklaune und eine riesige Hornbrille.«

Auf Colonel Wedges Stirn bildete sich eine steile Falte. Jetzt konnte er den Unbekannten mühelos identifizieren.

»Das ist ein junger Mann namens Plimsoll. Freddie hat ihn mitgebracht. Wenn du mich fragst, hätte er ihn lieber in eine Irrenanstalt bringen sollen als nach Blandings Castle. Nicht«, setzte er mit Nachdruck hinzu, »daß da viel Unterschied wäre.«

Bei diesem Namen hatte es bei Gally offensichtlich geklingelt.

»Etwa *Tipton* Plimsoll? Weißt du zufällig, ob er drüben in den Staaten irgendwas mit einer Ladenkette namens ›Tipton's Stores‹ zu tun hat?«

»Damit zu tun?« Colonel Wedge war ein beherrschter Mann, und deshalb stöhnte er jetzt nicht dumpf, aber sein Gesicht war schmerzlich verzerrt. »Freddie sagt, daß ihm diese Kette praktisch gehört!«

»Also deshalb kam er mir so bekannt vor. Er muß ein Neffe des alten Chet Tipton sein, von dem ich gerade sprach. War drüben einer meiner besten Freunde«, erklärte Gally. »Ist jetzt tot, der arme Kerl, aber als er noch auf den Beinen war, konnte er es im Fluchen mit jedem x-beliebigen Taxifahrer aufnehmen. Und er hatte eine Marotte. Er war stinkreich, aber seine Drinks wollte er immer umsonst kriegen. Da hat er immer gern geknausert, und er hatte einen sehr wirksamen Trick, um seinen Gratisdrink zu kriegen. Wenn er in eine Bar kam, erzählte er dem Barkeeper beiläufig, daß er die Pocken habe. Daraufhin suchte der Barkeeper schleunigst das Weite und mit ihm die anderen Gäste, und dann konnte Chet sich ungestört bedienen. Er war schon ein schlauer Kopf. Und dieser Plimsoll ist also Chets Neffe, wie? Dem guten Chet zu Ehren werde ich wie ein Vater zu ihm sein. Weshalb hat er denn so eine Stinklaune?«

Colonel Wedge machte eine Geste der Verzweiflung.

»Das weiß der liebe Himmel. Ich habe keine Ahnung, was im Kopf dieses Mannes vorgeht.«

»Und warum sagtest du, er gehöre in eine Klapsmühle?«

Colonel Wedge hatte seine Gefühle bis jetzt mühsam beherrscht, aber nun brach ein so gewaltiger Seufzer aus ihm hervor, daß eine Biene, die sich gerade auf einer Lavendelblüte in der Nähe niedergelassen hatte, einen Salto rückwärts machte und dann eilig davonschwirrte, um ihre Dienstleistungen anderswo anzubieten.

»Weil er nicht alle Töpfe im Spind hat! Anders läßt sich sein höchst sonderbares Verhalten nicht erklären.«

»Was hat er denn getan? Jemanden ins Bein gebissen?«

Colonel Wedge war froh, einen interessierten Zuhörer gefunden zu haben, dem er von dem großen Kummer erzählen konnte, der sein Leben und das Leben seiner Frau und seiner Tochter Veronica verdüsterte. Es sprudelte nur so aus ihm hervor, er untermalte das Ganze mit lebhaften Gesten, und als er schließlich von Tiptons unerklärlichem Fernbleiben von den Rhododendronbüschen berichtete, schüttelte Gally sorgenvoll den Kopf.

»Das gefällt mir aber gar nicht, Egbert«, sagte er ernst. »So was ist wirklich nicht normal. Ja, wenn man dem alten Chet erzählt hätte, daß Mädchen hinter den Rhododendronbüschen seien, dann hätte er sich mit ›Hurra!‹ ins Laub gestürzt. Und wenn die Vererbungslehre recht hat, dann kann Tipton Plimsoll unmöglich von Natur aus schüchtern sein. Nein, hinter der Sache steckt irgendwas.«

»Dann wünschte ich, du würdest es herausbekommen«, sagte Colonel Wedge düster. »Du kannst mir glauben, Gally, daß es für einen Vater schrecklich ist, wenn er zusehen muß, wie sein einziges Kind mit gebrochenem Herzen dahinsiecht. Gestern abend hat Vee sogar eine zweite Portion Ente und Gemüse abgelehnt. Da kannst du mal sehen, wie weit es mit ihr gekommen ist!«

Während der Ehrenwerte Galahad seinen Rundgang fortsetzte, wobei er seine Schritte zur sonnenbeschienenen Terrasse lenkte, wies seine Stirn tiefe Denkfalten auf. Der dramatische Bericht, den er gerade gehört hatte, beschäftigte ihn sehr. Es sah so aus, als hätte ihn das Schicksal wieder einmal dazu auserkoren, für ein junges Paar den rettenden Engel zu spielen. Irgend jemand mußte ja dafür sorgen, daß das Aufgebot für Tipton Plimsoll und Veronica Wedge so bald als möglich bestellt wurde, und wer hätte sich für diese Aufgabe besser geeignet als er selbst. Auch wenn er sich keine Illusionen darüber machte, daß Veronica ein Dummerchen war, so hatte er sie als Nichte doch immer sehr gern gehabt, und Tipton war immerhin der Neffe eines seiner ältesten Freunde. Da mußte er einfach aktiv werden. Ihm war, als hörte er Chets Stimme in sein Ohr flüstern »Na komm, Gally, mach schon.«

Vielleicht war es dieser Ansporn aus dem Jenseits, der ihn auf eine Idee brachte. Jedenfalls hellte sich sein Gesicht in dem Augenblick auf, als er die Terrasse betrat. Er hatte eine Lösung des Problems gefunden.

Im selben Augenblick brauste ein Sportwagen an ihm vorbei, und am Steuer saß Freddie, der ins traute Heim zurückkehrte, nachdem er die Nacht bei den Finches in Shropshire verbracht hatte. Er rauschte mit elegantem Schwung um die Ecke in Richtung Ställe, und Gally folgte ihm unverzüglich. Bei dem, was er vorhatte, benötigte er die Hilfe eines Assistenten. Er fand das junge Verkaufsgenie bei seinem inzwischen geparkten Zweisitzer, eine Zigarette im eleganten Zigarettenhalter zwischen den Lippen und Rauchringe blasend.

Freddies Besuch in Sudbury Grange, dem Landsitz von Major R. B. Finche und seiner Gattin Lady Emily Finche, hatte sich als einer seiner größten Erfolge erwiesen. Bei seiner Ankunft hatte er feststellen müssen, daß man in Sudbury Grange in verdammungswürdiger Weise auf Henley's Hundehappen schwor, ein noch widerwärtigeres Produkt als Barren's Bello-Bissen, und es war nicht leicht gewesen, seine Gastgeber zu den Erzeugnissen der Firma Donaldson zu bekehren. Aber er hatte es geschafft. Er hatte einen stattlichen Auftrag verbuchen können, und der Stolz auf diesen Erfolg hatte ihn während seiner Fahrt nach Blandings bei glänzender Laune gehalten.

Gegen Ende der Fahrt war ihm dann jedoch der ernüchternde Gedanke gekommen, daß sein eigenes Herz zwar leicht und sorgenfrei sein konnte, daß es aber andere in nächster Nähe gab, denen es verdammt schwer war. Bill Listers Herz zum Beispiel. Und Prues. Und Veronica Wedges. Daher waren die Rauchringe, die er jetzt blies, sorgenvolle Rauchringe.

Bis eben hatte Freddie noch über Veronica nachgedacht, aber als er seinen Onkel erblickte, fiel ihm sofort wieder der unglückliche Bill ein, und so wandte er sich nun erst einmal diesem Fall zu.

»Tag, Onkel Gally«, sagte er. »Wie geht's? Hör mal, Onkel Gally, ich hab' eine schlechte Nachricht für dich. Der arme Bill ...«

»Ich weiß schon, ich weiß.«

»Du hast also schon gehört, daß er zum zweitenmal gefeuert worden ist?«

»Ich habe sogar mit ihm selbst gesprochen. Mach dir wegen Bill mal keine Sorgen«, sagte Gally, der die Dinge gern eins nach dem andern erledigte. »Seinen Fall habe ich völlig unter Kontrolle. Bill geht's gut. Worauf wir uns im Augenblick konzentrieren müssen, Freddie, mein Junge, das ist diese mysteriöse Geschichte mit dem jungen Plimsoll und Veronica.«

»Davon weißt du auch schon?«

»Ich habe gerade mit ihrem Vater gesprochen. Er ist mit seinem Latein am Ende. Du bist doch ein Freund dieses Plimsoll. Hat er dich denn nicht ins Vertrauen gezogen oder zumindest irgendwelche Andeutungen gemacht, aus denen sich die Ursachen seiner rätselhaften Mutlosigkeit erschließen lassen? Ich habe ihn eben gerade zum ersten Mal gesehen und fand, daß er eine fatale Ähnlichkeit mit einem Seebad an einem verregneten Sonntag hat. Ich denke, er ist in Veronica verliebt?«

»Das sagen zumindest die Experten.«

»Trotzdem unternimmt er nichts, um ihr Herz zu erobern. Er ist sogar weggeblieben, nachdem er sich mit ihr hinter den Rhododendronbüschen verabredet hatte. Das muß doch einen Grund haben.«

»Vielleicht hat er kalte Füße bekommen?«

Gally schüttelte den Kopf.

»Das glaube ich nicht. Dieser junge Mann ist der Neffe meines alten Freundes Chet Tipton, und da muß es doch eine Familienähnlichkeit geben. Chet bekam jedenfalls nie kalte Füße, wenn Mädchen in der Nähe waren – ganz im Gegenteil. Man mußte ihn eher mit Gewalt zurückhalten. Andererseits war er manchmal tatsächlich merkwürdig niedergeschlagen, und dann saß er vorm Kamin und starrte stundenlang ins Feuer. Ein anderer Freund von mir, Plug Basham, war genauso. Sehr launisch. Ich habe Plug aber kuriert, und ich glaube, bei Plimsoll würde diese Methode auch wirken. Zum Glück haben wir ja so ein Vieh bei der Hand.«

»Was denn für ein Vieh?«

»Das Schwein deines Vaters. Plug hatte die schlimmsten Depressionen, an die ich mich erinnern kann, als wir mit noch ein paar andern in einem Haus in Norfolk zur Fasanenjagd eingeladen waren. Nach einiger Beratung kamen wir zu dem Schluß, daß man ihm einen Schock versetzen müsse. Natürlich nichts Ernstes, nur soviel, daß er auf andere Gedanken käme. Wir borgten uns deshalb von einer Farm in der Nähe ein Schwein, strichen es mit fluoreszierender Farbe an und schafften es nachts in sein Zimmer. Das hat Wunder gewirkt.«

Freddie zeigte Anzeichen einer gewissen Besorgnis. Seine Augen traten aus den Höhlen, und sein Unterkiefer sank herab.

»Du willst doch nicht etwa das Schwein des alten Herrn bei Nacht in Tippys Zimmer bringen?«

»Ich finde, es wäre unterlassene Hilfeleistung, wenn wir's nicht täten. Ich schlafe diesmal in der Gartensuite, deren Flügeltüren direkt in den Garten führen, so daß es kein Problem wäre, das Tier hereinzuholen. Die günstigen Umstände laden doch förmlich dazu ein.«

»Aber Onkel Gally ...«

»Ist was, mein Junge?«

»Meinst du denn, daß das etwas hilft?«

»In Plugs Fall hat es sich hervorragend bewährt. Er ging im Dunkeln in sein Zimmer, und der Anblick des grünlich leuchtenden Schweins muß ihn wie ein Faustschlag getroffen haben. Wir hörten einen Aufschrei aus tiefster Seele, und im nächsten Moment kam er die Treppe heruntergerast und fragte, was man tun müsse, wenn man den Anonymen Alkoholikern beitreten wolle – wie hoch die Aufnahmegebühr sei und wo es die Antragsformulare gebe und ob man Empfehlungsschreiben brauche und so weiter.«

»Aber anders herum wäre es vielleicht schiefgegangen.«

»Ich kann dir nicht ganz folgen.«

»Ich meine, wenn er schon Antialkoholiker gewesen wäre, dann hätte es passieren können, daß er sich nach diesem Schock volltankt wie noch nie.«

»Plug war aber kein Antialkoholiker.«

»Plug vielleicht nicht, aber Tippy.«

Gally schrak zusammen. Er war entsetzt.

»Was? Chet Tiptons Neffe ist ein Abstinenzler?«

»Erst seit ein paar Tagen«, erklärte Freddie, der seinen Freund auf keinen Fall in ein schiefes Licht bringen wollte. »Vorher war er ein notorischer Schluckspecht. Aber nachdem er zwei Monate durchgezecht hatte, ließ er plötzlich aus mir unbekannter Ursache die Finger vom Alkohol, und seither trinkt er nichts außer Milch und Limonade. Es war auch höchste Zeit, und ich meine, Onkel Gally, daß man alles unterlassen sollte, was ihn wieder zur Karaffe greifen lassen könnte.«

Der Ehrenwerte Galahad besaß einen flinken Verstand. Niemand war vernünftigen Argumenten zugänglicher als er.

»Ich verstehe, was du meinst«, sagte er. »Ja, das leuchtet mir ein. Gut, daß du mir das gesagt hast. Wir werden unsern Plan also völlig ändern müssen. Laß mich mal überlegen.«

Mit gesenktem Kopf und auf dem Rücken verschränkten Händen ging er vor den Ställen auf und ab. Es dauerte nicht lange, bis Freddie, der ihn beobachtet hatte, sah, wie er sein Monokel herausnahm und es mit der zufriedenen Miene eines Mannes putzte, der ein verzwicktes Problem gelöst hat.

»Ich hab's«, sagte er, als er zurückkam. »Die Idee kam mir blitzartig. Wir werden das Schwein in Veronicas Zimmer bringen.«

Freddies Gesicht verriet Bestürzung. Im Prinzip fand er

nichts dabei, ein Schwein in einem Mädchenzimmer einzuquartieren, aber ihm behagte das Wörtchen »wir« nicht.

»Moment mal!« rief er. »Du willst mich doch wohl nicht in diese Geschichte hineinziehen?«

Der Ehrenwerte Galahad fuhr auf.

»Hineinziehen?« sagte er. »Was meinst du mit ›hineinziehen‹? Dieses Wort finde ich in diesem Zusammenhang ganz unpassend. Ich hätte erwartet, daß du als Plimsolls Freund und Veronicas Vetter mit Freuden bereit sein würdest, alles zu tun, was in deinen Kräften steht.«

»Jaja, natürlich, das stimmt auch, aber ...«

»Zumal du gar nicht viel zu tun hast. Du brauchst nur vorauszugehen und nachzusehen, ob die Luft rein ist. Um die grobe Arbeit kümmere ich mich.«

Das beruhigte Freddie zwar, aber er kapierte immer noch nicht.

»Und was bringt das?«

»Wie bitte?«

»Wozu soll das gut sein, das Schwein in Vees Zimmer zu verfrachten?«

»Hast du denn gar keine Fantasie, mein Bester? Was passiert denn, wenn ein Mädchen ein Schwein in seinem Zimmer entdeckt?«

»Wahrscheinlich schreit sie wie am Spieß.«

»Genau. Ich vertraue fest darauf, daß Veronica Zeter und Mordio schreit. Daraufhin wird der junge Plimsoll ihr zu Hilfe eilen. Falls dir etwas Besseres einfällt, wie man zwei junge Leute zusammenbringen kann, dann sag's mir bitte.«

»Aber wie willst du wissen, ob Tippy dann gerade in der Nähe ist?«

»Weil ich dafür sorgen werde. Gleich nach dem Essen werde ich zu ihm gehen und ihn in ein Gespräch verwickeln. Du wirst dich unterdessen um Veronica kümmern und sie unter irgendeinem Vorwand in ihr Zimmer schicken. Du könntest sagen ... Hm, laß mal sehen ...«

»Vor kurzem hat sie damit gedroht, mir ihr Fotoalbum mit Schulbildern zu zeigen. Ich könnte sie bitten, das zu holen.«

»Ausgezeichnet. Und sobald sie sich auf die Socken gemacht hat, schlägst du einmal fest auf den Gong in der Halle. Das ist dann für mich das Zeichen, den jungen Plimsoll von der Leine zu lassen. Ich glaube, unser Schlachtplan steht fest.«

Freddie sagte, daß auch er das glaube.

»Und da der alte Herr in London ist«, fügte er erleichtert hinzu, »kannst du das Schwein hinterher wieder in seinen Stall bringen, ohne daß er je erfährt, wozu man es in seiner Abwesenheit mißbraucht hat.«

»Stimmt.«

»Das ist ein sehr wichtiger Punkt, weißt du. Bei Zweckentfremdung seiner Mastsau versteht der alte Knabe keinen Spaß. Da wird er fuchsteufelswild.«

»Du hast recht. Ich werde daran denken. Wir wollen ja Clarence unnötige Aufregung ersparen. Am besten wird man wohl das Schwein erst ins Haus bugsieren, wenn der ganze Verein bei Tisch sitzt. Macht es dir etwas aus, mit zehn Minuten Verspätung zum Essen zu gehen?«

»Sagen wir fünf Minuten«, schlug Freddie vor, der auf die Mahlzeiten viel Wert legte.

»Und jetzt«, sagte Gally, »auf zu Prudence. Ich habe für sie ein Briefchen von Bill, über das sie sich wahrscheinlich freuen wird wie ein Schneekönig. Wo könnte sie denn stecken? Ich habe sie schon überall gesucht.«

Darüber konnte Freddie Auskunft geben.

»Ich habe sie im Dorf gesehen, als ich durchfuhr. Sie sagte, sie wollte mit dem Vikar wegen des Wohltätigkeitsbasars reden.«

»Dann werde ich ihr ein Stückchen entgegengehen«, sagte Gally.

Im Weggehen ermahnte er seinen Neffen noch, das Mittagessen ja nicht zu verpassen, und dann schlenderte er davon. Er war mit sich und der Welt zufrieden. Nichts tat dieser liebenswerte Mann lieber, als Glück und Frieden zu stiften, und an diesem Tag, so ging es ihm durch den Sinn, würde er Glück und Frieden stiften wie noch nie.

Tipton Plimsoll stand auf der Terrasse und blickte finster auf die hügelige Parklandschaft, die sich vor seinen düsteren Augen ausdehnte. Wie immer standen auf den saftigen Weiden zwischen mächtigen Bäumen etliche Kühe herum, manche braun, manche gefleckt, und nahmen ihre Nährstoffe und Vitamine zu sich, und diese sah er so böse an, als habe er etwas gegen Kühe. Als dann eine Biene dicht vor seiner Nase vorbeisummte, merkte man an seiner mißmutigen Handbewegung, daß er auch auf Bienen nicht besonders gut zu sprechen war. Die Uhr zeigte halb drei, und das Mittagessen war erst vor wenigen Minuten beendet worden.

Für Tipton war es eine melancholische Mahlzeit gewesen. Da er nur wenig frühstückte, aß er mittags in der Regel um so mehr, aber diesmal hatte er seinen Teller fast unberührt stehengelassen. Weder die Anwesenden noch die Gespräche bei Tisch hatten die Schwermut vertreiben können, mit der er schon den Tag begonnen hatte. Er war froh gewesen, als der unvermeidliche Kaffee nach dem Essen getrunken war und er sich entfernen konnte.

Zunächst hatte er sich, wie schon gesagt, auf die Terrasse begeben, denn er suchte die Einsamkeit sowie frische Luft. Von letzterer gab es genug, von ersterer weniger. Er hatte nämlich kaum eine Minute die Kühe mit wachsender Abneigung angesehen, als im Sonnenlicht ein Monokel aufblitzte und der Ehrenwerte Galahad neben ihm stand.

Die meisten Menschen fanden Gally Threepwood amüsant und unterhaltsam und freuten sich über seine Gesellschaft, aber Tipton starrte ihn mit heimlichem Abscheu an. Und wenn man's genau nimmt, stimmt das Wort »heimlich« gar nicht. Während des Mittagessens hatte dieser Mann ihm nämlich unentwegt mit fröhlichen Geschichten von seinem verstorbenen Onkel Chet in den Ohren gelegen, und davon hatte Tipton jetzt die Nase gestrichen voll. Nach seiner Ansicht hatte er inzwischen von seinem Onkel mehr zu hören bekommen, als auch der liebevollste Neffe ertragen kann.

Deshalb ergriff er nun die Flucht wie ein aufgeschrecktes wildes Tier und war von der Terrasse ins Haus verschwunden, noch ehe der andere sich wieder eine Anekdote einfallen lassen konnte. Die Düsternis des Rauchsalons zog ihn magisch an, und gerade hatte er dort Zuflucht gesucht und mit zitternder Hand nach der Illustrierten mit dem bewußten Foto gegriffen, als die Tür aufging.

»Aha!« sagte Gally. »Also da sind Sie.«

Man mag gegen Gesellschaften in englischen Landhäusern einwenden, was man will – und man könnte allerhand gegen sie einwenden –, aber zumindest kann man sich, wenn man von dem geselligen Beisammensein genug hat, in sein Zimmer verziehen. Zwei Minuten später hatte sich Tipton in das seinige verzogen. Und nach weiteren zwei Minuten mußte er feststellen, daß er sich geirrt hatte, als er glaubte, nun endlich allein zu sein. Es klopfte an der Tür, und zwar so kräftig und selbstbewußt, wie es nur klopft, wenn sich der Klopfer seines Willkomms sicher ist, und dann trat ein adretter kleiner Herr im grauen Flanell ein.

Wer wissen will, wie Tipton Plimsoll in diesem Augenblick

zumute war, braucht nur mal einen Blick in ›Reineke Fuchs‹ zu werfen. Er kam sich vor wie ein gehetztes Wild. Und zugleich empörte sich alles in ihm gegen die Aufdringlichkeit dieser Nachstellungen. Wenn man als Gast in einem englischen Landhaus nicht einmal mehr in seinem Zimmer sicher ist, dann kann man daraus doch nur den Schluß ziehen, daß das Gesellschaftsgefüge wankt und die abendländische Kultur dem Untergang geweiht ist.

Unglück macht unwirsch.

»Suchen Sie was?« fragte er drohend.

Nur dem abgestumpftesten Gemüt hätte seine Feindseligkeit entgehen können, und Gally merkte sofort, daß sein junger Freund im Begriff war zu explodieren. Er ignorierte aber die lodernden Flammen hinter der Hornbrille.

»Unsere Wege scheinen sich ständig zu kreuzen, wie?« erwiderte er mit jener entwaffnenden Liebenswürdigkeit, die schon so manchen erzürnten Buchmacher besänftigt hatte. »Die Sache ist nämlich die, mein Junge: Ich möchte mich gerne mal ausführlich mit Ihnen unterhalten.«

»Das haben Sie bereits getan.«

»Ich möchte unter vier Augen über eine Angelegenheit reden, die für Ihr künftiges Glück von entscheidender Bedeutung ist. Sie sind der Neffe meines alten Freundes Chet Tipton ...«

»Das sagten Sie schon.«

»... und ich will nicht – nein, ich weigere mich entschieden zuzusehen, wie Chet Tiptons Neffe sein Glück aufs Spiel setzt und die besten Chancen verpaßt wie einen Omnibus, wenn ich die Geschichte mit ein paar Worten in weniger als einer Minute ins Lot bringen kann. Also kommen Sie, mein Junge, wir wollen nicht lange um die Sache herumreden. Sie lieben doch meine Nichte Veronica.«

Ein heftiges Beben durchlief Tipton Plimsoll. Sein erster Gedanke war, diese Behauptung weit von sich zu weisen. Aber gerade, als er dazu den Mund öffnete, sah er plötzlich wieder das hübsche Foto vor sich. Eigentlich lag die Illustrierte mit dem Foto ja noch immer im Rauchsalon, aber er sah es jetzt vor seinem geistigen Auge mitsamt der Rose und allem, und er brachte kein Wort heraus. Statt dessen schluckte er einmal kurz und heftig wie eine Bulldogge, die ein Stück Knorpel herunterwürgt, so daß Gally ihm ein paarmal väterlich auf den Rücken klopfte.

»Natürlich lieben Sie sie«, sagte Gally. »Daran gibt's nichts zu deuten. Sie sind verliebt bis über beide Ohren. In der ganzen Gegend erzählt man sich schon die Geschichte Ihrer glühenden Leidenschaft. Aber warum um alles in der Welt, mein lieber Junge, verhalten Sie sich dann so äußerst seltsam?«

»Was meinen Sie mit ›seltsam‹?« fragte Tipton schwach.

»Das wissen Sie doch ganz genau«, sagte Gally, ärgerlich über diese Ausflucht. »Man könnte fast sagen, daß Sie das Mädchen zum Narren halten.«

»Zum Narren?« fragte Tipton schockiert.

»Jawohl, zum Narren«, wiederholte Gally energisch. »Und Sie wissen ja, was man als Mann von Ehre von Kerlen zu halten hat, die ein Mädchen zum Narren halten. Ihr Onkel Chet hatte in diesem Punkt sehr strenge Prinzipien.«

Die Worte »Zum Teufel mit Onkel Chet« lagen Tipton auf der Zunge, aber er schluckte sie herunter zugunsten einiger anderer, die eher zum Thema gehörten.

»Wieso denn ich? Sie hat mich doch zum Narren gehalten!« rief er. »Hat mir erst Hoffnungen gemacht und mich dann verschaukelt, diese falsche Schlange.«

»Vergessen Sie nicht, daß Sie von meiner Nichte reden«, sagte Gally ernst. »Was Sie da vorbringen, ist eine sehr schwere Beschuldigung. Erklären Sie mir bitte, was Sie mit dem Ausdruck ›verschaukeln‹ meinen.«

»Ich meine damit, daß sie mich an der Nase herumgeführt hat.«

»Ich verstehe immer noch nicht.«

»Na, wie würden Sie es denn nennen, wenn ein Mädchen erst überall herumposaunt, daß Sie der Mann ihrer Träume sind, und wenn Sie sie dann dabei erwischen, wie sie mit Freddie, diesem Brechmittel, auf einer Parkbank schmust?«

Gally fiel aus allen Wolken.

»Auf einer Parkbank schmust? Mit Freddie?«

»Ich hab's mit eigenen Augen gesehen. Er hat sie geküßt. Sie hat geweint, und er hat sie abgeküßt.«

»Wann war das?«

»Gestern.«

Jetzt ging dem Ehrenwerten Galahad ein Licht auf. Es fiel ihm nicht schwer, zwei und zwei zusammenzuzählen.

»War es, bevor Sie sie bei den Rhododendronbüschen versetzt hatten«, fragte er schnell, »oder hinterher?«

»Hinterher«, sagte Tipton und ließ, als er das gesagt hatte, den Mund gleich offenstehen wie ein dressierter Seehund, der noch auf einen zweiten Fisch hofft. »Moment mal! Glauben Sie etwa, daß sie deshalb geweint hat?«

»Weshalb denn sonst? Als Mann mit Lebenserfahrung müßten Sie doch wissen, daß man sich nicht erst mit einem Mädchen hinter Rhododendronbüschen verabreden und sie dann sitzenlassen kann, ohne sie zutiefst zu kränken. Ich sehe jetzt alles ganz klar vor mir. Als Veronica bei den Rhododendronhecken einen Korb bekommen hatte, hat sie sich bitterlich weinend auf der nächstbesten Bank niedergelassen. Dann kam Freddie zufällig vorbei, sah sie in Tränen aufgelöst und hat ihr aus brüderlicher Nächstenliebe einen tröstenden Kuß gegeben.«

»Glauben Sie wirklich, daß es brüderliche Nächstenliebe war?«

»Aber ja. Nichts als brüderliche Nächstenliebe. Die beiden kennen sich doch schon, seit sie auf der Welt sind.«

»Eben«, sagte Tipton mißmutig. »Man hat Veronica früher sogar Freddies kleines Herzblatt genannt.«

»Wer hat Ihnen das denn erzählt?«

»Lord Emsworth.«

Gally schnalzte unwillig mit der Zunge.

»Mein lieber Freund, wenn Sie auf Blandings Castle Ihren Verstand nicht verlieren wollen, dann merken Sie sich vor allem eins: Hören Sie niemals auf das, was mein Bruder Clarence sagt. Seit annähernd sechzig Jahren redet er nichts als blühenden Blödsinn. Ich habe noch nie gehört, daß jemand Veronica als Freddies kleines Herzblatt bezeichnet hätte.«

»Er war aber mal mit ihr verlobt.«

»Das waren wir doch alle schon mal. Natürlich nicht mit Veronica, aber überhaupt verlobt. Sie etwa nicht?«

»Hm, doch«, gab Tipton zu. »Ich war schon fünf- oder sechsmal verlobt.«

»Und diese vorübergehenden Liaisons bedeuten Ihnen heute nichts mehr?«

»Vorübergehende was?«

»Ach, vergessen Sie's«, sagte Gally. »Inzwischen sind Ihnen diese Mädchen doch schnurz, oder?«

»Naja, vielleicht nicht direkt schnurz«, sagte Tipton nachdenklich. »Es gab da mal eine Doris Jimpson ... Doch, Sie haben recht. Sie sind mir heute alle schnurz.«

»Na, sehen Sie. Wegen Freddie brauchen Sie sich also keine Sorgen zu machen. Der liebt nur seine Frau.«

Das Gesicht seines jungen Freundes hellte sich auf.

»Im Ernst?«

»Gewiß. Es ist eine durch und durch glückliche Ehe. Die beiden turteln in einem fort miteinander.«

»Donnerwetter«, sagte Tipton und dachte einen Augenblick nach. »Als Vetter darf man ja seine Kusine küssen, nicht wahr?«

»Jederzeit.«

»Und es ist überhaupt nichts dabei, oder?«

»Nicht das Geringste. Aber sagen Sie mal, mein Junge«, fragte Gally, der diesen Punkt geklärt wissen wollte, bevor er weitere Schritte unternahm, »weshalb sind Sie eigentlich nicht zu diesem Stelldichein hinter den Rhododendronbüschen gegangen?«

»Ach, das ist eine lange Geschichte«, sagte Tipton.

Es passierte dem Ehrenwerten Galahad nicht oft, daß er den Scharfsinn und Weitblick eines Neffen loben mußte, den er von jeher für geistig minderbemittelt gehalten hatte, aber jetzt, während er der Geschichte von dem geheimnisvollen Gesicht lauschte, tat er es doch. Im Laufe der langen Jahre, die er in Kreisen der Londoner Bohème zugebracht hatte, war er einer ganzen Reihe von Männern begegnet, die Visionen hatten, und er wußte, wie exaltiert und sensibel solche Menschen waren und wie leicht sie zur Flasche griffen, um die überreizten Nerven zu beruhigen. Freddie hatte völlig recht gehabt. Es wäre ein schwerer Fehler gewesen, das Schwein in Tipton Plimsolls Zimmer zu sperren.

»Aha«, sagte er nachdenklich, als die Geschichte zu Ende war. »Dieses Gesicht hat also aus den Büschen gelugt?«

»Weniger gelugt«, sagte Tipton, der Wert auf Genauigkeit legte, »als vielmehr geglotzt. Und ich glaube, es hat auch noch ›He!‹ gerufen.«

»Hatten Sie ihm dazu eine Veranlassung gegeben?«

»Nun, ich hatte mir ein Schlückchen aus meiner Reiseflasche genehmigt.«

»So! Und wo ist diese Flasche?«

»Auf der Kommode da drüben.«

Der Ehrenwerte Galahad warf einen mißtrauischen Blick auf die Kommode.

»Meinen Sie nicht, ich sollte das Ding lieber an mich nehmen?«

Tipton nagte an seiner Unterlippe. Es war, als hätte man

einem Ertrinkenden den Vorschlag gemacht, seinen Rettungsring herzugeben.

»So was sollten Sie besser nicht in Reichweite haben. Und Sie werden's auch gar nicht brauchen. Glauben Sie mir, mein Junge, das Ganze ist für Sie ein Kinderspiel. Ich weiß genau, daß Veronica unsterblich in Sie verliebt ist. Da brauchen Sie sich doch keinen Mut anzutrinken, um ihr einen Antrag zu machen.«

»Da war die kleine Nervensäge aber anderer Meinung.«

»Was für eine kleine Nervensäge denn?«

»Diese kleine Blauäugige, die sie Prudence nennen.«

»Die hat Ihnen geraten, vorher einen zu verlöten?«

»Einen kleinen.«

»Ich glaube, da war sie im Irrtum. Sie würden's sogar mit Sprudelwasser schaffen.«

Tipton blieb skeptisch, aber noch ehe sie sich einigen konnten, wurde ihr Dialog jäh unterbrochen. Unten aus der Halle kam ein sonores Dröhnen. Gally, der darauf gewartet hatte, blieb ganz ruhig, aber Tipton, der davon überrascht wurde und es im ersten Moment für die Ankündigung des Jüngsten Gerichts hielt, hob mehrere Handbreit vom Boden ab.

»Was zum Teufel war das denn?« fragte er, als er sich von seinem Schrecken erholt hatte.

»Da hat wohl jemand am Gong herumgespielt«, sagte Gally. »Wahrscheinlich Freddie. Machen Sie sich nichts draus. Am besten gehen Sie jetzt gleich zu Veronica hinauf und bringen die Sache ins reine.«

»Zu ihr hinauf?«

»Mir ist, als hätte ich sie in ihr Zimmer gehen sehen.«

»Aber ich kann doch nicht so mir nichts, dir nichts zu einem Mädchen ins Zimmer gehen.«

»Natürlich nicht. Klopfen Sie einfach an und bitten Sie sie herauszukommen, weil Sie mit ihr sprechen möchten. Am besten gehen Sie jetzt gleich«, sagte der Ehrenwerte Galahad.

Es ist eine Binsenweisheit, daß oftmals auch die ausgeklügeltsten Pläne durch irgendeine unvorhergesehene Programmstörung durcheinandergebracht oder zunichte gemacht werden. Der Vorfall mit dem Gong, von dem wir gerade hörten, ist dafür ein gutes Beispiel.

Als der Ehrenwerte Galahad vorschlug, den Gong als Signal dafür zu benutzen, daß Veronica Wedge zu ihrem Zimmer unterwegs sei, hatte er außer acht gelassen, daß eine gewisse Sorte von Mädchen – zu denen auch Veronica gehörte – beim Ertönen eines Gongs die Treppe wieder herunterkommen würde, um denjenigen, der den Gong geschlagen hat, zu fragen, warum er ihn geschlagen hat. Gerade hatte also Freddie mit dem zufriedenen Gefühl eines Mannes, der sein Tagewerk getan hat, den Gongschlegel an seinen Platz zurückgelegt, als er ein Paar großer, runder Augen bemerkte, die ihn ansahen, und erkannte, daß er das Signal zu früh gegeben hatte.

Es kam zu folgendem Dialog.

»Freddie, warst du das?«

»Was soll ich gewesen sein?«

»Das mit dem Gong.«

»Mit dem Gong? Ach so, ja. Ja, ich habe den Gong geschlagen.«

»Und warum?«

»Tja, ich weiß auch nicht. Ich wollte einfach mal draufschlagen.«

»Ja, aber warum denn?«

Dieses Frage- und Antwortspielchen wäre sicher noch eine Zeitlang weitergegangen, wenn nicht Lady Hermione aus dem Salon gekommen wäre.

»Wer hat hier den Gong geschlagen?« fragte sie streng.

Worauf Veronica antwortete: »Das war Freddie.«

»Hast du den Gong geschlagen, Freddie?«

»Äh ... ja. Ja, das war ich.«

Kaum hatte er dieses Geständnis gemacht, als Lady Hermione schon nachhakte wie ein Kriminalkommissar beim Verhör.

»Und wa-*rum* hast du den Gong geschlagen?«

Veronica erklärte, daß sie ihn das auch schon gefragt habe.

»Ich wollte gerade in mein Zimmer gehen, um mein Fotoalbum zu holen, Mama, da hat er auf einmal den Gong geschlagen.«

Beach, der Butler, kam aus der zur Anrichte führenden Tür am andern Ende der Halle.

»Hat jemand den Gong betätigt, Mylady?«

»Mr. Frederick hat gegongt.«

»Sehr wohl, Mylady.«

Beach zog sich zurück, und die Debatte wurde fortgesetzt. Am Ende stellte sich heraus, daß Freddie den Gong einfach aus Jux geschlagen hatte. Aus was? Aus *Jux!* Du liebe Zeit, man weiß doch, was ein Jux ist. Er wollte sich eben mal einen Jux machen, und da schlug er den Gong. Er verstehe überhaupt nicht, sagte er, weshalb man sich so aufrege, und Veronica sagte »Na so was, Freddie«, während Lady Hermione bemerkte, der Aufenthalt in Amerika habe ihn wohl um den letzten Rest seines Verstandes gebracht. Gerade schickte sich Veronica an, die Treppe zum zweitenmal hinaufzugehen (wobei ihr immer noch unklar war, warum ihr Vetter den Gong geschlagen hatte), als Lady Hermione einfiel, daß sie vergessen hatte, Bellamy, ihrem Mädchen, zu sagen, sie solle ihr neue Träger an ihre Korsage nähen, und daß Veronica ihr diese einfache Mitteilung ausrichten könne.

Folgsam wie immer sagte Veronica »Ja, Mama« und machte sich auf den Weg zum Nähzimmer, wo Bellamy saß. Lady Hermione kehrte unterdessen in den Salon zurück. Freddie, der das Gefühl hatte, der Situation nicht mehr gewachsen zu sein, flüchtete sich ins Billardzimmer, wo er von Hundekuchen zu träumen anfing.

So kam es, daß der Ehrenwerte Galahad, als er den Gong hörte, zu unrecht annahm, seine Nichte sei auf dem Weg zu ihrem Zimmer, und daß diese in Wahrheit eine ganz andere Richtung einschlug, wodurch Tipton Plimsolls Aussichten, sie vor einem streunenden Schwein zu retten, in seine Arme zu schließen und zu bitten, seine Frau zu werden, vorläufig Null waren. Es dauerte eine ganze Weile, bis Veronica ihre Botschaft an Bellamy überbracht hatte und sich dann erneut auf den Weg machte, ihr Fotoalbum zu holen.

In der Zwischenzeit war Tipton am Roten Zimmer angekommen. Nun stand er schnaufend davor und trat von einem Bein aufs andere.

Als der Ehrenwerte Galahad gegenüber Freddie die Möglichkeit kategorisch ausschloß, der Neffe des verstorbenen Chet Tipton könnte in einer Liebesangelegenheit kalte Füße bekommen haben, war er im Irrtum. Nicht alle Neffen erben die draufgängerische Courage ihrer Onkel. Es mochte ja stimmen, daß man Chet gewaltsam zurückhalten mußte, wenn Mädchen in der Nähe waren, aber Tipton war anders. Obwohl ihm sowohl Gally als auch die kleine Nervensäge Prudence gut zugeredet hatten, verspürte er jetzt eine deutliche Unterkühlung der äußeren Extremitäten. Außerdem pochte sein Herz wie ein Zweitaktmotor, und das Atmen fiel ihm schwer. Je mehr er über seine Lage nachdachte, um so fester wurde seine Überzeugung, daß sein Vorhaben nur gelingen konnte, wenn er ein Schlückchen zur Aufmunterung nähme.

Er gab sich einen Ruck, machte kehrt und eilte in sein Zimmer. Die Reiseflasche stand noch auf der Kommode. Er schauderte bei dem Gedanken, daß er sie in einem Augenblick der Schwäche um ein Haar Gally zur Aufbewahrung überlassen hätte. Dann setzte er sie an die Lippen und legte den Kopf in den Nacken.

Das Mittel wirkte augenblicklich. Verwegenheit und Mut schienen ihm flammend in die Adern zu schießen. Kühn blickte er sich um, wild entschlossen, das Gesicht, falls es sich zeigte, mit vernichtenden Blicken zum Rückzug zu zwingen. Aber es war weit und breit kein Gesicht zu sehen. Nun kannte seine Euphorie keine Grenzen mehr.

Drei Minuten später stand er voller Tatkraft und Selbstvertrauen wieder vor dem Roten Zimmer, und diesmal zögerte er nicht lange, sondern hob die Hand und ließ die Fingerknöchel gegen die Türfüllung hämmern.

Bei einem Klopfen wie diesem hätte man eigentlich mit unverzüglichem Erfolg gerechnet, denn in seiner gehobenen Stimmung hatte er so viel Aplomb hineingelegt, daß er sich fast die Haut abgeschürft hätte. Es rief aber niemand »Herein!«, und das fand Tipton seltsam, denn es konnte doch kein Zweifel bestehen, daß das Mädchen im Zimmer war. Er konnte sie sogar umhergehen hören, und während er noch auf eine Antwort wartete, ertönte plötzlich ein Krachen, aus dem man schließen konnte, daß sie einen Tisch mit Geschirr umgeworfen hatte.

Er klopfte noch einmal.

»Hallo!« rief er, wobei er sich dicht vor die Tür stellte, und seine Stimme verriet Besorgnis.

Diesmal hatten seine Anstrengungen Erfolg. Hinter der Tür ließ sich ein sonderbares, einem Grunzen nicht unähnliches Geräusch vernehmen, das er für eine Aufforderung hielt, einzutreten. Ein Grunzen aus dem Munde des Mädchens, das er liebte, hatte er zwar nicht erwartet, aber andererseits war er deswegen auch nicht völlig konsterniert. Er nahm an, daß sie wohl irgendwas im Mund hatte, denn er wußte, daß junge Mädchen alles Mögliche in den Mund stecken – Haarnadeln und so weiter. Doris Jimpson hatte das oft getan.

Langsam öffnete er die Tür ...

Einige Minuten später trat Beach, der Butler, aus der Tür zur Anrichte in die Halle, um seinen Geschäften als Butler nachzugehen, als er von der Galerie jemanden »He!« rufen hörte und beim Hinaufsehen feststellte, daß es der junge Amerikaner war, den Mr. Frederick ins Schloß gebracht hatte.

»Sir?« sagte Beach.

Tipton Plimsoll wirkte erregt. Sein Gesicht war blaß, und die Augen hinter seiner Hornbrille rollten wild. Ein Facharzt hätte sein asthmatisches Keuchen hochinteressant gefunden.

»Sagen Sie«, ächzte er, »wo hat denn Mr. Threepwood sein Zimmer?«

»Mr. Frederick Threepwood, Sir?«

»Nein, der andere. Der, den sie Gally nennen.«

»Mr. Galahad bewohnt zur Zeit die Gartensuite, Sir. Sie befindet sich auf der rechten Seite des Korridors, den Sie vor sich sehen. Ich glaube allerdings, daß er sich zur Zeit im Park aufhält, Sir.«

»Schon gut«, sagte Tipton. »Ich will gar nicht zu ihm persönlich, ich will nur etwas in sein Zimmer bringen. Danke.«

Unsicheren Schrittes ging er zur Gartensuite, nahm die Reiseflasche aus der Tasche und stellte sie auf den Tisch mit der resignierten Miene eines russischen Bauern, der widerstrebend sein jüngstes Kind den ihn verfolgenden Wölfen vorwirft. Dann ging er wieder hinaus und stieg abermals die Treppe hinauf.

Gerade hatte er im Schneckentempo den ersten Absatz erreicht, als etwas geschah, das ihn veranlaßte, sein Tempo zu vervielfachen, den Kopf zurückzuwerfen wie ein Schlachtroß beim Klang des Signalhorns, die Muskeln anzuspannen und die Stufen drei auf einmal zu nehmen.

Von oben, und zwar anscheinend aus der Richtung des Roten Zimmers, war eine Mädchenstimme an sein Ohr gedrungen, die er sofort als Veronica Wedges Stimme identifiziert hatte.

Und diese Stimme schrie »IIIIIIIIIIII!!!«

Ein Mädchen mit guten Stimmbändern kann nicht vom zweiten Stock eines englischen Landhauses herunter aus vollem Halse »IIIIIIIIIIIII!!!« schreien, und das auch noch während der Ruheperiode, die dem Mittagessen zu folgen pflegt, ohne allgemeine Aufmerksamkeit zu erregen. Zwar befanden sich die meisten Bewohner von Blandings Castle wegen des schönen Wetters im Freien, so zum Beispiel Gally, Colonel Wedge, Prudence und auch Freddie, dem es im Billardzimmer zu langweilig geworden war und der sich auf den Weg zu den Ställen gemacht hatte, um nach seinem Zweisitzer zu schauen; aber Lady Hermione, die sich im Salon aufhielt, hörte sie bestens.

In dem Augenblick, als die schläfrige Nachmittagsstille in tausend klirrende Scherben zerbarst, war Lady Hermione gerade dabei, zum drittenmal ein Telegramm durchzulesen, das Beach, der Butler, ihr auf einem Silbertablett überbracht hatte. Es war mit »Clarence« unterzeichnet und um 12.40 Uhr am Paddington-Bahnhof aufgegeben worden. Darin stand:

KOMME ZUM TEE MIT LANDSTREICHER

Wenn Lord Emsworth zwei Minuten vor Abfahrt seines Zuges auf einem Bahnhofspostamt ein Telegramm aufsetzte, dann wurde aus seiner Handschrift, die schon unter günstigsten Versuchsbedingungen ziemlich krakelig ausfiel, ein Liniengewirr, mit dem höchstens ein Hieroglyphenforscher etwas hätte anfangen können. Deshalb hatte sich der Postbeamte am Bahnhof Paddington gezwungen gesehen, auf eigene Verantwortung das Wort »Kamine« durch »Komme« und etwas, das wie »Zoo« aussah, durch »Tee« zu ersetzen; vor dem letzten Wort allerdings hatte er kapitulieren müssen. Man konnte es als »Zaudernuss«, »Wanderniere« oder auch »Landstreicher« lesen. Das erstere hatte er bald ausgeschlossen, da es das Wort »Zaudernuss« gar nicht gibt; und das zweite nach einigem Grübeln ebenfalls, da er, obwohl medizinisch nicht versiert, bei Lord Emsworth keine Anzeichen einer Wanderniere bemerkt hatte; so daß er sich schließlich für »Landstreicher« entschied in der Hoffnung, daß der Empfänger dieser Mitteilung einen Sinn würde entnehmen können.

Diese Hoffnung bestätigte sich leider nicht. Lady Hermione starrte verständnislos auf die Depesche. Dem, was diese Botschaft dem Augenschein nach besagte – daß nämlich das Familienoberhaupt sich bei seiner Ankunft zum Fünfuhrtee in Begleitung eines struppigen Kerls mit ausgelatschten Schuhen befinden werde – mochte sie keinen Glauben schenken. Es wäre etwas anderes gewesen, wenn ihr Bruder Galahad so etwas telegraphiert hätte. Ein Mensch wie Galahad würde es ohne weiteres fertigbringen, in Blandings Castle mit einem Landstreicher oder auch einer ganzen Schar von Landstreichern aufzukreuzen und zu verkünden, sie seien alte Freunde von ihm aus der Zeit, als sie noch im Varieté Kulissen schoben. Aber Clarence? Nein! Natürlich wußte sie sehr gut, daß das Oberhaupt der Familie zu exzentrischem Verhalten neigte, aber so weit, da war sie ganz sicher, würde er niemals gehen.

Während sie noch überlegte, ob dieses Wort nicht vielleicht ein Übermittlungsfehler sei und eigentlich »Leibschmerzen« heißen müsse, weil der neunte Earl gelegentlich über solche klagte, ließ sich nun Veronica vernehmen.

Falls der geneigte Leser es vergessen haben sollte, sei er daran erinnert, daß Veronica »IIIIIIIIII!!!« schrie. Kaum hatte sich Lady Hermione vergewissert, daß ihre Trommelfelle nicht geplatzt waren, als sie, bis in ihr Innerstes erschüttert, ihre momentane Lähmung überwand und mit einer Geschwindigkeit die Treppe hinaufraste, die kaum unter der lag, die Tipton vor kurzem erreicht hatte. Es müßte sich schon um eine sehr hartherzige Mutter handeln, wollte sie seelenruhig im Salon sitzenbleiben, während ihr einziges Kind im zweiten Stock »IIIIIIIIII!!!« schreit.

Sie legte noch immer ein rasantes Tempo vor, als sie in die Zielgerade einbog, aber als sie in Sichtweite der Tür des Roten Zimmers kam, nahm sie eine Vollbremsung vor. Der Anblick, der sich ihren Augen bot, war so faszinierend, so erfreulich, so sehr geeignet, das Herz einer Mutter höher schlagen und sie selbst Luftsprünge vollführen zu lassen, daß sie im ersten Augenblick befürchtete, es könnte sich um eine Fata Morgana handeln. Als sie dann ein paarmal blinzelte und wieder hinsah, merkte sie, daß sie sich nicht getäuscht hatte.

Dort, am andern Ende des Korridors, stand einer der reichsten jungen Männer Amerikas und hielt ihre Tochter in den Armen, und dann küßte er diese Tochter vor ihren Augen so leidenschaftlich, daß keine weiteren Zweifel mehr möglich waren.

»Veronica!« rief sie. Eine weniger beherrschte Frau hätte wahrscheinlich »Juhuu!« geschrien.

Tipton war zunächst zu beschäftigt gewesen, um zu bemerken, daß er mit seiner Zukünftigen nicht mehr allein war. Jetzt wandte er sich zur Seite, um seine Schwiegermutter in spe in die Unterhaltung einzubeziehen und ihr zu versichern (denn er war ein amerikanischer Gentleman), daß es sich hier um etwas Ernstes handele und nicht etwa um eine Szene der Liederlichkeit und Ausschweifung, wie sie daheim die Zensurbehörde aus den Filmen schneiden ließe.

»Keine Sorge«, beeilte er sich zu versichern, »wir sind verlobt.«

Nach ihrem Spurt die Treppe hinauf war Lady Hermione ein bißchen außer Puste, und deshalb stand sie zunächst nur da und keuchte. Dann aber brachte sie doch ein »Ach, Tipton!« hervor.

»Sie verlieren ja Ihre Tochter nicht«, sagte Tipton, der Zeit gehabt hatte, sich etwas Originelles auszudenken, »sondern Sie gewinnen einen Sohn hinzu.«

Falls er noch irgendwelche Zweifel hinsichtlich der Reaktionen gehabt hatte, die die Nachricht von seiner Romanze in Kreisen der betroffenen Familie auslösen würde, so wurden diese alsbald zerstreut. Es war nicht zu übersehen, daß die von ihm erwähnte Verbindung die volle Unterstützung und Sympathie Lady Hermiones hatte. Da sie inzwischen wieder zu Atem gekommen war, küßte sie ihn mit einer Herzlichkeit, die eine andere Deutung gar nicht zuließ.

»Ach, Tipton!« sagte sie noch einmal. »Ich freue mich ja so. Du bist bestimmt sehr glücklich, Veronica.«

»Ja, Mama.«

»Was für ein wunderschönes Geburtstagsgeschenk für dich, mein Liebling«, sagte Lady Hermione.

Bei diesen Worten fuhr Tipton Plimsoll der Schrecken in alle Glieder. Er zuckte zusammen, als sähe er plötzlich ein ganzes Regiment Gesichter vor sich. Jetzt fiel ihm wieder ein, daß irgendwer beim Frühstück irgendwas von irgend jemandes Geburtstag gesagt hatte, aber da er nicht in Stimmung gewesen und zu sehr in seine eigenen Gedanken vertieft war, war er der Sache nicht weiter nachgegangen. Irgendwie hatte er den unbestimmten Eindruck gehabt, als sei von der kleinen Nervensäge Prudence die Rede gewesen.

Jetzt packte ihn die Reue, und es kam ihm schier unglaublich vor, daß ihm in seiner Unaufmerksamkeit etwas von so eminenter Wichtigkeit entgehen konnte.

»Heiliger Strohsack!« rief er erschrocken. »Du hast Geburtstag? Und ich habe noch gar kein Geschenk für dich! Ich muß sofort eins besorgen. Wo bekomme ich denn nur ein Geschenk für dich?«

»In Shrewsbury«, sagte Veronica. Im Beantworten kurzer, einfacher Fragen wie dieser war sie ausgezeichnet.

Tipton war kaum noch zu halten.

»Wie lange braucht man nach Shrewsbury?«

»Mit dem Auto ungefähr eine dreiviertel Stunde.«

»Gibt es dort auch richtige Geschäfte?«

»Oh ja.«

»Juweliere?«

»Oooh jaaa!«

»Dann treffen wir uns in ungefähr zwei Stunden hinter den Rhododendronbüschen. Mach dich auf eine angenehme Überraschung gefaßt. Jetzt muß ich mir nur schnell ein Auto besorgen. Ach, übrigens«, sagte Tipton, dem noch etwas einfiel, das zwar im Vergleich zu einem Geburtstagsgeschenk für seine Angebetete nur von untergeordneter Bedeutung war, aber dennoch am Rande erwähnt zu werden verdiente. »Da drin ist ein Schwein.«

»Ein Schwein?«

»Ja, Mama, in meinem Zimmer ist ein Schwein.«

»Sonderbar«, sagte Lady Hermione skeptisch, und im nächsten Augenblick streckte die Kaiserin ihren Kopf neugierig blinzelnd aus der Tür.

»Bitte sehr«, sagte Tipton. »Was habe ich gesagt: ein Schwein.«

Alles weitere überließ er Lady Hermione, denn bei ihr, so dachte er, war das Problem in guten Händen. Im Sauseschritt begab er sich zu den Ställen.

Im Hof bastelte Freddie gerade an seinem Zweisitzer.

Es hatte Zeiten gegeben, die noch gar nicht so lange zurücklagen, als Tipton Plimsoll sich beim Anblick eines an seinem Auto herumbastelnden Freddie zu seiner vollen Größe aufgerichtet hätte und mit eisiger Miene weitergegangen wäre. Aber nachdem er nun erfolgreich um die Hand des schönsten Mädchens von der Welt angehalten hatte, war er milder und gnädiger gestimmt. Er hatte inzwischen Freddies Namen von der Liste der miesen Molche gestrichen und sah ihn als das, was er wirklich war – ein ehrenhafter, untadeliger Vetter.

Demnächst würde man sich natürlich einmal über die Angewohnheit dieses Mannes, der künftigen Mrs. Plimsoll Vetternküsse zu geben, in aller Ruhe aussprechen müssen, aber im Augenblick waren ihre Beziehungen entspannt. Tipton, randvoll von Milch der frommen Denkungsart, betrachtete Freddie wieder als Busenfreund und Kumpel. Und wem teilt man es zuerst mit, wenn man im siebten Himmel ist? Natürlich seinen Busenfreunden und Kumpeln. Ohne lange Umschweife verkündete er daher die frohe Botschaft.

»Du, Freddie«, sagte er, »weißt du schon das Neueste? Ich hab' mich verlobt!«

»Verlobt?«

»M-hm.«

»Mit Vee?«

»Na klar. Ich hab's gerade perfekt gemacht.«

»Da bin ich aber baff«, sagte Freddie. »Laß dir die Flosse schütteln, alter Knabe.«

Sein Lächeln war so strahlend, sein Händedruck so herzlich, daß sich auch Tiptons letzte Zweifel legten. Und dessen Lächeln war ebenfalls so strahlend und voller Wohlwollen, daß Freddie den Augenblick für gekommen hielt, sein Glück zu versuchen und alles auf eine Karte zu setzen.

Das bedeutete zwar einen etwas abrupten Themenwechsel, aber er war zu aufgeregt, um das Gespräch langsam und allmählich auf diese Sache zu lenken.

»Was ich noch sagen wollte, mein Bester«, sagte er.

»Was gibt's denn, mein Lieber?«

»Ich wollte dich schon immer mal danach fragen, mein Guter«, sagte Freddie, »aber dann habe ich's jedesmal wieder vergessen. Wärst du einverstanden, Tipton's Stores nur noch von Donaldson's Inc. mit Hundekuchen beliefern zu lassen, alter Junge?«

»Aber selbstverständlich, alter Knabe«, sagte Tipton und strahlte wie ein Nikolaus. »Ich wollte dir das auch schon vorschlagen.«

Vor Freddies Augen drehte sich alles. Tief bewegt stand er einen Augenblick stumm da. In Gedanken formulierte er bereits das Telegramm nach Long Island City, in dem er noch an diesem Abend seinen Schwiegervater über den triumphalen Erfolg informieren würde, den er im Dienste seiner heißgeliebten Hundekuchen errungen hatte. Vor seinem geistigen Auge sah er, wie der Seniorchef, das Telegramm in der Hand, im Büro einen Freudentanz aufführte.

Dann holte er tief Luft.

»Du bist wirklich der netteste Kerl, den ich kenne, alter Junge«, sagte er andächtig. »Das hab' ich schon immer gesagt.«

»Wirklich, alter Knabe?«

»Ja, das habe ich. Ich wünsche dir alles, alles Gute, alter Junge.«

»Danke, alter Knabe. Sag mal, würdest du mir mal dein Auto leihen? Ich muß nach Shrewsbury, um für Veronica ein Geburtstagsgeschenk zu kaufen.«

»Ich fahre dich selber hin, alter Junge.«

»Das ist aber nett von dir, alter Knabe.«

»Nicht der Rede wert, alter Junge, das tu ich doch gern«, sagte Freddie.

Er setzte sich hinters Lenkrad, ließ den Motor an und trat mit seinem eleganten Wildlederschuh die Kupplung. Dabei ging es ihm durch den Kopf, daß doch alles zum besten bestellt sei in dieser besten aller möglichen Welten.

8

Einem Mann, der die Jugend am liebsten glücklich und vergnügt sieht, bereitet es die größte Genugtuung, wenn er sich sagen kann, daß es seinen Bemühungen zu verdanken ist, wenn beim Nachwuchs eitel Sonnenschein herrscht. Nach allem, was sich an diesem Sommernachmittag ereignet hatte, fühlte sich der Ehrenwerte Galahad in Höchstform.

Gerade war er seiner Nichte Veronica begegnet, die sich auf dem Weg zu den Rhododendronbüschen befand, und sie hatte ihm von dem Glück berichtet, das der Familie Wedge zuteil geworden war. Kurz zuvor hatte er seiner Nichte Prudence, die blaß vor dem Schloß herumgeschlichen war, Bills Briefchen gegeben, was ihre Lebensgeister wieder geweckt und ihre Ansichten über die Trostlosigkeit des Lebens grundlegend geändert hatte. Als er nun aus der sommerlichen Wärme in die dämmrige, kühle Halle trat, war sein Schritt beschwingt, und er summte leise einen in seiner Jugend sehr beliebten Schlager vor sich hin.

Es war jetzt die Stunde, da der Duft von Tee und das herzerwärmende Aroma von gebuttertem Toast so wohltuend das englische Heim durchströmen, und Beach hatte mit seinen tüchtigen Assistenten im Salon bereits alle nötigen Vorbereitungen getroffen. Dorthin lenkte auch Gally seine Schritte, allerdings mehr aus Geselligkeit und nicht, weil er etwa beabsichtigt hätte, am Schmaus aktiv teilzunehmen. Er trank niemals Tee, denn er hegte gegen dieses Gebräu eine tiefe Abneigung, seit sein Freund Buffy Struggles sich damals in den neunziger Jahren diesem Zeug anstelle von Alkohol zugewandt hatte, woraufhin er sehr bald ein trauriges Ende nahm. (Genau genommen war der Exitus des verewigten Mr. Struggles zwar darauf zurückzuführen, daß ihn beim Überqueren von Piccadilly eine Pferdedroschke überfahren hatte, aber Gally war fest davon überzeugt, daß das nie passiert wäre, wenn der arme Kerl seine Gesundheit nicht mit einem Gesöff ruiniert hätte, dessen Schädlichkeit einem jeder medizinische Fachmann bestätigen wird.)

Im Salon befand sich niemand mit Ausnahme seiner Schwester Hermione, die hinter der Teekanne saß und nur darauf wartete, mit dem Eingießen beginnen zu dürfen. Bei seinem

Eintreten erstarrte sie und warf ihm einen durchbohrenden und vorwurfsvollen Blick zu wie ein wohlerzogener Basilisk.

»Ach, da bist du ja, Galahad«, sagte sie und kam dann so unumwunden zur Sache, wie das überall auf der Welt für Schwestern typisch ist. »Galahad, was fällt dir eigentlich ein, dieses gräßliche Schwein in Veronicas Zimmer zu sperren?«

Das war durchaus kein Fall von Hellseherei. Vielmehr war Lady Hermione allein durch sorgfältige Persönlichkeitsanalysen zu dieser Schlußfolgerung gelangt. Sie hatte Charakter und Veranlagungen des kleinen Personenkreises im Schloß genau geprüft und war dann zu dem Ergebnis gekommen, daß es im ganzen Haus nur einen gab, der dazu imstande war, ein Schwein in ein Schlafzimmer zu sperren, und daß dieser Eine hier vor ihr stand.

Die Ankunft Beachs, der in diesem Augenblick eine Schüssel mit Erdbeeren hereinbrachte, gefolgt von einem Bedienten mit frischer Sahne und einem zweiten, der Puderzucker heranschleppte, verhinderte eine sofortige Antwort. Als die kleine Prozession wieder verschwunden war, nachdem Beach im Vorbeigehen die Bestellung eines Whisky-Soda entgegengenommen hatte, konnte Gally endlich sprechen.

»Du hast also schon davon gehört?« fragte er gelassen.

»Gehört? Das abscheuliche Vieh ist ja im ganzen Korridor herumgaloppiert!«

»Das war eine geniale Idee«, sagte Gally mit heimlichem Stolz. »Ich will mich nicht loben, aber sie war genial. Heute morgen hat sich Egbert wegen der Unentschlossenheit des jungen Plimsoll bei mir ausgeweint. Mir war sofort klar: hier hilft kein Kleckern, hier muß man klotzen. Im Handumdrehen hatte ich die Kaiserin aus ihrem Stall gelockt und in die vorderste Kampflinie geschafft. Hat Veronica denn ordentlich aufgejault?«

»Sie hat vor Angst geschrien«, korrigierte seine Schwester eisig. »Das arme Kind hat einen schweren Schock davongetragen.«

»Und ich nehme an, daß Plimsoll nach oben gerast ist, um ihr Beistand zu leisten. Das Eis war gebrochen, er gab seine Zurückhaltung auf, nahm sie in die Arme, gestand ihr seine Liebe, und nun werden in Bälde die Hochzeitsglocken läuten. Alles wie geplant. Genauso hatte ich mir das gedacht. Die Operation ist generalstabsmäßig abgelaufen und hat zum erwünschten Happy-End geführt. Warum du trotzdem herumkollerst wie ein Truthahn«, sagte Gally, der sich im Gegensatz zu Lord Emsworth von einer Schwester nicht einschüchtern ließ, »hängt mir zu hoch.«

Lady Hermione bestritt, daß sie herumkollere wie ein Truthahn. Sie sei allerdings, sagte sie, sehr verärgert.

»Verärgert? Worüber zum Kuckuck bist du denn jetzt noch verärgert?«

»Dieses Tier hat eins von Veronicas neuen Miederhöschen aufgefressen.«

»Naja, da man es ins Schlafzimmer gesperrt hatte, mußte es ja annehmen, daß es sich frei bedienen dürfe. Aber bleiben wir mal bei der Sache. Tatsache ist doch, daß sich ohne meine raffinierte Inszenierung überhaupt nichts abgespielt hätte. Du meine Güte, was ist dir denn lieber – so ein dußliges Miederhöschen oder ein reicher, liebevoller Schwiegersohn, der deiner Tochter jeden Wunsch von den Augen abliest? Der junge Plimsoll könnte deiner Veronica sogar Miederhöschen mit Diamantenbesatz kaufen, wenn sie es wünscht. Hör also endlich auf zu mosern und zu nörgeln und mach ein freundliches Gesicht. Eigentlich müßte doch heute für dich der schönste Tag des Jahres sein.«

Das leuchtete Lady Hermione schließlich ein, und die Falten auf ihrer Stirn glätteten sich. Sie ging zwar nicht so weit, ein ausgesprochen freundliches Gesicht aufzusetzen, aber immerhin wirkte sie nun etwas menschenfreundlicher, während sie bis dahin wie eine überdurchschnittlich unnahbare Gouvernante ausgesehen hatte.

»Na schön, du hast sicherlich in guter Absicht gehandelt, aber ich hoffe, du wirst das nicht noch einmal tun.«

»Glaubst du denn, ein vielbeschäftigter Mann wie ich könnte es sich leisten, andauernd Schweine in Jungmädchenzimmer zu verfrachten? Was ist denn aus dem Borstenvieh geworden?«

»Der Schweinehüter hat es abgeholt.«

»Ich darf nicht vergessen, ihm etwas Geld in die Hand zu drücken, damit er die Sache nicht an Clarence verpfeift. Was meinst du, wieviel man einem Schweinehüter geben muß, damit er dichthält? Wie bist du überhaupt an ihn gekommen?«

»Ich habe Beach gerufen, und der hat einen Bedienten zu ihm geschickt. Er ist ein kleines Männchen ohne Gebiß und riecht penetranter als das Schwein.«

»So, er müffelt? Na, wahrscheinlich hat er unter all dem Mief ein Herz von Gold. Das gibt's oft. Und schließlich kann ja nicht jeder ein Gebiß haben. Wann erwartest du denn Clarence zurück?«

»Er hat telegraphiert, daß er zum Tee wieder hier sein will.«

»Seltsam, daß er so scharf auf seinen Tee ist. Ich verstehe das gar nicht. Scheußliches Gelabber. Der arme Buffy Struggles ist daran in kürzester Zeit zugrunde gegangen.«

»Hier ist das Telegramm. Es traf ein, kurz bevor Veronica diesen furchtbaren Schock erlitt.«

Diese Bemerkung empfand Gally als erneuten Versuch seiner Schwester, zu stänkern und zu sticheln.

»Hör endlich auf, mir von Veronicas Schock vorzujammern«, sagte er unwirsch. »Man könnte fast glauben, die Begegnung mit einem harmlosen Schwein in ihrem Zimmer hätte ihre Nerven total zerrüttet. Dabei hat sie wahrscheinlich außer einem ganz normalen kleinen Schrecken gar nichts davongetragen. Was steht denn in Clarences Telegramm?«

»Daß er zum Tee mit einem Landstreicher kommt.«

»Mit einem was?«

»Lies selbst.«

Gally klemmte sein schwarzgerändertes Monokel fester ins Auge und studierte die Depesche. Dann hellte sich sein Gesicht auf.

»Ich glaube, ich weiß, was das bedeutet. Er hat in seiner Krakelschrift auf das Telegrammformular geschrieben, daß er gemeinsam mit Landseer kommt.«

»Landseer?«

»Der Maler.«

»Aber Landseer ist doch längst tot.«

»Als ich ihn das letztemal traf, war er quicklebendig.«

»Meinst du den Landseer, der röhrende Hirsche malt?«

»Nein, ich meine den Landseer, der Schweine malt.«

»Von dem habe ich aber noch nie gehört.«

»Macht nichts, dann hörst du eben jetzt von ihm. Und in ein paar Minuten wirst du ihn auch persönlich kennenlernen. Clarence hat ihn auf meine Empfehlung hin beauftragt, die Kaiserin zu porträtieren.«

Lady Hermione stieß einen schrillen Schrei aus.

»Du hast doch nicht etwa Clarence in diesem idiotischen Vorhaben bestärkt?«

»Ich brauchte ihn gar nicht zu bestärken. Als er nach London kam, war er bereits fest entschlossen, einen Maler zu engagieren. Ich habe ihm lediglich bei der Auswahl geholfen. Der Mann wird dir gefallen. Ein reizender Bursche.«

»Ist er etwa ein Freund von dir?«

»Allerdings!« sagte Gally mit Nachdruck. »Sogar ein sehr guter Freund von mir. Was hast du gesagt?«

Lady Hermione erklärte, daß sie nichts gesagt habe, und das stimmte auch. Sie hatte lediglich »T-ch!« gemacht. Aber unter Umständen kann so ein »T-ch!« verletzender wirken als die bissigste Bemerkung, und schon wollte Gally ihr darauf mit einer sarkastischen Replik antworten, denn er hatte es sich zur Gewohnheit gemacht, kein »T-ch!« einer Schwester unwidersprochen hinzunehmen, als von draußen das Geräusch eines Automobils zu hören war, das auf dem Kies vor dem Hauptportal knirschend zum Stehen kam.

»Clarence«, sagte Gally.

»Und dieser Mr. Landseer.«

»Du brauchst gar nicht so spitz ›Dieser Mr. Landseer‹ zu sagen«, schnauzte Gally. »Er wird dir schon keine silbernen Löffel klauen.«

»Wenn er ein Freund von dir ist, dann muß man auch damit rechnen. Wird er steckbrieflich gesucht?«

»Nein, er wird nicht steckbrieflich gesucht.«

»Bestimmt nur deshalb«, sagte Lady Hermione, »weil die Polizei schon weiß, wo er ist.«

Draußen in der Halle ließ sich Lord Emsworths zittriger Tenor vernehmen und machte damit einer Unterredung ein Ende, die sonst an Schärfe sicherlich noch zugenommen hätte.

»Beach wird Ihnen Ihr Zimmer zeigen, lieber Freund«, sagte er gerade zu einem unsichtbaren Begleiter. »Er wird Sie hinbringen und so weiter. Kommen Sie nachher in den Salon, wenn Sie fertig sind.«

Gleich darauf trat der Schloßherr von Blandings Castle ein, inhalierte tief den angenehmen Duft, der dem Teekessel entströmte, und lächelte zerstreut über den Rand seines Kneifers.

»Ah«, sagte er. »Tee, wie? Tee. Sehr schön, sehr schön. Tee.« Und dann wiederholte er, wie es so seine Gewohnheit war, das Wort »Tee« noch dreimal, um keine Mißverständnisse aufkommen zu lassen. Auch dem schwächsten Licht wäre danach klar gewesen, daß seine Lordschaft die Teekanne bemerkt hatte und sich auf eine Tasse des Getränks freute, und Lady Hermione goß ihm ein, wobei sie wieder »T-ch!« machte.

»Tee«, sagte Lord Emsworth noch einmal, um das Wesentliche zusammenzufassen und die Sache auf den Begriff zu bringen. »Danke sehr, meine Liebe.« Er nahm seine Tasse, gab umständlich Milch und Zucker hinzu, rührte um und trank. »Aaah!« seufzte er dann wohlig. »So, Galahad, da bin ich wieder.«

»Wahrhaftig, Clarence«, sagte sein Bruder. »Ich kann dich sogar mit bloßem Auge erkennen. Hast du Landseer mitgebracht?«

»Welchen Landseer? Ach so, ja, natürlich, Landseer. Jetzt fällt's mir wieder ein. Das war ja Landseer, mit dem ich mich eben in der Halle unterhalten habe. Landseer«, erklärte Lord Emsworth zu seiner Schwester gewandt, »ist ein Maler, der gekommen ist, um die Kaiserin zu malen.«

»Das hat mir Galahad schon erzählt«, sagte Lady Hermione. Ihre Worte klangen so wenig erfreut, daß Gally eine erklärende Fußnote für angebracht hielt.

»Hermione ist strikt anti-Landseer. Sie ist voreingenommen gegen den armen Kerl. Typisch.«

»Unsinn«, sagte Lady Hermione. »Ich habe mir bezüglich Mr. Landseer noch gar keine Meinung gebildet. Möglicherweise stellt sich heraus, daß er tatsächlich halbwegs respektabel ist, obwohl ihr befreundet seid. Ich bin lediglich nach wie vor der Meinung, daß es eine unverantwortliche Geldverschwendung ist, dieses Schwein malen zu lassen.«

Lord Emsworth erstarrte. Er war schockiert – nicht nur über diese Ansicht, sondern auch darüber, daß sein ein und alles als »dieses Schwein« tituliert worden war. Er empfand das als Verunglimpfung.

»Immerhin hat die Kaiserin auf der Landwirtschaftsausstellung in Shrewsbury zweimal hintereinander die Silbermedaille in der Klasse der Mastschweine errungen«, sagte er pikiert.

»Ganz recht«, nickte Gally. »Und damit ist sie die einzige in der Familie, die es je zu Ruhm gebracht hat. Sie hat mehr Anspruch darauf, in der Porträtgalerie dieses Schlosses zu hängen, als die meisten dieser bärtigen Strolche, die einen dort scheel anglotzen.«

Lady Hermione stockte der Atem. Wie ihre Schwestern verehrte auch sie ihre Ahnen mit geradezu altchinesischer Ehrerbietung, und deshalb mißfiel ihr die flapsige Einstellung der männlichen Familienmitglieder zu ihren Vorfahren.

»Wir wollen nicht länger darüber reden«, sagte sie, um das Thema zu beenden. »Ich hoffe, du hast daran gedacht, Veronica ein Geburtstagsgeschenk zu kaufen, Clarence?«

Gewohnheitsmäßig zuckte Lord Emsworth schuldbewußt

zusammen. Schon wollte er sich unbeholfen zur Wehr setzen, wie er es bei solchen Gelegenheiten immer tat, und vorwurfsvoll fragen, wie zum Donnerwetter man denn von einem Mann wie ihm, der tausend Dinge um die Ohren habe, erwarten könne, auch noch an Geburtstagsgeschenke zu denken, als ihm einfiel, daß er ja eins besorgt hatte.

»Selbstverständlich«, erwiderte er würdevoll. »Eine erstklassige Armbanduhr. Hier ist sie.«

Und mit diesen Worten zog er sie stolz aus der Tasche, zusammen mit einem weiteren Päckchen, das ebenfalls das bekannte Etikett der Firma Aspinall aus der Bond Street trug und das er nun verdutzt ansah.

»Was zum Kuckuck ist das denn?« fragte er. »Ach ja, jetzt weiß ich's wieder. Freddie hat mich gebeten, ihm das hier mitzubringen. Es ist, glaube ich, sein Geschenk für Veronica. Wo ist Freddie denn?« erkundigte er sich und betrachtete dabei das Mobiliar, als erwarte er, seinen jüngeren Sohn hinter einem der Sessel oder Sofas hervorlugen zu sehen.

»Vor etwa zwei Stunden sah ich ihn mit Vollgas in seinem Auto davonbrausen«, sagte Gally. »Neben ihm saß der junge Plimsoll. Ich weiß aber nicht, wohin sie wollten.«

»Nach Shrewsbury«, sagte Lady Hermione. »Tipton wollte ein Geburtstagsgeschenk für Veronica kaufen. Sie sind verlobt, Clarence.«

»Hm?«

»Sie sind verlobt.«

»Ah«, sagte Lord Emsworth, der einen Teller mit Gurken-Sandwiches entdeckt hatte. »Sandwiches. Ja, Sandwiches, Sandwiches! Sandwiches«, fügte er dann hinzu und nahm sich eins.

»Sie sind verlobt«, wiederholte Lady Hermione mit erhobener Stimme.

»Wer?«

»Veronica und unser lieber Tipton.«

»Wer ist unser lieber Tipton?«

»Das«, erklärte Gally, »ist Hermiones Spitzname für den jungen Plimsoll.«

»Plimsoll? Plimsoll? Plimsoll? Ach, Plimsoll! Ja, den kenne ich«, sagte Lord Emsworth, zufrieden mit seinem hervorragenden Gedächtnis. »Du meinst den jungen Mann mit dieser bemerkenswerten Brille. Was ist denn mit ihm?«

»Ich versuche dir ja schon die ganze Zeit zu erklären«, sagte Lady Hermione geduldig, »daß er und Veronica verlobt sind.«

»Ach du meine Güte!« rief Lord Emsworth und machte ein entsetztes Gesicht. »Das sind ja Gurken-Sandwiches. Ich dachte, es wäre Corned beef drauf. Wenn ich gewußt hätte, daß Gurken drauf sind, hätte ich sie nicht angerührt.«

»Clarence!«

»Ich vertrage Gurken nicht. Liegen mir schwer im Magen.«

»Also wirklich, Clarence! Ich finde, du solltest dich ein bißchen mehr für deine Nichte interessieren.«

»Wieso? Was ist denn mit ihr?«

»Daß man dich aber auch nie informiert«, sagte Gally mitfühlend. »Ich will's dir verraten. Veronica hat sich mit dem jungen Plimsoll verlobt.«

»So?« sagte Lord Emsworth, nachdem er nun im Bilde war. »Naja. Ist ja nicht schlimm. Mir gefällt er. Versteht was von Schweinen.«

»Und Hermione gefällt er, weil er Millionär ist«, sagte Gally.

»Dann seid ihr ja beide glücklich.«

Daraufhin beteuerte Lady Hermione mit einer gewissen Hitzigkeit, daß sie Tipton Plimsoll einzig und allein deshalb schätze, weil er ein netter, kultivierter junger Mann sei, dessen Herz ihrer Veronica gehöre; während Gally sie aufforderte zuzugeben, daß ihre Wertschätzung für Plimsoll wenigstens teilweise darauf zurückzuführen sei, daß er Geld wie Heu habe; und Lord Emsworth versicherte erneut, daß er dieses Gurken-Sandwich niemals angerührt hätte, wenn er gewußt hätte, daß Gurke darauf war, weil Gurken ihm nämlich nicht bekämen – als Freddie über die Terrasse in den Salon kam.

»Tag, Paps. Tag, Tante Hermione. Tag, Onkel Gally«, sagte Freddie. »Hoffentlich habt ihr mir noch was in der Kanne gelassen. Wir waren ziemlich lange in Shrewsbury, denn Tippy hat die halbe Stadt aufgekauft. Wir sind so beladen zurückgekommen wie eine Karawane aus Tausendundeiner Nacht. Hast du auch nicht vergessen, mir diese Kleinigkeit von Aspinall mitzubringen, Paps?«

In seinem Selbstbewußtsein gestärkt durch die Tatsache, daß er das Päckchen in der Hand hielt, gestattete sich Lord Emsworth einen Anflug von Gereiztheit.

»Selbstverständlich habe ich es mitgebracht. Dauernd werde ich gefragt, ob ich auch nichts vergessen habe. Ich vergesse nie etwas. Hier ist sie.«

»Danke, Paps. Ich trinke nur schnell eine Tasse Tee, und dann bringe ich sie ihr.«

»Wo ist denn Veronica?« fragte Lady Hermione.

»Tippy wollte sich mit ihr hinter den Rhododendronbüschen treffen. Eine Art Stelldichein, soviel ich weiß.«

»Geh doch bitte hin und sag ihnen, sie sollen zum Tee kommen. Der arme Tipton ist nach der langen Fahrt bestimmt völlig erschöpft.«

»So sah er mir gar nicht aus. Er hat leidenschaftlich geschnauft und mit den Hufen gescharrt. Ach Gott«, seufzte Freddie, »wie mich das an meine Junggesellenzeit erinnert, wenn ich an Tête-à-têtes im Grünen denke. Ich weiß noch, wie ich mich als jugendlicher Liebhaber mit Aggie hinter allerlei Buschwerk zu treffen pflegte. Na schön, ich will versuchen, die freundliche Einladung zu überbringen, Tante Hermione, allerdings nur, wenn ich dadurch ihre Zweisamkeit nicht allzu empfindlich störe. Wenn ich das Gefühl habe, daß sie lieber allein bleiben wollen, werde ich mich auf Zehenspitzen wieder davonschleichen. Also, bis nachher, Leute. Tschüß, Paps, und mach mir inzwischen keine Dummheiten.«

Er leerte seine Tasse und ging, und gerade wollte Lord Emsworth bemerken, daß sein jüngerer Sohn seit seiner Rückkehr aus Amerika eine Unruhe und Hektik verbreite, die er sehr störend finde, als man draußen einen schweren Mann über einen Teppich stolpern hörte, und im nächsten Augenblick trat Bill ein.

Bill wirkte frischer, als man es nach einer vierstündigen Bahnfahrt in Gesellschaft von Lord Emsworth erwartet hätte. Das lag daran, daß letzterer im Zug immer einschlief, so daß Bill sich zurücklehnen, aus dem Fenster sehen und ausgiebig an Prudence denken konnte.

Diese Gedanken waren nicht nur liebevoll, sondern auch optimistisch gewesen. Er nahm an, daß sie seinen Brief schon lange vor seiner Ankunft von Gally erhalten würde, und von ihrer Lektüre des Briefs versprach er sich die glücklichsten Folgen. Schließlich hatte er in dieses Schreiben sein ganzes Herz gelegt, und wenn jemand ein so großes Herz hatte wie er, dann mußte das ja etwas bewirken. Die Prue, der er in Kürze begegnen würde, so hoffte er, würde bestimmt nicht mehr so abweisend sein wie die Prue, die ihn einen Dummkopf genannt und ihre Verlobung gelöst hatte und dann davongesaust war, noch ehe er an das Gute in ihr appellieren konnte.

Aber wenngleich Gedanken dieser Art dazu beigetragen hatten, seine Stimmung zu heben, so wäre es doch übertrieben zu behaupten, daß der William Lister, der jetzt über die Schwelle des Salons in Blandings Castle stolperte, vollkommen unbeschwert war. Er war ganz gut dran, gewiß, aber doch wieder nicht so gut, daß er nicht noch einen Rest von Beklommenheit und Unruhe verspürt hätte. Man könnte sein Befinden mit dem eines Katers vergleichen, der in einen fremden Hinterhof kommt und nicht sicher ist, ob die Anwohner nicht im nächsten Moment mit ein paar Pflastersteinen nach ihm schmeißen werden.

An das unangenehme Gefühl, einem älteren Herrn gegenüberzustehen, dem er in einem Augenblick heiligen Zorns empfohlen hatte, ihm doch den Buckel runterzurutschen, hatte er sich schon gewöhnt. Er betrachtete Lord Emsworth längst nicht mehr als Hindernis auf dem Weg zum Glück. Die fragenden Blicke, die dieser ihm im Zug zugeworfen hatte, bevor er die Beine ausstreckte und zu schnarchen begann, waren an ihm abgeprallt wie stumpfe Pfeile. Er wußte, daß diese Blicke aus der vagen Ahnung Lord Emsworths resultierten, dieses Gesicht irgendwo schon einmal gesehen zu haben; und da er der Versicherung des Ehrenwerten Galahad vertraute, der I. Q. des neunten Earl liege dreißig Punkte unter dem einer Kaulquappe, hatte er ruhig und fest in diese bekneiferten Augen geblickt, die ihn so ratlos anstarrten.

Etwas ganz anderes war dagegen die respektheischende Frau, die dort bei der Teekanne saß. Von ihr drohte zweifellos Gefahr. Auch wenn man für Lady Hermione Wedge vielleicht nicht dieselbe Bewunderung empfinden konnte wie für die schöne Helena oder die derzeitige Miss Amerika, so konnte es doch an ihrer enormen Intelligenz keinen Zweifel geben. Selbst eine hochbegabte Kaulquappe wäre von ihrem I. Q. noch meilenweit entfernt gewesen. Bill konnte deshalb nur hoffen, daß der Bart bei ihrer vorigen Begegnung seinen Zweck erfüllt und seine Gesichtszüge bis zur Unkenntlichkeit entstellt hatte.

Ihre Begrüßung, falls man von einer solchen sprechen konnte, schien ja darauf hinzudeuten, daß vorläufig alles in Ordnung war. Zwar merkte man ihr noch an, daß sie ihn als unerwünschten Eindringling ansah, dem man ein einfaches Logis im Emsworth Arms Inn hätte zuweisen sollen, anstatt ihm Zutritt zu einem angesehenen Schloß zu gewähren; aber zumindest beäugte sie ihn nicht mißtrauisch, noch stieß sie einen spitzen Schrei des Wiedererkennens aus. Sie sagte »Guten Tag, Mr. Landseer«

in einem Ton, als hoffe sie, er werde ihr mitteilen, daß er laut ärztlicher Auskunft nur noch drei Wochen zu leben habe, und reichte ihm eine Tasse Tee. Bill stieß ein Tischchen mit einer Gebäckschale um, und dann setzten sich alle und machten es sich gemütlich.

Allmählich kam eine Unterhaltung in Gang. Lord Emsworth sog den Duft ein, der durch die offenen Fenster hereinströmte, und erklärte, er freue sich, nach einem Besuch in London endlich wieder in einer zivilisierten Umgebung zu sein, worauf Gally meinte, er habe nie verstehen können, was sein Bruder gegen London habe, da er für seinen Teil diese Stadt immer als das Paradies auf Erden betrachtet habe. Er bat Bill um Bestätigung dieser Ansicht, worauf Bill, der gerade von Prudence geträumt hatte, erschrocken zusammenzuckte und den kleinen Tisch umwarf, auf den er seine Tasse gestellt hatte. Auf seine Entschuldigungsworte entgegnete Lady Hermione, das mache doch gar nichts. Wer ihr dabei nicht gerade – wie Bill – in die Augen sah, hätte glauben können, sie gehöre zu jenen toleranten Gastgeberinnen, die auf ihren Teppichen nichts so gerne sehen wie Teelachen.

Dann ließ sich Lord Emsworth über die Gründe für seine Abneigung gegen London aus und sagte, es sei eine widerliche, ohrenbetäubende, stinkige, dreckige Stadt, in der es von ungehobelten Flegeln wimmele, wogegen Gally einwandte, daß diese Flegel wahrscheinlich alle ganz reizende Menschen seien, wenn man sie erst mal näher kennenlerne, und er nannte als Beispiel den Einäugigen mit dem Würfeltrick, der ihm bei der ersten Begegnung damals vor vierzig Jahren so unsympathisch war und der sich dann, nachdem sie mal eine Nacht zusammen durchzecht hatten, als prachtvoller Bursche entpuppte.

Lady Hermione schätzte es nicht, wenn man beim Fünfuhrtee in ihrem Salon einäugige Männer mit einem Würfeltrick ins Gespräch brachte, und mochten sie ein noch so gutes Herz haben; deshalb wechselte sie das Thema, indem sie sich bei Bill erkundigte, ob dies sein erster Besuch in Shropshire sei, und bei dieser harmlosen Frage fuhr Bill der Schrecken dermaßen in die Glieder, daß er erneut das Tischchen mit der Gebäckschale umstieß. Er war, obwohl ein reizender Mensch, stets ein wenig zu groß für die Räume, in denen er sich aufhielt. Um zu verhindern, daß er Tische mit Gebäckschalen umwarf, hätte man ihn schon in die Wüste Gobi bringen müssen.

Gerade hatte Gally ihm in seiner charmanten Art angeboten,

eine Axt zu holen, falls er aus den Möbeln Kleinholz machen wolle, und dann Lord Emsworth gefragt, ob er sich noch erinnere, wie ihr Onkel Harold, der sich von seinem Sonnenstich nie mehr so ganz erholt hatte, eben diesen Salon kurz und klein geschlagen habe bei dem Versuch, mit einem Küchenbeil eine Wespe zu erlegen – als Lady Hermione, die währenddessen Bill mit stummer Abscheu gemustert hatte, zusammenzuckte und ihn dann noch genauer betrachtete.

Sie hatte plötzlich – wie zuvor Lord Emsworth in der Duke Street – das Gefühl, als habe sie ihn irgendwann irgendwo schon einmal gesehen.

»Ihr Gesicht kommt mir merkwürdig bekannt vor, Mr. Landseer«, sagte sie und starrte ihn so unverwandt an, wie es sonst nur Tipton Plimsoll tat.

Interessiert blinzelte nun auch Lord Emsworth durch seinen Kneifer.

»Das habe ich auch gesagt, als ich ihn kennenlernte. Fiel mir sofort auf. Ist ein sonderbares Gesicht«, sagte er und betrachtete es prüfend, wobei er feststellte, daß es jetzt dunkelrot angelaufen war. »So ein Gesicht vergißt man nicht. Galahad meinte, ich hätte sicherlich sein Foto schon in der Zeitung gesehen.«

»Erscheint Mr. Landseers Foto denn in der Zeitung?« fragte Lady Hermione, und es klang so, als wolle sie damit sagen, daß sich die britische Presse damit ein schlechtes Zeugnis ausstellen würde.

»Selbstverständlich«, versicherte Gally, der merkte, daß Bill seines Beistandes bedurfte. »Sogar oft. Wie ich Clarence schon sagte, ist Landseer ein renommierter Bursche.«

Lord Emsworth pflichtete ihm bei.

»Er hat den röhrenden Hirsch gemalt«, sagte er anerkennend.

Es gab einen gewissen Laut, den Lady Hermione des öfteren ausstieß, wenn sie sich mit ihrem älteren Bruder unterhielt und das Bedürfnis hatte, ihren Gefühlen Ausdruck zu verleihen. Es war kein unwilliges Schnalzen und auch nicht direkt ein empörtes Schnaufen, sondern eigentlich eine Mischung aus beidem. Diesen Laut ließ sie nun vernehmen.

»Den röhrenden Hirsch hat nicht *Mr.* Landseer gemalt, sondern *Sir Edwin* Landseer, und der ist schon lange tot.«

»Merkwürdig. Galahad hat mir aber erzählt, dieser hier hätte den röhrenden Hirsch gemalt.«

Gally lachte nachsichtig.

»Du hast mal wieder alles durcheinandergebracht, Clarence. Ich sagte, das röhrende Schwein.«

»Das röhrende *Schwein*?«

»Ja. Das ist etwas völlig anderes.«

Lord Emsworth dachte darüber nach. Schon bald drängte sich ihm eine Frage auf.

»Aber gibt es denn röhrende Schweine?«

»Gewiß.«

»Das kommt mir aber sehr sonderbar vor.«

»Das täte es nicht, wenn du ein bißchen in der Welt herumgekommen wärst. Dann wüßtest du nämlich, daß Rørende ein Dorf in Dänemark ist, in dem eine berühmte Schweinesorte gezüchtet wird. Auf einer seiner Kunstreisen durch Dänemark hat Landseer ein solches Schwein gemalt und es natürlich das Rørende-Schwein genannt. Das ist doch einleuchtend, oder? Aber wozu das ganze Gerede. Das Wichtigste ist doch, daß du jetzt jemanden hast, der auf Schweine spezialisiert ist und dir garantiert ein naturgetreues Bild der Kaiserin liefern wird. Du solltest dich eigentlich freuen wie ein König.«

»Oh, das tue ich auch«, sagte Lord Emsworth. »Ja, wirklich. Ich bin sehr froh, daß Mr. Landseer die Sache übernommen hat. Er wird seine Sache bestimmt viel besser machen als der vorige. Ach herrje!« rief Lord Emsworth plötzlich aufgeregt. »Du meine Güte! Jetzt weiß ich auch, warum er mir so bekannt vorkam. Er ist diesem andern wie aus dem Gesicht geschnitten – diesem gräßlichen Kerl, den du mir vor ein paar Tagen geschickt hast und der dieses Zerrbild der Kaiserin verbrochen hat und mir dann noch sagte, ich solle ihm den Buckel runterrutschen, weil ich ein paar vorsichtige Einwände gemacht habe. Wie hieß er doch gleich?«

»Messmore Breamworthy.« Gally beäugte Bill von der Seite. »Stimmt, da ist eine gewisse Ähnlichkeit. Kein Wunder, wenn man bedenkt, daß die beiden Halbbrüder sind.«

»Was?«

»Landseers verwitwete Mutter heiratete in zweiter Ehe einen Mann namens Breamworthy. Aus dieser Verbindung ging der junge Messmore hervor. Auf seine Art ein ganz tüchtiger Junge, aber ich hätte ihn natürlich niemals hergeschickt, wenn ich gewußt hätte, daß Landseer zur Verfügung stehen würde. Als Maler sind die beiden ja gar nicht zu vergleichen.«

»Erstaunlich, daß sie beide Maler sind.«

»Findest du? So ein Talent ist doch oft erblich.«

»Das stimmt«, sagte Lord Emsworth. »Hier in der Nähe lebt ein Mann, der Cockerspaniels züchtet, und er hat einen Bruder in Kent, der züchtet Terrier.«

Während dieses Gedankenaustauschs hatte Lady Hermione die ganze Zeit geschwiegen. In ihr regte sich nämlich ein ungeheuerlicher Verdacht, und dieser Verdacht wurde allmählich immer stärker. Das einzige, was sie noch davon abhielt, ihn für Gewißheit zu halten, war die Hoffnung, daß es gewisse Dinge gebe, die selbst ihr Bruder Galahad nicht fertigbrächte. Sie wußte zwar, daß er die Unverfrorenheit und Chuzpe eines fliegenden Händlers besaß, aber selbst ein fliegender Händler, so sagte sie sich, würde davor zurückschrecken, in Blandings Castle einen völlig indiskutablen jungen Mann einzuschmuggeln, den die übrige Familie unter allen Umständen von Prudence fernhalten wollte.

Sie sah Bill an und schloß dann die Augen, um sich jene Unterredung im Garten noch einmal ins Gedächtnis zu rufen. Wenn sie doch nur sicher wäre ...

Dem Chronisten wird nun klar, daß über Fruity Biffens Bart nicht viel gesagt worden ist und der Leser möglicherweise keine klare Vorstellung von seinen Tarnungseigenschaften erhalten hat. Aber wer zwischen den Zeilen zu lesen versteht, wird sich schon gedacht haben, daß dieser Bart sehr dicht war. Wenn sich Männer vom Schlage eines Fruity Biffen den suchenden Blicken der Buchmacher entziehen wollen, dann kennen sie in puncto Vollbart keine falsche Sparsamkeit. Wer sich einen solchen Bart anklebte, war weniger ein Bartträger als vielmehr ein Augenpaar, das aus einem undurchdringlichen Gestrüpp hervorsah; und deshalb konnte sich Lady Hermione, wie sehr sie sich auch anstrengte, an nichts Genaueres erinnern.

Nachdenklich lehnte sie sich in ihrem Sessel zurück. Die entscheidende Frage war natürlich, ob ihr Bruder Galahad gewiße Dinge fertigbrächte oder nicht. Während sie darüber grübelte, nahm sie von der inzwischen weiterplätschernden Konversation um sie her keine Notiz.

Ehrlich gesagt, war diese auch gar nicht so interessant, daß man davon hätte Notiz nehmen müssen. Lord Emsworth erklärte, er habe sich geirrt, als er behauptete, sein Nachbar züchte Cockerspaniels – es seien in Wahrheit Setter. Und da Gally bei Hunden egal welcher Rasse unweigerlich an eine komische Geschichte denken mußte, die die anderen noch nicht kannten, erzählte er eine.

Eben war er damit fertig und wollte gerade eine andere Geschichte erzählen, als Lord Emsworth, der schon vorher Zeichen von Unruhe gezeigt hatte, einwarf, er werde jetzt besser mal hinübergehen zu Pott, dem Schweinehüter, um zu hören, ob sich während seiner Abwesenheit bei der Kaiserin etwas Neues ereignet habe.

Diese Worte brachten Gally augenblicklich zum Verstummen. Sie erinnerten ihn daran, daß er diesem Pott noch kein Schweigegeld gezahlt hatte. Und wenn Lord Emsworth vorher mit dem Mann sprach, dann konnten ihm ja wer weiß was für Sensationsmeldungen eingeflüstert werden. Gally hatte seinen Bruder sehr gern und wollte daher vermeiden, daß er sich aufregte. Außerdem mochte er keine langen Auseinandersetzungen.

Es war also ein Gebot der Klugheit, schnellstens hinzulaufen und sich das Schweigen dieses Pott zu erkaufen. Das hieß aber, Bill allein zu lassen. Und konnte man Bill in einer Situation allein lassen, die, wie er sehr wohl wußte, höchst delikat und brenzlig war?

Er befand sich in einer Zwickmühle, und einen Augenblick lang zögerte er. Lady Hermiones Geistesabwesenheit gab schließlich den Ausschlag. Sie schien in eine Art Trance verfallen zu sein, und solange diese andauerte, bestand sicherlich keine akute Gefahr. Außerdem brauchte man ja keine Stunden, um zum Schweinestall zu rasen, dem Schweinehüter mit Geld den Mund zu stopfen und wieder zurückzuflitzen. In spätestens einer Viertelstunde könnte er wieder dasein.

Er stand also auf, wobei er etwas von »völlig vergessen« murmelte, ging durch die Flügeltür über die Terrasse nach draußen und verschwand. Etwas später folgte ihm Lord Emsworth, bei dem es immer ein wenig dauerte, bis er seine ungelenken Arme und Beine sortiert und sich hochgerappelt hatte. Als Bill dann aus seinen verträumten Gedanken an Prudence erwachte und merkte, daß sich alle davongemacht hatten und er mit der Herrin des Hauses allein war, packte ihn ein Entsetzen, als hätte er einsam und verlassen an Deck eines brennenden Schiffes gestanden.

Es herrschte Schweigen im Salon. Wenn ein junger Mann von schüchternem Wesen, der eher an das Leben der Londoner Bohème gewöhnt ist, sich plötzlich mutterseelenallein in Gesellschaft der Enkelin von mindestens hundert Earls befindet und daran denken muß, daß er sie bei ihrer letzten Begegnung für die Köchin gehalten und ihr zwei Schilling in die Hand gedrückt hat; und wenn diese Enkelin von mindestens hundert Earls, die diesen jungen Mann von Anfang an als Eindringling abgelehnt hat, ihn dann auch noch verdächtigt, vor kurzem ihre einzige Tochter belästigt zu haben und jetzt mit allen Mitteln zu versuchen, ihre Nichte gegen den Willen der Familie zu ehelichen – dann ist es ein bißchen viel verlangt, zu erwarten, daß eine lockere, unbeschwerte Unterhaltung aufkommt.

Lady Hermione war eine belesene und gebildete Frau, die zu den meisten aktuellen Themen etwas zu sagen wußte, so daß manche ihrer Freunde behauptet hatten, sie könne gut und gerne in ihrem Salon eine Schar illustrer Geister zu anregenden Gesprächen um sich versammeln. Im Augenblick schien sie aber nicht geneigt, Konversation zu machen, jedenfalls nicht, solange Bill hier saß.

Die beiden musterten einander mit wachsender Nervosität beziehungsweise mit wachsendem Mißtrauen, bis ihr Beisammensein plötzlich gestört wurde. Ein Schatten fiel durch die Terrassenfenster, und dann kam Freddie hereingetrabt.

»Nichts zu machen«, verkündete Freddie, an seine Tante gewandt. »Ich fand die beiden eng umschlungen und hab's nicht über's Herz gebracht, sie zu stören.«

Dann bemerkte er, daß sein Vater und sein Onkel sich nicht mehr im Zimmer befanden und statt dessen ein Neuankömmling in Gestalt eines großen Menschen hinzugekommen war, der seine langen Beine um die eines Stuhles geschlungen hatte. Da er noch vom Sonnenlicht geblendet war, konnte Freddie diesen Menschen nicht richtig sehen und glaubte deshalb zunächst, einen Unbekannten vor sich zu haben. Er überlegte, ob man ihn vielleicht für Hundekuchen interessieren könnte.

Als sich seine Augen dann an das Halbdunkel gewöhnt hatten, weiteten sie sich auf einmal in ungläubigem Staunen, und sein Unterkiefer fiel herunter wie eine Baggerschaufel.

Seinem Onkel Galahad stellte er später zu seiner Rechtfertigung zwei einfache Fragen, nämlich:

1. Wie zum Teufel sollte er das ahnen?

und daran anschließend:

2. Wieso hatte ihm niemand etwas davon gesagt?

Wenn ein Mann die ganze Zeit als Paria und Aussätziger hingestellt worden sei, argumentierte Freddie, und wenn man diesen Mann dann plötzlich mit seiner Hauptwidersacherin im Salon einträchtig Tee trinken sehe, dann müsse man doch selbstverständlich annehmen, daß sich eine Wende um hundertachtzig Grad vollzogen habe und dieser Mann in den Schoß der Familie aufgenommen sei. Um so mehr, fügte er mit vorwurfsvollem Ton hinzu, da ihm, Freddie, ausdrücklich versichert worden sei, diesem Mann »gehe es gut« und man brauche sich seinetwegen keine Sorgen zu machen, da der Vertreter der Anklage, wie er behauptete, den Fall »völlig unter Kontrolle« habe.

Auf diese Worte, so sagte er, stütze er seine Verteidigung. Die habe sein Onkel Gally doch benutzt, oder etwa nicht? Er habe ihm doch mehr oder weniger wörtlich zu verstehen gegeben, daß der Fluch von dem armen Blister genommen sei und man sich wegen dessen Zukunft keine Sorgen mehr zu machen brauche. So sei es doch gewesen, oder? Na also, bitte sehr. Damit sei bewiesen, daß es völlig ungerechtfertigt und abwegig sei, ihn, Freddie, als »hirnlosen Schwachkopf« zu bezeichnen und ihm den Vorwurf zu machen, er habe alles versaubeutelt, weil er die Klappe nicht habe halten können.

Die Ursache des Unglücks, so konstatierte er, liege einzig und allein in der Geheimniskrämerei und mangelnden Offenheit des Ehrenwerten Galahad. Ein kleiner Wink, daß man Bill Lister unter Tarnung ins Haus zu schleusen beabsichtige, hätte genügt, und alles wäre gutgegangen. Er wies sodann darauf hin, daß in solchen Fällen Kooperationsbereitschaft von entscheidender Wichtigkeit sei. Ohne Kooperationsbereitschaft und Weitergabe von Informationen könne man nie mit Erfolg rechnen.

Soweit Freddies spätere Einlassungen zur Sache. Im Augenblick sagte er nur:

»Blister!«

Der Ruf brauste durch den Salon wie Donnerhall, und Lady Hermione, der sich der Name Lister tief ins Gedächtnis gegraben hatte, richtete sich in ihrem Sessel steil auf.

»Na so was!« sagte Freddie und strahlte übers ganze Gesicht. »Na so was, na so was! Das ist ja großartig. Bist du also endlich zur Vernunft gekommen, Tante Hermione? Ich wußte doch, daß deine bessere Einsicht siegen würde. Sicherlich hast du auch Tante Dora überzeugt oder wirst es in Kürze tun. Aber wenn du für die Sache der jungen Liebe eine Lanze brichst, dann sehe ich da keine Schwierigkeiten mehr. Auf dich wird sie hören.

Falls sie trotzdem murrt, kannst du ihr von mir sagen, daß Prue sich keinen besseren Ehegespons wünschen könnte als den guten Bill Lister. Er ist ein Prachtkerl. Ich kenne ihn schon seit Jahren. Und wenn er jetzt noch seine Malerei an den Nagel hängt und sich als Gastwirt niederläßt, dann bin ich sicher, daß die Zukunft des jungen Paares auch finanziell sehr rosig aussieht. Kneipen sind Goldgruben. Natürlich brauchen sie ein bißchen Startkapital, aber das läßt sich auftreiben. Ich schlage vor, daß der Familienrat zusammentritt, um die Angelegenheit gründlich zu diskutieren. Reich mir die Hand, Blister. Herzlichen Glückwunsch.«

Während dieses gutgemeinten Redeschwalls hatte Lady Hermione mit zuckenden Händen und glitzernden Augen dagesessen. Es war dem Sprecher gar nicht aufgefallen, daß ihr Verhalten nichts Gutes verriet, aber einem aufmerksameren Neffen wäre es nicht entgangen, daß sie große Ähnlichkeit mit einem indischen Puma aufwies, der im Begriff ist, sich auf sein Opfer zu stürzen.

Sie sah ihn fragend an.

»Bist du fertig, Freddie?«

»Wie? Ja, ich denke, das war's fürs erste.«

»Dann wäre ich dir dankbar«, sagte Lady Hermione, »wenn du zu Beach gehen und ihm sagen würdest, er möchte Mr. Listers Sachen packen, falls sie schon ausgepackt sind, und sie ins Emsworth Arms Inn bringen lassen. Mr. Lister wird das Schloß auf der Stelle verlassen.«

Wenn ein Neffe von klein auf daran gewöhnt ist, die Wünsche seiner Tanten prompt und zuvorkommend zu erfüllen, dann reagiert er auf eine Order von oben – auch wenn er schon längst verheiratet ist und einen Posten im Management eines der führenden Hundekuchenkonzerne Amerikas bekleidet –, indem er die Ohren anlegt und pariert. Als Freddie daher von seiner Tante Hermione Weisung erhielt, zu Beach zu gehen, reckte er nicht etwa das Kinn in die Höhe und erklärte ihr, wenn sie mit ihren Domestiken zu sprechen wünsche, solle sie ihnen gefälligst läuten, sondern er schwirrte ab wie ein geölter Blitz.

Erst als er fast schon die Tür zur Anrichte erreicht hatte, kam ihm zu Bewußtsein, daß so ein Laufburschengang eigentlich unter der Würde eines Vizepräsidenten sei, und er hielt inne. Und während er so innehielt, wurde ihm klar, daß sein Platz im Salon war und er diesen niemals hätte verlassen dürfen, und daß es seine moralische Pflicht sei, mit der ihm eigenen Überredungskunst seine Tante für den armen Blister zu gewinnen. Das war gewiß keine leichte Aufgabe, aber für einen Mann, der eben noch erfolgreich bei Major und Lady Finche Seelenmassage betrieben hatte, war es auch nicht unmöglich.

Als er in den Salon zurückkehrte, stellte er fest, daß Bill sich in der kurzen Zeit seiner Abwesenheit entfernt hatte – vermutlich gesenkten Hauptes über die Terrasse. An seiner Stelle hatte sich als Repräsentantin der Verliebten Prudence eingefunden, der man nur allzu deutlich ansah, daß man sie über den Stand der Dinge informiert hatte. Ihre Augen waren umflort, und sie kaute niedergeschlagen an einem Stück Toast.

Lady Hermione saß noch immer hinter der Teekanne, und zwar so starr und aufrecht, als säße sie einem Bildhauer Modell für die allegorische Darstellung einer Tante. Obwohl er sie schon viele Jahre kannte, kam sie Freddie in diesem Augenblick mehr denn je wie der Inbegriff von Tantenmacht und Tantenzorn vor, und unwillkürlich wurde ihm etwas flau im Magen. Sogar Lady Emily Finche, obwohl eigensinnig wie ein Maultier (dem sie in Temperament wie Aussehen verblüffend ähnelte), hatte nicht so einschüchternd gewirkt.

»Ist Blister gegangen?« fragte er und nahm sich vor, bei passender Gelegenheit dazu noch ein paar kritische Worte zu sagen.

»Gegangen«, sagte Prudence, den Mund voll Toastbrot schmerzlich verziehend. »Gegangen, ohne zu klagen. Hinausgejagt in die feindliche Welt, noch ehe ich ihm einen Blick zuwerfen konnte. Fürwahr, wenn manchen Menschen hier ein Herz schlüg' in der Brust, so wäre Blandings Castle wohl ein schön'rer, bess'rer Ort.«

»Gut gebrüllt, Löwe«, sagte Freddie anerkennend. »Ich stimme dir hundertprozentig zu. Was in diesem alten Gemäuer fehlt, ist ein bißchen Milch der frommen Denkungsart. Etwas mehr frommes Denken, wenn ich bitten darf, Tante Hermione!«

Lady Hermione ignorierte diesen Appell und fragte ihn, ob er bei Beach gewesen sei, worauf Freddie erwiderte, nein, er sei nicht bei Beach gewesen und er wolle ihr auch verraten, warum nicht. Er habe nämlich gehofft, daß sie sich eines Besseren besinnen werde, und wenn seine Tante ihm ein paar Minuten ihrer kostbaren Zeit schenken wolle, werde er ihr einige Argumente vortragen, die geeignet seien, ihr diese zwei Königskinder, die durch ihr Zutun zusammen nicht kommen könnten, in einem anderen Licht erscheinen zu lassen.

Lady Hermione, die mitunter den herzhaften Ausdruck liebte, antwortete darauf mit einem »Papperlapapp!« Freddie schüttelte nur den Kopf und meinte, das sei aber nicht die Einstellung, die er sich wünsche. Und Prudence, die von Zeit zu Zeit schwer geseufzt hatte, erwähnte die Namen Dschingis Khan und Nero und fragte sich laut, warum man nur so viel Aufhebens von deren brutaler Unmenschlichkeit mache, solange es noch gewisse Leute gebe (deren Namen zu nennen sie gerne bereit sei), die eins der größten lebenden Golftalente nicht zu würdigen imstande seien.

Lady Hermione sagte hierauf »Das genügt jetzt, Prudence«, aber Freddie widersprach ihr.

»Das genügt noch längst nicht, Tante Hermione. Wir werden uns jetzt mal zu einem Gipfelgespräch zusammensetzen und die Sache ausdiskutieren. Was hast du bloß gegen den armen Blister? Mit dieser Frage würde ich gerne beginnen.«

»Und ich«, sagte Lady Hermione, »möchte gerne mit folgender Frage beginnen: Hast du Galahad bei seinem verwerflichen Tun Beihilfe geleistet?«

»Wie bitte?«

»Du weißt genau, was ich meine. Diesen jungen Mann unter falschem Namen ins Haus zu bringen.«

»Ach, das?« sagte Freddie. »Ich will das mal so beantworten: Über das fragliche Manöver war ich zwar nicht direkt im Bilde, sonst hätte ich ja nie diesen Schnitzer gemacht. Aber wenn du mich fragst, ob ich voll und ganz hinter Blister stehe, dann kann ich das eindeutig bejahen. Meiner Ansicht nach wäre eine Verbindung zwischen ihm und dieser jungen Dame hier das Beste, was den beiden passieren könnte.«

»Bravo, Freddie«, sagte Prue, der diese Ansicht gefiel.

»Papperlapapp!« sagte Lady Hermione, denn sie hielt nicht soviel davon. »Der Mann sieht ja aus wie ein Gorilla.«

»Bill sieht überhaupt nicht aus wie ein Gorilla!« rief Prudence.

»Doch«, sagte Freddie, der sich bei allem Einsatz für Prue um Fairneß bemühte. »Von seinem Aussehen her wäre er in jedem Zoo willkommen. Aber das tut doch hier gar nichts zur Sache. Wo steht es denn geschrieben, daß einer, der wie ein Gorilla aussieht, nicht trotzdem ein liebender Ehemann und treusorgender Familienvater sein kann – wenn ich den Ereignissen mal ein bißchen vorausgreifen darf, Prue.«

»Schon gut«, sagte Prudence. »Red nur weiter. Du hast völlig recht.«

»Dein Fehler, Tante Hermione, ist der, daß du zuviel aufs Äußere gibst. Du siehst dir Blister nur mal flüchtig an, und schon sagst du dir ›Oh Gott, dem möchte ich aber nicht bei Nacht in einer dunklen Straße begegnen‹, und du übersiehst dabei, daß unter dieser unansehnlichen Oberfläche ein Herz schlägt, wie du es dir goldener und besser nicht wünschen könntest. Es kommt nicht aufs Gesicht an, sondern auf die inneren Werte, und in dieser Beziehung ist Blister unschlagbar.«

»Freddie!«

»Ja?«

»Wirst du jetzt endlich den Mund halten!«

»Nein, Tante Hermione«, sagte unser junger Hundekuchenmatador unerschrocken, »ich werde den Mund nicht halten. Es ist Zeit, daß das mal gesagt wird. Wie ich dir schon erklärte, ist Blister ein Prachtkerl. Und ich habe, glaube ich, auch schon erwähnt, daß er eine Kneipe besitzt, in die man nur ein bißchen Kapital stecken müßte, um daraus eine Goldgrube zu machen.«

Lady Hermione schauderte. Aus Kneipen hatte sie sich noch nie viel gemacht.

»Die Tatsache, daß dieser junge Mann möglicherweise einer glänzenden Zukunft als Schankwirt entgegengeht«, sagte sie, »scheint mir kein überzeugendes Argument dafür zu sein, daß er meine Nichte heiraten soll. Im übrigen will ich jetzt von Mr. Listers nichts mehr hören.«

Dieser Wunsch wurde ihr jedoch nicht erfüllt. Von der Terrasse her hörte man Schritte, und dann kam ein zufrieden aussehender Gally herein. Er wußte zwar nicht, wo augenblicklich der Europarekord im Zweihundert-Meter-zum-Schweinestall-und-zurück-Rennen mit zwischenzeitlicher Schweinehüter-Bestechung lag, aber er war ziemlich sicher, die Rekordzeit um einige Sekunden unterboten zu haben. Es kam ihm zwar fast unmöglich vor, daß in dieser kurzen Zeit mit seinem Protegé etwas schiefgelaufen sein sollte, aber erste Zweifel beschlichen ihn, als er sich im Zimmer umsah und Bills Abwesenheit bemerkte.

»Nanu«, sagte er. »Wo ist denn Landseer?«

Lady Hermione machte ein Gesicht wie eine Köchin, die im Begriff ist, kurz vor einer großen Abendgesellschaft die Kündigung einzureichen.

»Falls du Mr. Lister, deinen Wirtshausbruder, meinst – der ist gegangen.«

Prudence entfuhr ein tiefer Seufzer.

»Tante Hermione hat ihn rausgeschmissen, Onkel Gally.«

»Was!«

»Sie ist dahintergekommen, wer er wirklich ist.«

Gally starrte seine Schwester an, sprachlos angesichts dieses fast unheimlichen Spürsinns.

»Wie zum Teufel«, fragte er entgeistert, »hast du das denn geschafft?«

»Freddie war so nett, es mir zu sagen.«

Gally wandte sich seinem Neffen zu und warf ihm durch sein Monokel flammende Blicke zu.

»Du hirnloser Schwachkopf!«

An dieser Stelle richtete Freddie die beiden Fragen an ihn, von denen bereits die Rede war, und dann folgten seine Ausführungen, die wir schon kennen. Er sprach rasch und in wohlgesetzten Worten, und da sein Onkel gleichzeitig ebenfalls rasch und in wohlgesetzten Worten sprach, entstand ein ziemliches Getöse und Durcheinander. Prudence trug ihr Scherflein dazu bei, indem sie mit ihrem hellen Sopran beteuerte, sie werde den Mann heiraten, den sie liebe, ganz gleich, ob das andern passe oder nicht und ob gewisse hartherzige Verwandte den Ärmsten zur Tür hinausschmissen. Lady Hermiones Position glich zunehmend der eines Vorsitzenden in einer stürmischen Aktionärsversammlung.

Gerade versuchte sie, die Ordnung wiederherzustellen, indem sie mit einem Teelöffel auf den Tisch klopfte, als Veronica durch die Flügeltür hereinkam, und bei ihrem Anblick legte sich der Tumult sofort. Überall, wo Veronica hinkam, brachen die Leute ihre hitzigen Auseinandersetzungen ab, denn sie wußten, daß Vee fragen würde, worüber man sich denn streite, und wenn man ihr das ausführlich beantwortet hatte, fragte sie garantiert, ob man es ihr nicht noch einmal erklären könne. Und wenn man sowieso schon aufgeregt ist, raubt einem das natürlich den letzten Nerv.

Gally hörte also auf, Freddie zu beschimpfen. Freddie hörte auf herumzufuchteln und an den elementaren Gerechtigkeitssinn seines Onkels zu appellieren. Prudence hörte auf, immer wieder zu sagen, die andern würden schön dumm gucken, wenn man sie eines Morgens als Leiche aus dem See fischte. Und Lady Hermione hörte auf, mit dem Teelöffel auf den Tisch zu klopfen. Es war, als sei in einer Kesselschmiede ein Blitzstreik ausgebrochen.

Veronica strahlte. Nicht einmal auf dem Foto, das beim Wohltätigkeitsfest zugunsten in Not geratener Internatsschüler aufgenommen worden war und das sie als »gute Fee von Eton« zeigte, hatte sie soviel naiven Charme zur Schau getragen. Ihre Augen und Zähne wirkten überdimensional, und ihre Wangen glühten wie Verkehrsampeln. An ihrem rechten Handgelenk trug sie das kostbarste Armband, das Shrewsbury zu bieten hatte, und zusätzlich war sie noch mit anderen Schmuckstücken behängt. Aber sie machte sogleich klar, daß ihr Hunger nach Bijouterien noch keineswegs gestillt war.

»Du, Freddie«, fragte sie, »ist Onkel Clarence schon zurück?«

Freddie stöhnte leise. Er war so schön in Fahrt gewesen. Hätte Vee ihn nicht ausgerechnet jetzt unterbrochen, dann hätte er dieses Rededuell bestimmt gewonnen. Deshalb ärgerte ihn die Störung.

»Wie? Ja, der alte Herr ist hier irgendwo. Wahrscheinlich drüben im Schweinestall.«

»Hat er auch dein Geschenk mitgebracht?«

»Ach, das Geschenk? Zu deinem Geburtstag? Ja, das habe ich hier. Bitte schön, und herzlichen Glückwunsch.«

»Ooh, viiielen Dank, Freddie«, sagte Veronica und zog sich damit in eine Ecke zurück, um es zu inspizieren.

Im allgemeinen hörten die Leute, wie gesagt, auf, sich zu streiten, wenn dieses Mädchen eintrat, und so war es auch diesmal. Aber die anstehenden Probleme beschäftigten sie so sehr, daß es nicht lange dauerte, bis die Debatte wieder anfing. Erst wurde nur getuschelt, aber allmählich wurde es lauter, bis schließlich die Kesselschmiede wieder in vollem Gang war.

Gally erklärte, er habe noch nie viel vom Spatzengehirn seines Neffen gehalten und würde sich hüten, bei einem Denksportwettbewerb zwischen diesem und einem minderbegabten Dreijährigen auch nur einen Penny auf seinen Neffen zu wetten, aber was der sich diesmal an hornblöder Bestußtheit geleistet habe, treffe ihn als Onkel doch tief, da er nie geglaubt hätte, daß so was überhaupt möglich sei. Er erinnere sich noch, wie er vor vielen Jahren, als man ihm Klein-Frederick in der Wiege zeigte, zu der festen Überzeugung gelangt sei, daß es für seine Eltern das beste wäre, wenn sie einen Fehler der Natur korrigierten und das Kind in einem Eimer ertränkten, und dieser Ansicht sei er auch jetzt noch. Auf diese Weise wäre allen viel Kummer und Leid erspart geblieben.

Freddie erklärte darauf, daß es fast so aussehe, als gebe es keine Gerechtigkeit auf der Welt. Wenn je einer ins offene Messer gelaufen sei, nur weil der Informationsfluß nicht funktioniert habe, dann sei er das doch. Warum hatte man ihm nichts gesagt? Wieso war er nicht auf dem laufenden gehalten worden? Eine kleine Notiz hätte schon genügt, aber genau die habe er nie erhalten. Die Nachwelt werde schon einsehen, daß alles nur die Schuld seines Onkels sei und daß ihn selbst nicht der geringste Vorwurf treffe. Und wenn sie das nicht einsähe, dann fände er das zumindest traurig und beklagenswert – um nicht zu sagen schnöde und infam.

Prudence erklärte sodann, daß sie den Gedanken, sich im See zu ertränken, immer attraktiver finde. Erst sei er ihr nur so durch den Kopf gegangen, aber je länger sie darüber nachdenke, desto einleuchtender erscheine er ihr. Natürlich würde sie es vorziehen, als Mr. William Listers Frau weiterzuleben, aber wenn man ihr diesen Weg verbaue und ihren armen Bill jedesmal in hohem Bogen hinausbefördere, sobald er mal ein paar

Worte mit ihr wechseln wolle, dann sei es doch wohl verständlich, wenn sie den Wunsch verspüre, sich im See zu ertränken. Nichts liege dann doch näher als dies. Anschließend malte sie in grellen Farben aus, wie Lord Emsworth eines frühen Morgens beim Baden im See mit ihrer im Wasser treibenden aufgedunsenen Leiche kollidieren werde. Da würde er sich sicher wundern, meinte sie, womit sie wohl recht hatte.

Lady Hermione schwieg, fing aber wieder an, den Tisch mit dem Teelöffel zu traktieren.

Es ist schwer zu sagen, welche Wirkungen dieses Getrommel mit dem Löffel langfristig erzielt hätte. Möglicherweise hätte es die Lautstärke der Diskussion beeinflußt und eine gewisse Ordnung wiederhergestellt. Aber noch ehe es dazu kommen konnte, wurde das Stimmengewirr abrupt von einer plötzlichen Verlautbarung Veronicas unterbrochen.

»IIIIIIIIIII!!!« machte Veronica.

Der Chronist hat schon an anderer Stelle von einem »IIIIIIIII!!!« dieses Mädchens berichtet, und man wird sich noch erinnern, wieviel Aufmerksamkeit diesem Ausruf augenblicklich zuteil wurde. Wie turbulent es auch vorher gewesen sein mochte – danach hätte man eine Stecknadel fallen hören können.

So war es auch diesmal. Gally, der Freddie gerade mit einem geistig zurückgebliebenen Streichholzverkäufer verglichen hatte, dem er mal auf dem Rennplatz von Hurst Park begegnet war, brach mitten im Satz ab. Freddie, der als Beispiel dafür, was er mit Informationsfluß meine, das hausinterne Nachrichtensystem der Firma Donaldson geschildert hatte, verstummte mit einem erschrockenen »Hick!« Prudence, die noch immer mit dem Gedanken spielte, sich zu ertränken, hatte an ihre berühmte Vorgängerin Ophelia erinnert und verkündet, was diese gekonnt habe, könne sie schon lange, als sie zusammenzuckte und sprachlos stehenblieb. Lady Hermione ließ ihren Teelöffel fallen.

Alle drehten sich um und sahen die Urheberin dieses Ausrufs an, und dann schrie Freddie auf.

Wie eine entzückte junge Mutter ihr Neugeborenes hochhält, so hielt Veronica ein glitzerndes, kostbares Brillantkollier in die Höhe.

»Oooh, *Fred*die!« rief sie.

Der Schrei, den Freddie ausgestoßen hatte, kam aus tiefstem Herzen. Es war ein Entsetzensschrei, und das nicht ohne Grund.

Es kann einen Sohn ja auch zur Verzweiflung treiben, wenn er seinem Vater klipp und klar erklärt hat, was dieser tun soll, und wenn er dann feststellen muß, daß dieser trotzdem wieder mal alles versemmelt hat, und wie schon bei der Auseinandersetzung mit seinem Onkel Galahad fragte sich Freddie abermals verzweifelt, ob denn der Informationsfluß in seiner alten Heimat überhaupt nie klappe. Und mit einem Seufzer wünschte er sich zurück in die glücklicheren Vereinigten Staaten von Amerika, wo alles nur so flutschte.

Aber was ihn beim Anblick des Kolliers in Veronicas Händen wie ein glühender Dolch getroffen hatte, war der Gedanke an die Verzögerung, mit der dieses Schmuckstück nun unweigerlich bei Aggie eintreffen würde. Wie er schon Prue bei ihrem Gespräch am Grosvenor Square erklärt hatte, benötigte Aggie das Ding schleunigst. Das hatte sie ihm bereits in ihrem ersten Telegramm mitgeteilt, und sie hatte es in ihrem zweiten, dritten und vierten Telegramm wiederholt; und während die Tage vergingen und das Kollier nicht bei ihr eintraf, hatte sich der Ton ihrer Depeschen zunehmend verschärft. Niagara Threepwood, geborene Donaldson, konnte die sanfteste Frau von der Welt sein, und es steht außer Zweifel, daß sie ihrem Mann eine Stütze und ein Trost war, aber sie hatte von ihrem Vater eine gewisse Ungeduld geerbt, die diesen bei Konferenzen schon nach kurzer Zeit erregt auf den Tisch schlagen und »Na los, wird's bald!« brüllen ließ.

Bei dem Gedanken an das fünfte Telegramm, mit dem nun jede Minute zu rechnen war, überkam Freddie ein Zittern. Das vierte war ja schon gepfeffert gewesen, aber diesmal dürfte es sich um reines Tabasco handeln.

»Das darf doch nicht wahr sein!« rief er schreckensbleich.

Die Reaktionen der übrigen Anwesenden, als sie die funkelnden Klunker sahen, unterschieden sich zwar von der Freddies, waren aber nicht weniger emotional. Gally sagte: »Da schlag einer lang hin!« Prudence vergaß Ophelia für einen Augenblick und sagte: »Donnerwetter!« Und Lady Hermione jauchzte: »Aber Veronica! Woher hast du denn dieses entzückende Kollier?«

Veronica gurrte wie ein Täubchen im Frühling.

»Das hat Freddie mir geschenkt«, erklärte sie. »Ach Freddie!

Wie süüüß von dir! Ich hätte mir ja nie träumen lassen, daß du mir so etwas Himmlisches schenken würdest.«

Für einen Kavalier ist es immer bitter, wenn er einer Dame Wermut in den Becher der Freude gießen muß. Die Ähnlichkeit seiner Kusine mit einer jungen Mutter, die ihr Baby hätschelt, war Freddie nicht entgangen, und ihm war klar, daß das, was er ihr zu sagen hatte, Kummer und Verdruß bereiten würde. Aber er zögerte nicht. In solchen Fällen muß man mit der Axt arbeiten.

»Das habe ich auch nicht«, sagte er trocken. »Kein Gedanke. Du kriegst einen Anhänger.«

»Einen Anhänger?«

»Ja, einen Anhänger«, wiederholte Freddie, um Mißverständnissen vorzubeugen. »Er wird dir in Kürze ausgehändigt. Mit den besten Empfehlungen des Hauses.«

Veronicas Augen wurden groß. Sie wirkte perplex.

»Aber das hier gefällt mir viel besser als ein Anhänger. Wirklich viel besser.«

»Das kann ich mir denken«, sagte Freddie ebenso bedauernd wie unnachgiebig. »Andern würde es genauso gehen. Aber leider gehört dieses Kollier Aggie. Es ist eine lange und komplizierte Geschichte, die kein günstiges Licht auf die geistige Verfassung meines alten Herrn wirft. Um es kurz zu sagen: Ich hatte ihn gebeten, das Kollier an Aggie nach Paris schicken zu lassen und für dich den Anhänger mitzubringen, aber er hat es genau umgekehrt gemacht, obwohl er mir ausdrücklich versichert hatte, daß ihm alles klar sei und ihm kein Fehler passieren könne. Hiermit erkläre ich in aller Öffentlichkeit, daß ich meinen alten Herrn nie mehr etwas für mich besorgen lasse. Wenn man ihn Äpfel kaufen schickt, dann kommt er womöglich mit einem Elefanten zurück.«

Lady Hermione gab ein Geräusch von sich wie in der Bratpfanne zischendes Fett.

»Typisch Clarence!« sagte sie, und ihr Bruder Galahad bestätigte, daß dies typisch Clarence sei.

»Also wirklich«, sagte Lady Hermione. »Manchmal denke ich, er gehört in eine Anstalt.«

Freddie nickte. Der Respekt vor dem Alter hatte ihn daran gehindert, diesen Gedanken selbst auszusprechen, aber er war ihm auch schon durch den Kopf gegangen. Es gab Augenblicke, in denen es einem so vorkam, als wäre der alte Herr in einer Gummizelle am besten aufgehoben.

»Das ist aber eine Enttäuschung, mein armer Schatz«, sagte Lady Hermione zu ihrer Tochter.

»Pech«, sagte Gally.

»Schade, Vee«, sagte Prudence.

»Mein Beileid«, sagte Freddie. »Ich kann mir denken, wie dir zumute ist. Es muß schlimm sein.«

Es dauerte immer eine Weile, bis etwas zum Zentrum von Veronicas Bewußtsein vorgedrungen war, und eine Zeitlang hatte sie verwirrt dagestanden, unfähig zu begreifen, was geschehen war. Aber diese Woge des Mitgefühls schien den Fluß ihrer Gedanken zu beschleunigen.

»Du meinst«, fragte sie, da es ihr allmählich dämmerte, »daß ich diese Halskette nicht behalten kann?«

Freddie bestätigte, daß es darauf hinauslaufe.

»Könnte ich sie nicht wenigstens beim Sommerball tragen?«

Bei dieser Frage hellte sich Lady Hermiones Gesicht auf. Es sah jetzt so aus, als brauchte man ihrem Kind doch keinen Wermut in den Freudenbecher zu gießen. Zwar würde Vee diesen Becher nicht bis zur Neige leeren können, aber zumindest bot dieser Vorschlag die Möglichkeit, daß sie ein paar Schlückchen daraus nahm.

»Aber natürlich«, sagte sie. »Das wäre ja großartig, mein Schatz.«

»Gute Idee«, meinte auch Gally. »Scheint mir ein annehmbarer Kompromiß. Du trägst das Ding beim Sommerball und gibst es dann Freddie zurück, damit er's weiterschicken kann.«

»Es wird dir fabelhaft stehen, Vee«, sagte Prudence. »Ich werde dich zwar nicht damit sehen, weil ich dann schon als Leiche im See treiben werde, aber ich bin sicher, daß du entzückend aussehen wirst.«

Freddie sah sich genötigt, nochmals das Beil zu Hilfe zu nehmen.

»Das ist leider ausgeschlossen«, sagte er mit einem männlichherben Bedauern, das ihm gut stand. »Tut mir leid, Vee, aber das ist nicht drin. Die Fete, von der du sprichst, findet ja erst in vierzehn Tagen statt, und Aggie will das Kollier sofort haben. Sie hat deswegen schon viermal telegrafiert, und ich erwarte das fünfte Telegramm in Kürze. Vermutlich wird es reichlich giftig ausfallen. Aber was sie mir erst kabeln würde, wenn ich sie noch mal vierzehn Tage warten ließe, wage ich mir gar nicht vorzustellen.«

Der Ehrenwerte Galahad schnaufte abschätzig. Als Junggeselle hatte er kein Mitgefühl und Verständnis für das, was ihm als die schlappe Haltung eines Pantoffelhelden erschien. Die Ansichten von verheirateten und unverheirateten Männern gehen ja oftmals weit auseinander.

»Hast du etwa Angst vor deiner Frau?« fragte er herausfordernd. »Was bist du nur für ein Duckmäuser. Sie wird dich schon nicht auffressen.«

»Versuchen wird sie's jedenfalls«, sagte Freddie. »Du vergißt anscheinend, daß Aggie die Tochter eines amerikanischen Millionärs ist, und wenn du jemals einem amerikanischen Millionär begegnet wärst ...«

»Ich bin Dutzenden von der Sorte begegnet.«

»Dann müßtest du ja wissen, daß sie ihre Töchter dazu erziehen, von ihren Männern eine gewisse Folgsamkeit zu erwarten. Seit ihrem sechsten Lebensjahr ist Aggie fest davon überzeugt, daß ihr Wort Befehl ist, und es galt immer als ausgemacht, daß der Vogel, der sie mal heiratete, auf Wunsch auch Saltos machen und durch brennende Reifen springen würde. Aggie ist bestimmt das sanfteste Mädchen von der Welt, aber wenn du mich fragen würdest, ob sie nicht manchmal ein bißchen herrschsüchtig ist, dann müßte ich zugeben, daß du ins Schwarze getroffen hast. Ich liebe sie so hingebungsvoll, daß mir dafür die Worte fehlen, aber wenn du mich vor die Alternative stellen würdest, ihr eine winzige Bitte abzuschlagen oder hinzugehen und einem New Yorker Verkehrspolizisten eins vor die Platte zu hauen, dann würde ich mich jederzeit spontan für den Polizisten entscheiden. Es ist völlig überflüssig, mich deswegen einen erbärmlichen Fronknecht zu nennen«, sagte Freddie zum Ehrenwerten Galahad, der dies soeben getan hatte. »So liegen die Dinge nun mal, und ich bin damit zufrieden. Ich wußte schon, was ich tat, als ich im Standesamt meine Unterschrift leistete.«

Hierauf schwiegen alle eine Weile, bis Veronica einen Vorschlag machte.

»Du könntest doch Aggie sagen, daß du mir das Kollier geliehen hast.«

»Ja, das könnte ich«, bestätigte Freddie, »und ich würde es auch tun, wenn ich wollte, daß die Hölle losbricht und die Welt in ihren Grundfesten erschüttert wird. Ihr scheint noch eine kleine, aber nichtsdestotrotz sehr heikle Angelegenheit zu vergessen, die ich hier ruhig erwähnen kann, da wir ja alle zur Familie gehören. Irgendein Schafskopf hat nämlich Aggie erzählt, daß Vee und ich mal verlobt waren, und seither ist sie Vee gegenüber äußerst mißtrauisch. Sie traut ihr alles zu.«

»Lächerlich!« sagte Lady Hermione. »Das war doch nur eine Kinderei.«

»Ist doch schon längst vergessen«, sagte Gally.

»Das sagst du«, meinte Freddie. »Aber du solltest Aggie mal hören, wenn die Rede darauf kommt. Dann könnte man glauben, das sei erst gestern gewesen. Und deshalb werde ich mich hüten, Vee, dir das Kollier zu leihen. So leid es mir tut und so gut ich deine Enttäuschung verstehen kann, ich muß dich jetzt bitten, mir das Geschmeide auszuhändigen.«

»Oooch, Freddielein!«

»Bedaure, aber es geht nicht anders. So ist das Leben nun mal.«

Zögernd streckte Veronica die Hand aus. Ihre bezaubernden Lippen bebten und ihre faszinierenden Augen wurden feucht, aber sie streckte die Hand mit dem Kollier aus. Wenn ein Mann, der im Schulungszentrum der Firma Donaldson auf Long Island in der Kunst des Überredens gedrillt worden ist, alle Register seiner Überredungskunst zieht, würde jedes Mädchen seine Hand ausstrecken.

»Danke«, sagte Freddie.

Er hatte das etwas voreilig gesagt. Es war, als habe Veronica Wedge plötzlich eine Vision des Sommerballs gehabt, wobei sie sich selbst praktisch nackt ohne diese glitzernden Diamanten an ihrem Hals gesehen hatte. Ihre Lippen, die jetzt nicht mehr zitterten, hatte sie energisch zusammengepreßt. Die Feuchtigkeit schwand aus ihren Augen, und an ihre Stelle trat ein wildentschlossenes Leuchten. Sie zog ihre Hand zurück.

»Nein«, sagte sie.

»Wie bitte?« fragte Freddie schwach.

Er hatte auf einmal das Gefühl, als seien seine Knochen aus Gelatine. Mit dieser Entwicklung der Dinge hatte er nicht gerechnet, und nun fragte er sich, was er nur tun solle. Als Mann von Welt kann man schließlich nicht einem Mädchen an die Gurgel fahren, um ihr ein Kollier abzupressen.

»Nein«, wiederholte Veronica. »Du hast es mir zum Geburtstag geschenkt, und jetzt will ich es behalten.«

»Behalten? Doch nicht etwa für immer?«

»Allerdings.«

»Aber es gehört Aggie!«

»Sie kann sich ja ein neues kaufen.«

Dieser glückliche Einfall stellte Lady Hermiones seelisches Gleichgewicht wieder völlig her.

»Richtig. Wie klug du doch bist, Liebes. Ich muß mich wundern, daß du nicht von alleine darauf gekommen bist, Freddie.«

»Scheint mir ein geschickter Ausweg zu sein«, nickte Gally. »Mit etwas Köpfchen findet man immer eine Lösung.

Freddies Augen drehte sich jetzt alles, wie es sich nicht gedreht hatte seit jenen Zechtouren mit Tipton Plimsoll in Zeit vor E. Jimpson Murgatroyd. Er machte einen erneuten Versuch, diese Leute zur Vernunft zu bringen. Es schmerzte ihn, daß niemand begriff, in was für einer Klemme er steckte.

»Aber versteht ihr denn nicht? Habt ihr nicht kapiert, was ich gerade gesagt habe? Aggie wird in die Luft gehen wie eine Neujahrsrakete, wenn sie erfährt, daß ich das Kollier Vee gegeben habe – ausgerechnet Vee! Sie wird sich von mir scheiden lassen.«

»Unsinn.«

»Doch, bestimmt. So sind die amerikanischen Frauen. Sobald ihnen irgendwas nicht paßt – peng! Da könnt ihr Tippy fragen. Seine Mutter hat sich von seinem alten Herrn scheiden lassen, nur weil er sie um zehn Uhr sieben an einen Zug brachte, der schon um sieben Uhr zehn abgefahren war.«

Ein Leuchten ging über das Gesicht des Ehrenwerten Galahad.

»Das erinnert mich an eine komische Geschichte...«

Aber er kam nicht dazu, die Geschichte, an die ihn das erinnerte, zu erzählen – obwohl man bei einem Mann wie Gally annehmen darf, daß sie deswegen nicht für alle Zeiten unerzählt blieb. Ein nachdrückliches Räuspern seiner Schwester machte ihn darauf aufmerksam, daß Tipton Plimsoll soeben den Salon betrat.

Tipton war offensichtlich bester Laune, und sowohl sein Verhalten als auch sein Aussehen widerlegten eindeutig die Vermutung der Dame des Hauses, er könnte nach der langen Autofahrt erschöpft sein. Seine Brillengläser blitzten kühn, und er schien auf rosa Wolken zu schweben.

In den Illustrierten wird viel Werbung für ein Beruhigungsmittel gemacht, das dem Käufer Ruhe, Ausgeglichenheit und körperliches wie seelisches Wohlbefinden verspricht und bei nervösen Ticks, Fingertrommeln, Zähneknirschen und Schweißhänden für Abhilfe sorgen soll. Es war, als habe Tipton

Plimsoll diese Tabletten seit Wochen eingenommen, und wäre der Dichter Coleridge zugegen gewesen, er hätte mit dem Daumen auf ihn gezeigt und geflüstert: »Schauen Sie jetzt nicht hin, aber so einen wie den da hatte ich im Sinn, als ich die Verse von dem Mann schrieb, der sich am Honigtau gelabt und von des Paradises Milch genossen.«

»Hallihallo!« rief er, und es war das erste Mal, daß sich jemand auf Blandings Castle dieses Ausdrucks bediente.

Aber irgendein kluger Mensch hat einmal ganz zu recht bemerkt, daß wir immer dann, wenn wir uns eins mit der Welt glauben und unser Glück keine Grenzen kennt, vom Schicksal einen Schlag mit der Handkante kriegen. Kaum war Tipton ein Stückchen weit in den Salon hineingeschwebt, als er beim Anblick des Kolliers in Veronicas Händen so abrupt zum Stehen kam, als sei er gegen eine Wand gelaufen.

»Was ist das denn?« rief er bestürzt. Er schlug zwar nicht direkt die Hände überm Kopf zusammen, aber man sah, daß dazu nicht viel fehlte. »Woher hast du das?« fragte er dann mit gepreßter Stimme.

Mit einem Schlag wurde sich Lady Hermione der drohenden Gefahr bewußt. Sie hatte den Abend, an dem ihr vermögender Schwiegersohn in spe im Schloß eingetroffen war, noch nicht vergessen, und sie erinnerte sich noch gut an seine heftige Reaktion, als er beobachtete, wie Veronica Freddie auf die Hand schlug und sagte, er solle das lassen; und der argwöhnische Blick, den er soeben Freddie zugeworfen hatte, zeigte ihr, daß er noch immer an dessen gefährliche Rivalität glaubte. Wenn er jetzt erfuhr, daß dieses prächtige Geschmeide ein Geschenk von Freddie war – welche entsetzlichen Folgen konnte das haben! Bei der Vorstellung, der Hauptaktionär von Tipton's Stores könnte auf dem Absatz kehrtmachen und die Scherben eines zerbrochenen Verlöbnisses zurücklassen, wurde ihr einen Augenblick lang ganz schwach.

Während sie noch fieberhaft überlegte, wie sie ihrem Kind unbemerkt und ohne lange Erklärungen einschärfen könnte, daß es um Himmels willen den Mund halten und nötigenfalls Ausreden gebrauchen solle, da machte Veronica auch schon den Mund auf.

»Das hat Freddie mir zum Geburtstag geschenkt«, sagte sie.

Tiptons Mund entrang sich ein aus tiefstem Seelengrund kommendes dumpfes, gequältes Ächzen. Wäre Lord Emsworth dabei gewesen, dieser Laut wäre ihm bekannt vorgekommen.

Er ähnelte nämlich jenem, den die Kaiserin gelegentlich ausstieß, wenn sie vergeblich eine Kartoffel zu erreichen versuchte, die ihr aus dem Trog gekullert war. Er schwankte merklich.

»Geschenkt – *das?*«

»Ja, Tippylein.«

Als wir Tipton Plimsoll zuletzt sahen, war für ihn, wie man sich erinnern wird, das Miese-Molch-Kapitel abgeschlossen gewesen. Die offenkundige Freude, mit der Freddie die Nachricht von seiner Verlobung aufgenommen hatte, und die Herzlichkeit seines Händedrucks hatten alle Zweifel und Bedenken, die ihn bedrückten, schließlich doch zerstreut. Bevor die Kamera einen Schwenk machte, sahen wir ihn in der Halbtotale, wie er unsern Hundekuchen-Freddie von der Molchliste strich und ihn zum untadeligen, ehrenhaften Vetter erklärte.

Jetzt, da ihm der Gram am Herzen nagte wie ein überdimensionaler Biber, wurde ihm klar, daß dieser falsche Fünfziger sich nur verstellt hatte, als er Freude über die Verlobung heuchelte. Der Händedruck, den er, Tipton, irrtümlich für den eines wahren Freundes gehalten hatte, war der eines scheinheiligen Schurken gewesen, und zwar eines scheinheiligen Schurken, der nie etwas anderes im Sinn gehabt hatte, als hinter seinem Rücken das Techtelmechtel mit seiner Braut fortzusetzen. Kein Wunder also, daß Tipton schwankte. Da wäre doch jeder ins Schwanken geraten.

Die demonstrative Protzigkeit des Geschenks zeigte ja ganz deutlich, was hinter der ganzen Sache steckte. Wenn Freddie Veronica eine einfache Armbanduhr geschenkt hätte oder einen schlichten Anhänger, dann wäre ja gar nichts einzuwenden gewesen. Zwischen Vetter und Kusine, hätte er gesagt, war so etwas völlig in Ordnung. Aber ein Kollier, das ein kleines Vermögen gekostet haben mußte – das war etwas ganz anderes. Kein normaler Vetter verpulvert sein Erspartes, um ein teures Brillantenkollier zu kaufen und es seiner Kusine zum Geburtstag zu schenken. Falsche Fünfziger dagegen tun dergleichen.

»Scheibenkleister!« knirschte er, womit er auch diesen Ausdruck erstmals in diesen kultivierten vier Wänden gebrauchte.

Freddie war währenddessen unter seiner Sonnenbräune erbleicht. Er konnte Tiptons Gedanken so klar und deutlich lesen, als hätten sie in der obersten Reihe einer Lesetafel beim Augenarzt gestanden, und wenn er daran dachte, daß die Konzession für die Firma Donaldson als alleinige Hundekuchenlieferantin an Tipton's Stores den Bach hinuntergehen würde, falls man nicht augenblicklich Maßnahmen ergriff, gefror ihm das Mark in den Knochen.

»Es gehört meiner Frau!« rief er aus.

Er hätte besser geschwiegen. Dieses zynische Bekenntnis machte Tiptons Abscheu und Entsetzen vollkommen. Für einen miesen Molch, der einem jungen Mädchen auf eigene Kosten den Kopf verdreht, mag man ja – wenn auch mit Schwierigkeit – ein gewisses Verständnis aufbringen, aber ein mieser Molch, der seiner Frau den Schmuck klaut, um seine unsittlichen Ziele zu erreichen, wird allgemein schief angesehen, und zwar zu recht.

»Ich meine . . .«

Eine sonore Stimme unterbrach Freddies hilfloses Gestammel. Es war die Stimme eines Mannes, dessen diplomatischem Geschick es schon Hunderte von Malen gelungen war, Streitigkeiten auf Rennplätzen zu schlichten, und der sogar dann die Wogen zu glätten vermochte, wenn sich Straßenhändler in der Wolle hatten.

»Momentchen mal, Freddie.«

Der Ehrenwerte Galahad war ein durch und durch wohlmeinender Mensch. Er wollte, daß alle glücklich und zufrieden waren. Es war seiner Aufmerksamkeit nicht entgangen, daß seine Schwester Hermione dastand wie eine vom Entsetzen gelähmte Passantin, die darauf wartet, eine Zeitbombe hochgehen zu sehen, und es schien ihm an der Zeit, daß er als weltgewandter Grandseigneur eingriff und die Sache in die Hand nahm.

»Freddie wollte eigentlich sagen, mein Junge, daß dieses Glitzerzeug früher mal seiner Frau gehörte. Da sie es nicht mehr haben wollte, hat sie es ihm gegeben und gesagt, er könne damit machen, was er wolle. Und was ist denn schon dabei, daß er es als kleine Aufmerksamkeit Veronica geschenkt hat?«

Tipton sah ihn groß an.

»So was nennen Sie eine kleine Aufmerksamkeit? Das Ding hat mindestens zehn Riesen gekostet!«

»Zehntausend?« Das fröhliche Lachen des Ehrenwerten Galahad verriet größte Belustigung. »Aber mein lieber Junge! Sie glauben doch nicht etwa, daß diese Klunker echt sind? Als ob ein Mann mit Freddies Takt und Fingerspitzengefühl auf die Idee käme, ein Kollier für zehntausend Dollar ausgerechnet dem Mädchen zu schenken, das sich mit seinem besten Freund verlobt hat. Es gibt gewisse Dinge, die tut man einfach nicht. Freddies Frau hat diese Halskette in einem Laden für Similischmuck erstanden. Oder habe ich das falsch verstanden, als du es mir erzähltest, Freddie?«

»Nein, stimmt genau, Onkel Gally.«

Tipton legte seine Stirn in Falten.

»In einem Laden für Similischmuck?«

»Ganz recht.«

»Sie meinen, aus Jux?«

»Genau. Es war ein verrückter Einfall. Kennen Sie übrigens die Geschichte von dem Mann, dessen Frau andauernd verrückte Einfälle hatte? Also: eines Tages ging ein Mann ...«

An Männern mit Frauen, die verrückte Einfälle haben, war Tipton nicht interessiert. Er dachte über diese neue Deutung der Ereignisse nach und fand sie einleuchtend. Er hatte es schließlich auch schon erlebt, daß wohlhabende Frauen sich merkwürdiges Zeug kauften. Doris Jimpson zum Beispiel hatte mal zwölf bunte Luftballons gekauft, und dann hatten sie sie auf der Heimfahrt im Auto nacheinander mit der Zigarette zum Platzen gebracht. Sein finsteres Gesicht hellte sich auf, und seine verkrampfte Haltung lockerte sich.

Es war daher bedauerlich, daß Veronica sich ausgerechnet diesen Moment aussuchte, um sich wieder zu Wort zu melden. Man konnte sich meistens darauf verlassen, daß Veronica das Falsche sagte, und das tat sie auch jetzt.

»Ich werde es beim Sommerball tragen, Tippylein.«

Eben hatte es noch so ausgesehen, als sei Tipton Plimsoll im Begriff, wieder der fröhliche Mensch zu werden, der mit einem »Hallihallo!« auf den Lippen den Raum betreten hatte. In seinen Augen lag zwar, als er Freddie ansah, nicht direkt brüderliche Nächstenliebe, aber zumindest lag darin auch nicht mehr abgrundtiefer Argwohn und Ekel. Die Urinstinkte Tipton Plimsolls, so könnte man sagen, hatten sich wieder in sein Stammhirn zurückgezogen, wo sie auch hingehörten.

Aber bei diesen Worten umwölkte sich seine Stirn erneut, und hinter seiner Hornbrille schoß ein aufbegehrendes Blitzen hervor. Veronica hatte ihn in seinem Stolz verletzt.

»Was!« donnerte er. »Beim Sommerball? Glaubst du etwa, ich lasse meine zukünftige Frau bei so einem Sommerball mit Simili und Imitationen herumlaufen? Das wäre ja noch schöner! Was du für diesen Ball brauchst, das werde ich dir kaufen. Jawohl, ich!« sagte Tipton und tippte sich mit der linken Hand auf die Heldenbrust, während er ihr mit der rechten das Kollier entriß.

»Sie!« rief er dann.

Sein im Raum umherschweifender Blick war auf Prudence gefallen. Sie hatte die Nase voll von dem Gezeter und Geschrei, bei dem kein Mensch in Ruhe an tiefe Seen denken konnte, und bewegte sich deshalb auf die Tür zu.

»Wollen Sie weg?«

»Ich gehe in mein Zimmer«, sagte Prudence.

Mit gebieterischer Geste brachte Tipton sie zum Stehen.

»Moment mal. Sie sagten doch gestern, Sie brauchten was für Ihren Wohltätigkeitsbasar. Nehmen Sie das hier«, sagte Tipton.

»Na schön«, sagte Prudence mürrisch. »Danke.«

Sie ging hinaus und ließ hinter sich ein knisterndes Schweigen zurück.

Prudences Zimmer lag im rückwärtigen Teil des Schlosses gleich neben dem von Tipton Plimsoll. Wenn man auf dem Balkon stand, sah man auf Weiden und Bäume, und das tat Prudence nun auch. Denn nachdem sie aus dem Salon weggegangen war, hatte sie sich an die Balkonbrüstung gelehnt und ihre traurigen Augen über Wiesen und Wälder schweifen lassen in der Hoffnung, daß dieser friedliche Anblick ihren Kummer ein wenig lindern möge. Sie betrachtete folglich Gehölze und Triften aus denselben Motiven, die Tipton bei anderer Gelegenheit dazu bewegt hatten, den Enten im Hyde Park zuzuschauen.

Aber wenn man soviel Kummer hat wie sie, dann wird es einem beim Betrachten von Landschaften auch nicht viel besser. Schon bald kehrte sie mit einem tiefen Seufzer in ihr Zimmer zurück, und der Seufzer ging in ein Aufquietschen über, als sie jemanden in ihrem Sessel sitzen sah. Sie war erschrocken.

»Hallo, mein Kind«, sagte ihr Onkel Galahad freundlich. »Ich hab' dich schon draußen gesehen, aber ich wollte nicht stören. Du schienst tief in Gedanken. Dachtest du, ich wäre ein Einbrecher?«

»Ich dachte, du wärst Freddie!«

»Sehe ich Freddie etwa ähnlich?« fragte Gally pikiert.

»Ich dachte, Freddie wäre wegen des Kolliers gekommen.«

Gally machte ein ernstes Gesicht, als er sein Monokel fester ins Auge klemmte und sie ansah.

»Ein Glück, daß er's nicht war, wo du das Ding doch offen auf deiner Kommode hast herumliegen lassen. Damit hättest du alles verderben können. Schon gut, ich hab's jetzt in meiner

Tasche. Begreifst du denn nicht, mein liebes Kind, was der Besitz dieses Kolliers für dich bedeutet?«

Prudence machte eine müde Handbewegung wie eine frühchristliche Märtyrerin, die von Löwen die Nase voll hat.

»Es bedeutet mir gar nichts. Nichts bedeutet mir etwas, solange ich meinen Bill nicht habe.«

Gally stand auf und strich ihr übers Haar. Dazu mußte er zwar den Sessel verlassen, der sehr bequem war, aber er tat es dennoch. Ein Mann mit einem goldenen Herzen nimmt auch Unbequemlichkeiten auf sich, wenn es darum geht, eine Nichte zu trösten. Gleichzeitig sah er sie mit unverhohlenem Erstaunen an. Er hatte erwartet, daß sie schneller schalten würde.

»Du sollst deinen Bill ja haben«, sagte er. »Ich bin sogar sicher, daß ich schon in allernächster Zeit auf deiner Hochzeit tanzen werde. Siehst du denn immer noch nicht, was los ist? Du stellst dich ja an wie Veronica.«

»Was meinst du damit?«

»Dieses Kollier ist der Talisman, der dir die Tür zum Glück öffnen wird. Halt es fest und rück es unter keinen Umständen heraus; dann wirst du dich nur noch darum sorgen müssen, wohin die Hochzeitsreise gehen soll. Merkst du denn nicht, daß du die Situation in der Hand hast? Was passiert wohl, wenn du dich weigerst, das Kollier auszuhändigen? Die Gegenseite wird sich mit dir arrangieren müssen, und die Bedingungen, unter denen das geschieht, werden wir diktieren.«

Der Ehrenwerte Galahad nahm sein Monokel heraus, hauchte darauf, putzte es mit seinem Taschentuch und setzte es wieder ein.

»Ich will dir mal erzählen«, sagte er, »was passiert ist, nachdem du den Salon verlassen hattest. Plimsoll hat mit Veronica einen Spaziergang unternommen, so daß wir unsere Generalversammlung fortsetzen konnten. Als erster hat Freddie das Wort ergriffen. Er hat uns sehr lebhaft geschildert, was Aggie mit ihm machen wird, wenn sie ihr Kollier nicht bekommt. Seine Ausführungen stießen nur auf mäßiges Interesse. Deine Tante Hermione neigte zu der Ansicht, daß die von ihm beschworene Katastrophe allein Freddies Bier sei. Für sie war nur wichtig, daß ich mit meiner Pfiffigkeit die Situation gerettet habe und Plimsoll wieder versöhnt und glücklich ist. Soweit es sie betraf, war der Fall abgeschlossen.«

»Ist er das denn nicht?«

»Er wäre abgeschlossen gewesen, wenn Freddie ihn nicht

noch einmal aufgerollt hätte. Amerika scheint ihm gutgetan zu haben. Er tickt jetzt viel schneller und hat manchmal richtig gute Ideen. In der zweiten Instanz fand er jedenfalls lebhaftes Interesse.«

»Was hat er denn gesagt?«

»Das will ich dir verraten. Er drohte damit, uns alle hochgehen zu lassen, wenn er das Kollier nicht bis heute abend wiederhat. Er sagte, er werde Plimsoll erzählen, wieviel es in Wirklichkeit wert ist und daß er es Veronica zum Geburtstag geschenkt habe; den Rest könne man sich ja leicht denken. Er meinte, damit sei dann zwar irgendeine Konzession futsch, die Plimsoll ihm versprochen habe, aber wenn er schon im Schlamassel stekke, dann solle es andern nicht besser gehen. Diese Bemerkungen erregten größtes Aufsehen. Hermione war, glaube ich, noch nie so rot im Gesicht. Sie ist überzeugt, daß Tipton die Verlobung aufkündigen wird und Veronica sitzenläßt, wenn er hört, daß das Kollier echt ist. Offenbar ist er rasend eifersüchtig auf Freddie.«

Prudence schnappte aufgeregt nach Luft.

»Mann!« sagte sie. »Jetzt kapiere ich.«

»Dachte ich mir. Hermione hat mir in ihrem Kummer fast leid getan, und Clarence hat allem noch die Krone aufgesetzt, als er in diesem Augenblick mit deinem Onkel Egbert dazukam und verkündete, er habe dem jungen Plimsoll erzählt, daß Freddie mal mit Veronica verlobt war. Er behauptete, Egbert habe ihn dazu aufgefordert, aber Egbert bestritt das energisch. Als ich ging, stritten sie sich noch darüber.«

Prudence hatte ihren Blick zur Decke gerichtet. Anscheinend schickte sie ein stummes Dankgebet zum Himmel, der ihr in ihrer Not so gütig beigestanden hatte.

»Aber, Onkel Gally, das ist ja wundervoll!«

»Ja, damit wäre alles gelöst.«

»Jetzt müssen sie mir erlauben, Bill zu heiraten.«

»Genau. Das ist unser Preis. Davon gehen wir nicht runter.«

»Wir werden nicht wanken und weichen.«

»Keinen Fußbreit. Wenn sie dir dumm kommen, schick sie zu deinem Manager. Sag ihnen, ich hätte das Ding.«

»Aber dann werden sie dir dumm kommen.«

»Mein liebes Kind, im Laufe meines langen Lebens sind mir schon allerhand Leute dumm gekommen, und es hat ihnen nie etwas genützt. Wenn mir einer dumm kommt, dann zieht das an mir vorbei wie der leere Wind, der nichts mir gilt.«

»Ist das nicht von Shakespeare?«

»Würde mich nicht wundern. Die schönsten Sprüche sind ja von ihm.«

Prudence holte tief Luft.

»Es ist ein prima Gefühl, dich an meiner Seite zu wissen, Onkel Gally.«

»Für meine Freunde bin ich immer zur Stelle.«

»Was für ein Glück für Bill, daß du sein Taufpate bist.«

»Das habe ich damals auch gesagt. Es gab aber auch Leute, die anders darüber dachten. So, ich werde jetzt mal in mein Zimmer gehen und die Beute verstecken.«

»Aber such dir ein sicheres Versteck.«

»Ich werde das Ding wohin tun, wo es bestimmt keiner vermuten wird. Danach wollte ich eigentlich ein bißchen spazierengehen und die kühle Abendluft genießen. Kommst du mit?«

»Das täte ich ja gerne, aber ich muß Bill schreiben. Sag mal, Onkel Gally«, sagte Prudence, der plötzlich etwas durch den Kopf gegangen war. »Ist das nicht alles ein bißchen hart für Freddie?«

Dieser Gedanke war auch dem Ehrenwerten Galahad schon gekommen.

»Vielleicht ein bißchen. Ein ganz klein wenig. Aber man kann nun mal kein Omelett machen, ohne Eier zu zerbrechen. Dieser Spruch ist nicht von Shakespeare«, sagte der Ehrenwerte Galahad. »Er stammt von mir. Oder vielleicht hab' ich ihn auch irgendwo aufgeschnappt. Außerdem sind Freddies Leiden nur vorübergehend. Hermione wird das Handtuch werfen müssen. Sie hat gar keine andere Wahl. Ich habe ihr das klipp und klar gesagt und sie aufgefordert, darüber gründlich nachzudenken.«

Hätte Prudence ein schärferes Gehör gehabt, oder besser gesagt: wäre ihre Hörschärfe nicht vorübergehend durch ihren Kummer beeinträchtigt gewesen, dann hätte sie, während sie sich an die Balkonbrüstung lehnte, in der Ferne einen Laut vernehmen können, der ihr wie ein erstickter Aufschrei vorgekommen wäre. Und wenn sie sich die Bäume und Weiden ein bißchen genauer angesehen hätte – vorausgesetzt, ihr Blick wäre nicht von Tränen getrübt gewesen –, so hätte sie bemerkt, daß dieser Laut von Bill Lister kam, der auf einem Baumstumpf bei der zweiten Baumgruppe von rechts saß.

Aber da sie mit ihren Gedanken woanders war, übersah sie ihn, und Bill, der aufgesprungen war und aufgeregt winkte wie ein Signalgast in der Hoffnung, damit ihre Aufmerksamkeit zu erregen, mußte zu seiner Enttäuschung zusehen, wie sie, einer Märchenfee gleich, wieder verschwand. So blieb ihm nichts übrig, als sich genau zu merken, wo er sie gesehen hatte, und sich dann auf die Suche nach einer Leiter zu machen.

Freddies Vermutung, daß Bill den Salon während seiner Abwesenheit gesenkten Hauptes verlassen habe, war völlig richtig gewesen. Nach einem ziemlich einseitigen Wortwechsel mit Lady Hermione war ihm klar geworden, daß ihn hier nichts mehr hielt, und nachdem er einen Sessel gerammt und das Kuchentischchen ein weiteres Mal umgeworfen hatte, war er hinausgestolpert ins Freie. Etwaige Sorgen wegen seines Gepäcks hatte seine Gastgeberin zerstreut, indem sie ihm versicherte, man werde es ebenfalls gleich hinauswerfen und ins Emsworth Arms Inn schaffen lassen.

Wenn ein Mann sich auf einen längeren Besuch in einem Landhaus eingestellt hat und dann bereits nach zwanzig Minuten vor die Tür gesetzt wird, geht es in seinem Kopf begreiflicherweise turbulent zu – aber eins war Bill klar, nämlich daß er jetzt viel freie Zeit hatte. Es war noch nicht einmal sechs Uhr, und die Stunden schienen sich endlos vor ihm auszudehnen. Um sich die Zeit zu vertreiben, unternahm er einen Spaziergang durch den Schloßpark, wobei er instinktiv die Anlagen bei der vorderen Seite des Schlosses, wo die Gefahr einer Begegnung mit Lady Hermione am größten war, mied. So gelangte er nach einiger Zeit zur – von Prudences Balkon aus gesehen – zweiten

Baumgruppe von rechts. Dort hatte er sich niedergelassen, um über seine Lage nachzudenken und sich seine Chance auszurechnen, sein geliebtes Mädchen jemals wiederzusehen.

Und wie es die Laune der Fortuna so wollte, hatte er Prudence schon nach wenigen Minuten zu Gesicht bekommen. Sie war zwar so schnell herausgekommen und wieder verschwunden wie der Kuckuck in der Uhr, aber jedenfalls hatte er sie gesehen. Dann hatte er sich, wie gesagt, die Stelle, an der sie erschienen war, genau gemerkt und sich auf die Suche nach einer Leiter gemacht.

Daß ihm sofort der Gedanke an eine Leiter kam, ist nicht weiter erstaunlich. Romeo hätte genauso gedacht und auch – falls Gallys Charakteranalyse zutreffend war – Tipton Plimsolls Onkel Chet. Onkel Chet war ebenso wie Romeo ein Mann rascher Entschlüsse gewesen, wenn es um Mädchen ging, und Bill stand den beiden an Impulsivität und Tatkraft nicht nach. Wenn ein verliebter junger Mann seine Angebetete auf einem Balkon entdeckt, dann ist sein spontaner Wunsch der, hinaufzukraxeln und ihr Gesellschaft zu leisten.

Das Schöne an englischen Landhäusern ist, daß man jederzeit irgendwo eine Leiter auftreiben kann, wenn man eine braucht. Vielleicht dauert es ein bißchen, wie in diesem Fall, aber die Suche ist selten vergebens. Bill fand seine Leiter nach einiger Zeit an einen Baum gelehnt, dem anscheinend jemand die Äste gestutzt hatte, und jetzt bewährte sich endlich einmal seine kräftige Statur, die ihm im Hotel Barribault wie später auch im Salon von Blandings Castle so wenig genützt hatte. Eine Leiter, selbst wenn sie nur von mittlerer Größe ist wie die von Bill entdeckte, hat ein ziemliches Gewicht, aber ihm machte das nichts aus. Er trug sie davon wie einen Spazierstock. Es hätte nicht viel gefehlt, und er hätte sie ein paarmal lässig um die Finger gewirbelt.

Er lehnte sie an die Wand, rückte sie zurecht und kletterte hinauf. Die Liebe verlieh ihm Flügel. Trotz seines Gewichts erklomm er die Leiter wie ein Eichhörnchen. Er erreichte den Balkon und eilte in das Zimmer. Und unten stand Colonel Egbert Wedge, der nach Beendigung der Generalversammlung das Gefühl gehabt hatte, nur ein tüchtiger Marsch durch den Park könne nach der Auseinandersetzung mit Lord Emsworth sein seelisches Gleichgewicht wiederherstellen, und starrte mit offenem Mund hinauf.

Schon die Generalversammlung und insbesondere die Beiträge seines Schwagers hatten nach Colonel Wedges Überzeugung die Grenze dessen erreicht, was man einem pensionierten Obersten der Kavallerie zumuten durfte. Hätte man ihn beim Verlassen des Salons beiseitegenommen und gefragt: »Sagen Sie mal, Colonel Wedge, hat Ihnen das Schicksal übel mitgespielt?« dann hätte er geantwortet: »Kann man wohl sagen. Verdammt übel.« Und jetzt kam hier auch noch so ein Flegel von Einbrecher und hatte die Unverschämtheit, am hellichten Tage ins Haus einzusteigen.

Das ließ nun seinen Blutdruck endgültig einen Wert erreichen, über den Dr. Murgatroyd nur sorgenvoll den Kopf hätte schütteln können. Bei Nacht – ja. Dafür hätte der Colonel noch Verständnis gehabt. Wenn dieser Einbruch in den frühen Morgenstunden passiert wäre oder in Gottes Namen auch schon um die Zeit des allabendlichen Gute-Nacht-Whiskys, dann wäre er vom Treiben dieses verdammten Kerls zwar auch nicht begeistert gewesen, aber er hätte doch wenigstens sein Vorgehen bis zu einem gewissen Grad verstehen können. Aber ausgerechnet jetzt, wo man noch nicht einmal seinen Fünfuhrtee mit gebuttertem Toast verdaut hatte ...!

»T-ch!« machte Colonel Wedge empört und rüttelte wütend an der Leiter.

Diese fiel daraufhin der Länge nach auf den Rasen, und er eilte in die Kommandozentrale, um Meldung zu erstatten und Verstärkung zu holen.

Nachdem ihr Onkel Galahad sich entfernt hatte, war Prudence in ihrem Zimmer nicht lange untätig geblieben. Wenn ein verliebtes Mädchen sich Vorwürfe macht, weil es den Mann seiner Träume gekränkt hat, und ihm auf Briefpapier sein Herz ausschüttet, dann schreibt es fast so schnell wie Lord Emsworth, wenn er am Bahnhof Paddington ein Telegramm aufsetzt, während im Hintergrund bereits die Lokomotive seines Zuges schnauft. Sie war mit ihrem Brief fertig und hatte ihn an »Mr. William Lister, zur Zeit Emsworth Arms Inn« adressiert und den Umschlag zugeklebt, lange bevor Bill den Fuß auf die unterste Leitersprosse gesetzt hatte.

Ihre Absicht war es, mit einem der Stubenmädchen, mit dem sie fast schon befreundet war, Kontakt aufzunehmen und es nach dem Abendessen gegen ein kleines Entgelt mit dem Brief hinüberzuschicken; und nach diesem Mädchen suchte sie nun.

Und so kam es, daß Bill das Zimmer, als er mit klopfendem

Herzen eintrat, leer fand und deswegen im ersten Augenblick enttäuscht war.

Aber gleich darauf stellte er fest, daß er zwar Prudence selbst verpaßt, aber dafür etwas fast genauso Gutes gefunden hatte. Ihr Brief lag auf der Kommode, denn sie hatte es für klüger gehalten, ihn bei der Suche nach dem Stubenmädchen nicht mitzunehmen. Das wäre angesichts der unruhigen Lage in Blandings Castle genauso gewesen, als wollte man eine geheime Botschaft während der Schlacht durch die feindlichen Linien schmuggeln.

Mit zitternden Fingern öffnete Bill den Umschlag. Das war der siebenundvierzigste Brief, den er im Verlauf dieser Romanze von seinem geliebten Wesen erhielt, und jedesmal hatte ihn der Anblick ihrer Handschrift stark bewegt, aber noch nie war er so aufgeregt gewesen wie jetzt. Schließlich hing von diesem Schreiben alles ab. Die bisherigen sechsundvierzig waren allesamt Variationen über das Thema »Ich liebe dich« gewesen, und was für schöne Variationen! Aber dieser Brief – der Raum verschwamm vor seinen Augen bei diesem Gedanken – konnte genausogut der Schlußpfiff sein. Er war ja die Antwort auf sein wohlformuliertes Versöhnungsangebot, und woher sollte er wissen, ob er nicht eine glatte Abfuhr enthielt?

Durch den Schleier vor seinen Augen las er die Worte

»Mein liebster, bester, schönster Herzens-Bill!«

und dann fühlte er sich so, wie er sich manchmal auf dem Rugbyfeld gefühlt hatte, wenn sich ein paar kräftige, wohlgenährte Spieler der gegnerischen Mannschaft, die ihm auf Brust und Magen gesessen hatten, wieder erhoben. Sein Verstand sagte ihm, daß ein Mädchen, das eine Abfuhr erteilen und den Schlußpfiff ertönen lassen will, wohl kaum diese Anrede gewählt hätte.

»Uff!« keuchte er und setzte sich mit wild pochendem Herzen hin, um in Ruhe zu lesen.

Es war ein wunderschöner Brief, der, wie er fand, gar nicht schöner hätte sein können. Er besagte im wesentlichen, daß sie ihn liebe wie eh und je – sogar noch etwas mehr als je. Das wurde bereits im zweiten Absatz klar, und auf den folgenden Seiten wurde es immer klarer. Sie hatte so viel Gutes über ihn zu sagen, daß jemand wie Lady Hermione, hätte sie diese Eloge zu Gesicht bekommen, sich gefragt hätte, ob das nicht ein Irrtum sei und Prue nicht ein paar andere Männer meine. Sogar Bill, der ähnliches ja schon sechsundvierzigmal gelesen hatte, konnte es kaum glauben, daß dieses göttliche Wesen, das hier so überschwenglich gepriesen wurde, er selber sein sollte.

Auf Seite vier änderte sich dann der Ton des Briefs. War er bis dahin eine einzige Liebeserklärung gewesen, so wurde er nun zu einem sachlichen Kriegsbericht. Die Schreiberin machte ihn jetzt in knappen Zügen mit der Kollier-Episode bekannt. Und als er das las, schlug ihm das Herz im Halse. Sie hatte das Wesentliche so klar herausgearbeitet, daß er der dramatischen Entwicklung mühelos Schritt für Schritt bis zum triumphalen Höhepunkt zu folgen vermochte, und ihm war klar, daß das, was sich da abgespielt hatte, mit Freddies Worten zu sprechen »einfach bombig« war. Man hatte die Verwirrung des Gegners genutzt und einen Sieg errungen.

Es ging ihm zwar – wie zuvor schon Prudence – durch den Kopf, daß das alles vielleicht ein bißchen hart für Freddie sei, der ohne eigenes Verschulden zu einer Art Spielball des Schicksals geworden war; aber schon bald tröstete er sich mit dem philosophischen Gedanken, der auch den Ehrenwerten Galahad aufgerichtet hatte, daß nämlich das Zerbrechen von Eiern die notwendige Voraussetzung für die Herstellung eines Omeletts sei und der Kummer seines alten Freundes nur von kurzer Dauer sein würde. »Hermione«, so hatte der Ehrenwerte Galahad erklärt, »wird das Handtuch werfen müssen«, und zu dieser ermutigenden Schlußfolgerung kam auch Bill. Es wäre in diesem Augenblick wohl kaum möglich gewesen, sein Glücksgefühl noch zu steigern.

Aber im nächsten Moment geschah etwas, das es erheblich minderte. Draußen im Korridor wurden nämlich plötzlich Stimmen laut, und er sprang auf und lauschte angespannt.

Seine Besorgnis war nicht unbegründet. Eine der Stimmen gehörte Lady Hermione Wedge, und so, wie die Dinge zwischen ihm und ihr standen, ließ ihn schon das geringste Wort von ihr erzittern.

»Bist du sicher?« fragte sie gerade.

Die antwortende Stimme war Bill unbekannt, denn er hatte noch nicht das Vergnügen gehabt, Colonel Wedge kennenzulernen.

»Völlig sicher, meine Liebe. Irrtum ausgeschlossen. Er hat die verdammte Leiter an die Wand gelehnt und ist vor meinen Augen hinaufgeklettert wie ein Fensterputzer. Ich kann dir die Leiter zeigen. Da, sieh mal. Da unten.«

Es entstand eine Pause, während die unsichtbaren Sprecher

vermutlich aus einem der Korridorfenster spähten. Dann war Lady Hermione zu vernehmen.

»Sehr sonderbar«, sagte sie. »Da liegt tatsächlich eine Leiter.«

»Er ist auf einen der Balkons gestiegen, der Kerl«, sagte Colonel Wedge und klang dabei wie ein Mitglied der Familie Capulet, das sich über Romeo äußert.

»Und er kann nicht wieder hinuntergestiegen sein.«

»Exakt. Und wenn er die Treppe benutzt hätte, wären wir ihm begegnet. Daraus folgt zwingend, daß dieses Element sich noch in einem dieser Zimmer versteckt hält, und die werde ich jetzt systematisch durchkämmen.«

»Oh, Egbert, nein!«

»Was? Wieso nicht? Ich habe ja meine Armeepistole dabei.«

»Bitte nicht. Du könntest verletzt werden. Warte, bis Charles und Thomas kommen. Sie müßten schon längst hier sein.«

»Na, meinetwegen. Wir haben's ja nicht eilig. Der Schurke kann uns nicht entwischen. Also nehmen wir uns Zeit.«

In dramatischen Situationen, wenn die Nerven zum Zerreißen angespannt sind und von allen Seiten Gefahr droht, beschleicht den Betroffenen irgendwann das Gefühl, daß die Sache für ihn ungemütlich wird. Ein von Hunden umstellter Fuchs hat dieses Gefühl ebenso wie ein Indianer am Marterpfahl. Jetzt beschlich es auch Bill.

Er wußte zwar nicht, wer Charles und Thomas waren. (Es handelte sich bei ihnen, nebenbei bemerkt, um den ersten und zweiten Kammerdiener auf Blandings Castle. Wir sind ihnen, wie man sich vielleicht erinnern wird, schon einmal begegnet, als sie Schlagsahne und Puderzucker in den Salon transportierten. Zur Zeit ruhten sie sich im Dienstbotenraum aus und hörten sich wenig begeistert die Dienstanweisungen an, die ihnen Beach, der Butler, gerade erteilte. Die Verzögerung ihres Erscheinens auf der Bildfläche war darauf zurückzuführen, daß Beach im Erläutern ihres Auftrages nur langsam Fortschritte machte, da sie ihm zu recht entgegenhielten, es gehöre nicht zu ihren tarifmäßigen Pflichten, während ihres Abendessens hinzugehen und Einbrecher zu überwältigen.)

Bill sagten ihre Namen also nichts. Aber wer sie auch sein mochten und egal, wie lange sie noch brauchten – es war ihm völlig klar, daß sie irgendwann dasein würden, und er hatte nicht den Wunsch, auf sie zu warten und sie kennenzulernen. Nicht, daß ein Mann von seiner Körperkraft und Kühnheit sich vor dem Zusammentreffen mit ein paar Hausknechten vom Kalieber Charles' und Thomas' gefürchtet hätte; mit ihnen hätte er es genauso aufgenommen wie mit einem Dutzend Colonels mit Armeepistolen. Was ihn zum Rückzug bewog, war vielmehr die Angst, noch einmal Lady Hermione zu begegnen. Sie wirkte auf ihn so beflügelnd wie ein Kaktus in der Hosentasche.

Nachdem er sich zum Verschwinden entschlossen hatte, verriegelte er als erstes die Zimmertür, um sicherzustellen, daß ihm ein kleiner Vorsprung blieb, wenn die Treibjagd begann. Dann eilte er hinaus auf den Balkon.

Colonel Wedge hatte die Ansicht geäußert, daß man es nicht eilig habe, da der Schurke sowieso nicht entwischen könne, und Bill wäre gewiß der erste gewesen, zuzugeben, daß der Verlust der Leiter für ihn einen strategischen Nachteil bedeutete. Daß er ausweglos umzingelt sei, hätte er dagegen bestritten. Was der Colonel nicht in Rechnung gestellt hatte, war die anregende Wirkung, die die Aussicht auf ein Renkontre mit seiner Gattin auf den Verstand dieses Schurken zeitigte. Der Verstand eines Schurken, der sich auf ein Renkontre mit einer Frau vom Schlage Lady Hermiones gefaßt machen muß, fängt nämlich an, wie eine Nähmaschine zu schnurren, und so vergingen nur Sekunden, bis es Bill einfiel, daß sich an den Außenwänden von Häusern im allgemeinen Abflußrohre befinden, an denen ein waghalsiger Mann hinunterrutschen kann.

Gleich darauf hatte er auch schon eins entdeckt. Aber kaum hatte er es ins Auge gefaßt, da sank auch schon sein Mut. Bis zu dem Rohr waren es gut drei Meter.

Für einen dressierten Floh wäre ein Weitsprung aus dem Stand über drei Meter ein reines Kinderspiel gewesen. Wäre ein solcher Floh an Bills Stelle gewesen, dann hätte er sich vor dem Publikum verbeugt, ein paar Freunden in der ersten Reihe zugelächelt, einmal in die Flohhände gespuckt und dann mit einem lässigen »Allez-hopp!« seinen Sprung ausgeführt. Bill dagegen zog diese Möglichkeit keine Sekunde in Betracht. Er kannte seine Grenzen.

Während er noch mit einem stummen »Was tun?« auf den Lippen dastand, fiel ihm plötzlich ein, daß es doch noch eine Hoffnung gab. Vom Balkon aus lief ein schmaler Sims an der Wand entlang, die außerdem – da Blandings Castle schon seit geraumer Zeit bestand – üppig mit Efeu bewachsen war. Und ein Mann, der unbedingt von einem Balkon hier zu einem Abflußrohr dort gelangen möchte, kann mit einem Sims und etwas Efeu schon einiges anfangen.

Wenn Bill dennoch eine Weile reglos blieb und mit gefurchter Stirn an seiner Unterlippe nagte, so deshalb, weil er sich fragte, ob er denn dieser Mann sein wolle. Gewiß, dieser Efeu sah recht stabil aus; seine Ranken waren kräftig und knorrig und wirkten zweifellos stark genug, um ihn zu halten; aber bei Efeu weiß man nie so recht. Erst tut er wer weiß wie haltbar, und dann, wenn's darauf ankommt, läßt er einen vielleicht hängen. Dieser Gedanke ließ Bill zögern.

Wenn dieser Efeu seinen Dienst nicht hundertprozentig tat, dann stand es außer Frage, daß der Mann, der sich ihm anvertraut hatte, ein schnelles und trauriges Ende nehmen würde. Er würde sich steil abwärts bewegen, bis er unten den Rasen erreicht hatte, und es war Bill nicht entgangen, daß dieser Rasen hart und unelastisch wirkte. Er sah sich schon ein paarmal aufprallen und dann leblos liegenbleiben wie der Rittersmann oder Knapp' aus dem Gedicht.

Noch wägte er das Für und Wider, als er in seinen Gedanken von einer Frauenstimme gestört wurde, aus der das schrille Jagdfieber klang.

»Diese Tür ist verschlossen. Da muß er drin sein. Brechen Sie die Tür auf, Charles.«

Es gibt Schlimmeres im Leben, als tot auf dem Rasen zu liegen. Bill kletterte über die Balkonbrüstung und setzte einen Fuß auf den Sims.

Zur selben Zeit sauste Tipton Plimsoll an der Gruppe im Korridor vorbei und huschte in sein Zimmer wie ein heimkehrendes Kaninchen.

Mit einem zufriedenen Schnaufen ließ sich Tipton in einen Sessel fallen. Er sah aus wie einer, der froh ist, am Ende einer langen Reise angekommen zu sein. Er keuchte ein bißchen, denn er war die Treppe im Karacho hinaufgelaufen. Wäre ein aufmerksamer Betrachter zugegen gewesen, er hätte unter seinem Jackett etwas Rundliches bemerkt, das unschöne Falten verursachte. Es sah so aus, als sei er linksseitig stark angeschwollen.

Etwa in dem Augenblick, als Bill sich nach all dem Gerede von Charles, Thomas und Armeepistole auf den Balkon zurückgezogen und nach einem Abflußrohr umgesehen hatte, war Tipton heimlich aus der Suite des Ehrenwerten Galahad im Parterre geschlichen wie ein Fuchs, der zwar nicht direkt von Hunden umstellt ist, aber sich doch in einer gewissen Verlegenheit befindet und Aufsehen vermeiden möchte. Er hatte sich seine Reiseflasche wiedergeholt, die er dummerweise aus der Hand gegeben hatte, ohne zu bedenken, daß er sie früher oder später benötigen würde, und zwar dringend.

Es war die Tatsache, daß er sich im Besitz dieser Flasche befand, die ihn bewogen hatte, so leichtfüßig an den im Korridor Versammelten vorüberzueilen. Er hatte gesehen, daß die Versammlung aus Colonel Wedge, Lady Hermione Wedge, Beach, dem Butler, sowie einer Handvoll Bediensteter bestand, und da diese Zusammensetzung ungewöhnlich und deshalb interessant war, wäre er zu jeder anderen Zeit stehengeblieben, um Erkundigungen einzuziehen. Aber mit dieser Ausbeulung unter dem Jackett schreckte er davor zurück, sich auf ein Gespräch mit seinen Mitmenschen einzulassen, die möglicherweise ihrerseits Fragen stellen würden. Die Tatsache, daß diese gemischte Gesellschaft vor dem Zimmer stand, das neben seinem lag, und wie gebannt auf die Tür starrte, erfüllte ihn folglich weniger mit Neugier als mit Dankbarkeit, bedeutete es doch, daß sie ihm den Rücken zuwandten und es ihm somit ermöglichten, ungesehen vorbeizuflitzen.

Am sicheren Zufluchtsort angelangt, zog er nun die Flasche hervor und sah sie liebevoll und mit einem Leuchten der Vorfreude in den Augen an. Er wirkte jetzt nicht mehr ängstlich und verschämt. Wenn er noch einem Fuchs glich, dann einem Fuchs am Abend, der sich am Quell laben will. Genießerisch fuhr er sich mit der Zunge über die Lippen.

Seit seinem letzten Zusammentreffen mit den Bewohnern von Blandings Castle hatte sich Tipton Plimsolls seelische Verfassung völlig verändert. Er hatte inzwischen den Anflug von Ärger überwunden, der ihn veranlaßt hatte, Veronica das Kollier zu entreißen und es Prudence achtlos als Beitrag zum Wohltätigkeitsbasar des Vikars in die Hand zu drücken. Fünf Minuten im Rosengarten allein mit dem Mädchen seiner Träume hatten einen anderen Menschen aus ihm gemacht.

Er war voller Wohlwollen und Nächstenliebe, in die er sogar Freddie miteinbezog, denn er hatte sich dazu entschlossen, diesen wieder als Menschen und Bruder zu akzeptieren; er war sogar froh, ihm die Konzession für seine dämlichen Hundekuchen gegeben zu haben. Schließlich sollte man die Gebote des Anstands und der Etikette nicht zu eng auslegen und es tolerieren, wenn ein Vetter seiner Kusine ein bißchen Similischmuck zum Geburtstag schenkt.

Aber es gab noch andere und gewichtigere Gründe für seinen Überschwang als nur die Überzeugung von der Unschuld eines Mannes, den er noch vor kurzem unter die Nattern und Klapperschlangen einzuordnen sich gezwungen gesehen hatte. Abgesehen von dem erhebenden Gefühl, mit dem tollsten Mädchen von der Welt verlobt zu sein, war da die Gewißheit, nach einem langen Marsch bergab in finstere Tiefen nun wieder strahlende Höhen erreicht zu haben. Selbst E. Jimpson Murgatroyd würde jetzt nicht umhinkönnen, ihm eine felsenfeste Gesundheit zu bescheinigen.

Wie ist das zu erklären? Nun, um sich für seine Liebeserklärung Mut zu machen, hatte er sich ein Schlückchen aus der Flasche genehmigt. Und dann? Plötzlich hatte er in einem Schlafzimmer ein Schwein gesehen! Ja – aber ein richtiges Schwein, ein waschechtes Schwein, ein Schwein, das auch für unvoreingenommene Zeugen wie Veronica und ihre Mutter sichtbar gewesen war. Nicht einmal Dr. Murgatroyd hätte da etwas anderes gesehen. An diesem Schwein gab es nichts zu deuten.

Und noch etwas hätte E. J. Murgatroyd verblüfft, wäre er davon in Kenntnis gesetzt worden, nämlich die Tatsache, daß während der ganzen Zeit von einem Gesicht keine Spur zu sehen war. Seit seiner Bekanntschaft mit dem Gesicht war dies das erste Mal, daß es trotz Alkoholgenuß ausgeblieben war.

Zu welcher Schlußfolgerung mußte man also kommen? Man mußte zu der Schlußfolgerung kommen, daß besagtes Gesicht sich endgültig in Luft aufgelöst hatte. Das gesunde Klima von Shropshire hatte seine Wirkung getan, und er war geheilt, so daß er nun ein Prösterchen auf sein junges Glück ausbringen durfte, wie es sich gehörte.

Und gerade traf er hierzu die nötigen Vorbereitungen, als er aus dem Augenwinkel etwas entdeckte. Er drehte sich um und mußte erkennen, daß er den Überlebenswillen des Gesichts unterschätzt hatte. Er konnte sich zwar nicht erklären, wodurch es an diesem Nachmittag verhindert gewesen war – möglicherweise hatte es eine anderweitige Verabredung –, aber die voreilige Annahme, es habe sich völlig aus dem Geschäft zurückgezogen, erwies sich nun als Irrtum.

Da, gegen die Fensterscheibe gepreßt, war es wieder, mit demselben starren, durchbohrenden Blick wie immer. Und es sah so aus, als wollte es ihm etwas sagen.

Daß Bills Blick starr und durchbohrend war, lag daran, daß der Anblick Tiptons durch die Fensterscheibe für ihn dasselbe bedeutete wie der Anblick eines Segels am Horizont für einen Schiffbrüchigen. Und was er ihm sagen wollte, war, daß er sich freuen würde, wenn Tipton so nett wäre, das Fenster zu öffnen und ihn hineinzulassen.

Die Sache beim Begehen eines Simses in Richtung Abflußrohr ist nämlich die, daß man in dem Augenblick, wenn man das Rohr erreicht hat und im Begriff ist, daran hinunterzurutschen, den Gedanken ans Hinunterrutschen gar nicht mehr so attraktiv findet wie vor Beginn der Expedition. Als Bill die letzte Etappe seiner Reise erreicht hatte, kamen ihm dieselben Zweifel an der Zuverlässigkeit des Abflußrohrs, die er zuvor schon gegenüber dem Efeu gehegt hatte.

Als er deshalb das Fenster erreichte und Tipton sah, entschloß er sich kurzerhand, seinen Fluchtplan grundlegend zu ändern. Obgleich er in dem schlaksigen Mann sofort den Burschen wiedererkannte, der sich bei ihrer Begegnung bei den Rhododendronbüschen so abweisend verhalten hatte, hoffte er doch, daß dieser sich unter den gegenwärtigen Umständen etwas zugänglicher erweisen werde. Er hielt Tipton für einen von denen, die sich nicht gern mit Fremden unterhalten und die nur die Stirn runzeln und dann weitergehen, wenn man sie auf der Straße anspricht. Aber wenn es um Leben und Tod geht, darf man doch auch vom abweisendsten Schlaks erwarten, daß er mal von seinem hohen Roß herunterkommt.

Er wollte ja nur, daß Tipton ihn einließe und ihm gestattete, sich still unter das Bett zu legen, bis das Jagdfieber bei den Herren Charles und Thomas – wer immer sie sein mochten –, dem großen Unbekannten mit der Armeepistole und Lady Hermione abgeklungen war. Er wollte gar nicht mit Tipton reden oder ihn sonstwie belästigen, und er war auch bereit, ihm zu versprechen, daß er ihre erzwungene Bekanntschaft später nicht fortsetzen wolle. Er war völlig einverstanden, falls Tipton ihn bei ihrer nächsten Begegnung zu schneiden beabsichtigte, solange er ihm nur jetzt die helfende Hand reichte.

Es war natürlich schwierig, diese Gedanken durch ein geschlossenes Fenster mitzuteilen, aber um einen Anfang zu machen, legte er den Mund an die Scheibe und rief:

»He!«

Etwas Ungeschickteres hätte er gar nicht tun können. Dieser Ruf weckte bei Tipton sofort die schreckliche Erinnerung an ihre letzte Begegnung und stürzte ihn in tiefste Depression und Verzweiflung. Bill konnte das natürlich nicht ahnen, aber schon beim letztenmal hatte dieses »He!« den Mann mit der Flasche mehr erschüttert als der bloße Anblick des Gesichts. In puncto Spukgesichter vertrat Tipton inzwischen die Ansicht, daß man sich mit ihnen abfinden könne, vorausgesetzt, sie verhielten sich still; in Verbindung mit Toneffekten würden sie allerdings unerträglich.

Er warf Bill einen Blick schmerzlicher Enttäuschung zu, wie ihn der heilige Sebastian seinen Peinigern zugeworfen haben könnte, und verließ demonstrativ das Zimmer.

Bill kam sich vor wie ein Soldat in einer belagerten Stellung, der mit ansehen muß, wie das Entsatzheer gleich nach seiner Ankunft auf dem Absatz kehrtmacht und wieder verduftet. Er blieb noch eine Weile, wo er war, und drückte seine Nase an der Scheibe platt; dann ergriff er widerstrebend das Abflußrohr und begann den Abstieg. In seinem verbitterten Herzen schwor er sich, nie wieder einem schlaksigen Mann zu vertrauen. »Laßt dicke Männer um mich sein«, dachte Bill, während er vorsichtig abwärts stieg.

Das Abflußrohr war qualitativ hervorragend. Es hätte sich ja – wäre es zu derben Scherzen aufgelegt gewesen wie manche anderen Rohre – ohne weiteres von der Wand lösen und ihn wie eine Sternschnuppe zu Boden sausen lassen können, aber es hielt bombenfest. Es bebte nicht einmal. Und Bills Herz, das eine Zeitlang in seinem Hals geschlagen hatte, kehrte allmählich wieder an seinen normalen Platz zurück. Etwas wie Gelöstheit überkam ihn. Zwar hatte er Prudence nicht erreicht, aber dafür hatte er nicht nur Lady Hermione übertölpelt, sondern auch noch den Mann mit der Armeepistole, den unbekannten Charles und den geheimnisvollen Thomas. Gemeinsam waren sie gegen ihn vorgegangen, und jetzt mußten sie sich ganz schön dumm vorkommen.

Seine Gelöstheit war vollkommen, als er festen Boden unter seinen Füßen verspürte. Aber dieser angenehme Zustand hielt nicht lange an. Schon im nächsten Moment hörte er hinter sich ein Geräusch, das sein Herz erneut hinauf in seinen Hals katapultierte. Ein durchdringender Geruch nach Schweinestall drang in seine Nase, und dann ließ sich eine schwache Fistelstimme hinter ihm vernehmen.

»Wah mahni na?« fragte die Stimme.

Der Besitzer dieser Stimme war ein kleines Männchen in Cordhosen, von penetrantem Duft und hohem Alter. Er hätte genauso gut ein müffelnder Hundertjähriger sein können wie ein durch Sorgen vorzeitig gealterter Achtzigjähriger. Bill war er unbekannt, aber Lady Hermione, der sein Aussehen und Geruch vertraut waren, hätte ihn sofort erkannt. Es handelte sich um Edwin Pott, Lord Emsworths Schweinehüter, und daß er »Wah mahni na?« anstatt »Was machen Sie da?« sagte, lag daran, daß er kein Gebiß hatte. Aber das soll kein Vorwurf sein. Wie Gally schon gegenüber Lady Hermione erwähnte, können wir ja nicht alle ein Gebiß haben. Dieser Umstand wird also nur der Vollständigkeit halber erwähnt.

Man könnte sich nun darüber streiten, aber vielleicht wäre es doch zweckmäßig, wenn man beim Herunterklettern an fremder Leute Abflußrohr von jemandem geschnappt wird, der einen Satz Zähne im Mund hat, und nicht von einem, dem dieses nützliche Zubehör fehlt. Im ersteren Falle ist nämlich ein Gedankenaustausch möglich, im letzteren nicht. Als Edwin Pott »Wah mahni na?« sagte, konnte Bill ihm nicht folgen.

Deshalb schwieg er, so daß der andere sich offenbar verpflichtet fühlte, das Gespräch in Gang zu halten, und »Genapp, wah?« sagte. Auch darauf sagte Bill nichts. Ihm stand sowieso nicht der Sinn nach Konversation. Er wollte sich lediglich so schnell wie möglich entfernen, und mit diesem Ziel im Auge bewegte er sich nun um sein Gegenüber wie ein großer Dampfer, der eine kleine Boje umkreist.

Seine Bewegung wurde aber unterbrochen, denn als Edwin Pott »Genapp, wah?« sagte, da meinte er »Geschnappt, was?«, und diesen Worten ließ er nun Taten folgen, indem er Bill am Ärmel schnappte und mit zittriger Greisenhand festhielt. Bill versuchte sich zu befreien, aber die Hand ließ nicht locker.

Er überlegte, wie er sich in dieser Situation verhalten sollte. Wir haben ihn ja als jungen Mann beschrieben, der es mühelos mit einem wilden Stier aufgenommen hätte, und bei einem wilden Stier hätte er auch gewußt, woran er war. Ebenso klar wäre die Sache für ihn gewesen, wenn es sich bei Edwin Pott um einen heimtückischen Muskelprotz gehandelt hätte. An solchen Gegnern hätte er sich abarbeiten können.

Aber hier lagen die Dinge anders. Vor ihm stand ein armes Würstchen, mit einem Fuß schon im Grab und mit dem andern auch nicht sehr fest auf der Erde, eine mickrige Gestalt, deren weißes Haar – oder was davon übrig war – Rücksichtnahme und Respekt forderte. Er hätte Edwin Pott ein gutes Mittel gegen Rheuma empfehlen können. Aber ausholen und ihm ein Ding aufs Kinn verpassen – das konnte er nicht.

Noch einmal versuchte er ebenso rücksichts- wie respektvoll, sich aus dem Griff der Hand zu befreien, aber vergebens. »Den Teufel halte, wer ihn hält! Er wird ihn nicht so bald zum zweiten Male fangen!« schien Edwin Potts Devise zu sein. Es war nun zu einer Situation gekommen, die man als Patt zu bezeichnen pflegt. Bill wollte weg, konnte es aber nicht. Edwin Pott wollte nach Verstärkung rufen, brachte aber nur einen kläglichen, hellen Laut zustande wie das Pfeifen in einem Wasserrohr. (Seine Stimmbänder hatten sich nie mehr so richtig erholt seit jenem Abend vor der letzten Parlamentswahl, als er im Schankraum des Emsworth Arms Inn eine lautstarke Wahlrede für die Konservativen hielt.)

So war die Lage, als Colonel Wedge mit seiner Armeepistole auf der Bildfläche erschien.

Als Bill annahm, daß er mit seinem Rückzugsmanöver über das Abflußrohr den Colonel ausgetrickst habe, war er nämlich auf dem Holzweg. Mit solchen Finten konnte man vielleicht einen Hauptmann austricksen, möglicherweise auch einen Major, aber doch keinen Oberst! Der Gedanke an Abflußrohre war Egbert Wedge in dem Augenblick gekommen, als Charles genüßlich (denn jeder Dienstbote zerdeppert mit Vergnügen das Eigentum seines Brotherrn) die Tür zu Prudences Zimmer aufbrach, und in Windeseile war er die Treppe hinuntergespurtet. Hohen Militärs braucht man nicht lange zu erklären, wie wichtig es ist, dem Feind den Fluchtweg abzuschneiden.

Beim Anblick der beiden mischte sich in seinem Herzen stille Freude mit tiefer Genugtuung ob seiner Cleverneß und Umsicht, zu der sich dann noch große Erleichterung darüber gesellte, daß er seine Armeepistole dabeihatte. Aus der Nähe betrachtet erwies sich nämlich dieser verdammte Plünderer als sehr muskulöser Plünderer, mit anderen Worten als genau die Sorte von Plünderer, gegen die man alle verfügbaren Armeepistolen aufbieten mußte, um sie in Schach zu halten. Er staunte, daß Edwin Pott so tollkühn gewesen war, sich mit einem kriminellen Element dieser Größe auf einen Kampf Mann gegen Mann einzulassen, beschloß aber für seinen Teil, sich auf einen solchen Leichtsinn nicht einzulassen.

»Hände hoch, Sie!« rief er aus sicherer Entfernung. Eigentlich hatte er »Sie Strolch« rufen wollen, aber das Wort war ihm in der Aufregung nicht eingefallen.

»Hihabihin«, sagte Edwin Pott nicht ohne Stolz, und Colonel Wedge, der über gewisse Fremdsprachenkenntnisse verfügte, interpretierte dies ganz zutreffend als Mitteilung, daß Pott ihn, den Halunken, hier habe, und er sparte daher nicht mit Lob.

»Gut gemacht, Pott«, sagte er. »Und jetzt, Pott, treten Sie mal beiseite. Ich werde den Kerl ins Haus abführen.«

Obgleich er so etwas hatte kommen sehen, konnte Bill einen Aufschrei nicht unterdrücken.

»Ruhe!« bellte Colonel Wedge im Kasernenhofton. »Reeechts um! Im Laufschriiit – marsch! Und keine Mätzchen. Die Pistole ist geladen.«

Mit Befehlshabergeste gebot er Bill, vorauszugehen, und da Bill annahm, daß jedes Anzeichen von Weigerung unter die Kategorie »Mätzchen« fallen würde, gehorchte er. Colonel Wedge folgte ihm, die Pistole im Anschlag, und Edwin Pott in seiner Eigenschaft als Zeuge der Anklage bildete die Nachhut. Die Formation setzte sich in Richtung Terrasse in Bewegung.

Dort stand, anscheinend vor sich hinträumend, der Ehrenwerte Galahad. Er sah auf, als der Trupp sich näherte, denn der Wind hatte ihm Edwin Potts Duft zugetragen. Als er Bill, Pistole, den Colonel und den Schweinehüter erblickte, machte er ein erstauntes Gesicht. Zwar hatte er sich schon gewundert, wo sein junger Freund geblieben sein könnte, aber mit so etwas hatte er nicht gerechnet.

»Du liebe Zeit, Bill!« rief er und klemmte sein Monokel fester ins Auge. »Was hat das denn zu bedeuten?«

Nun war Colonel Wedge an der Reihe, überrascht zu sein. Er hatte ja nicht geahnt, daß Einbrecher in Adelskreisen verkehrten.

»Bill? Kennst du denn diesen Halunken?«

»Und ob ich ihn kenne. Er hat schon auf meinem Knie gesessen.«

»Ausgeschlossen«, sagte Colonel Wedge, indem er Bill mit einem Blick von Kopf bis Fuß maß. »Dazu wäre gar kein Platz gewesen.«

»Als Baby«, erklärte Gally.

»So, als Baby. Soll das heißen, daß du ihn als Baby gekannt hast?«

»Sehr gut sogar.«

»Was für ein Kind war er?«

»Ein reizendes Kind.«

»Dann muß er sich inzwischen sehr verändert haben«, sagte

Colonel Wedge bedauernd. »Aus ihm ist ein exzentrischer Außenseiter geworden. Er bricht schon um sechs Uhr abends in Häuser ein.«

»Ihabin genapp«, sagte Edwin Pott.

»Pott hat ihn geschnappt«, dolmetschte der Colonel. »Der Kerl kletterte gerade an einem Abflußrohr herunter.«

Bill hielt die Zeit für gekommen, eine Erklärung abzugeben.

»Ich hatte Prue gesucht, Gally. Ich sah sie auf einem der Balkone und holte mir eine Leiter.«

»Recht so«, sagte Gally anerkennend. »Habt ihr euch ausgesprochen?«

»Sie war nicht mehr da. Aber sie hatte mir einen Brief geschrieben. Es ist alles in Ordnung, Gally. Sie liebt mich noch.«

»Das hat sie mir auch gesagt, als ich mit ihr sprach. Na, das freut mich aber.«

Jetzt dämmerte es Colonel Wedge.

»Du lieber Himmel! Ist das der Bursche, von dem Hermione mir erzählt hat?«

»Ja, das ist Prues Verehrer.«

»Na, jetzt brat mir einer 'n Storch! Und ich dachte, er wäre ein Einbrecher. Tut mir sehr leid.«

»Macht doch nichts«, sagte Bill.

»Ich fürchte, ich war eben ein bißchen ruppig mit Ihnen.«

»Aber nein«, wehrte Bill ab. »Nicht der Rede wert.«

Colonel Wedge befand sich jetzt in einer Zwickmühle. Da er im Grunde seines Herzens ein Romantiker war, hatte er nach den Enthüllungen seiner Gattin über die komplizierte Liebesgeschichte seiner Nichte Prudence eine heimliche Sympathie für den Mann ihres Herzens empfunden. Es mußte für den Jungen sehr unerfreulich gewesen sein, dachte er, als man ihm kurz vor der Hochzeit die Braut vor der Nase wegschnappte und hinter Schloß und Riegel setzte. So was wäre ihm auch gegen den Strich gegangen. Außerdem imponierte es ihm, wenn junge Männer etwas riskierten, und Bills Darbietungen an Leiter und Abflußrohr fanden seinen Beifall.

Andererseits war er ein treuer Ehemann, und er wußte, daß seine Gattin für diesen Burschen nichts übrig hatte. Sie hatte sich mehr als einmal in einer Weise über ihn geäußert, die keine Mißverständnisse zuließ.

»Weißt du, Gally«, sagte er, »ich werde mich besser mal davonmachen. Ich möchte nicht in diese Sache verwickelt werden, wenn du weißt, was ich meine.«

Der Ehrenwerte Galahad wußte, was er meinte, und hielt dieses Vorgehen für vernünftig.

»Schon gut, Egbert. Du kannst ruhig abschwirren. Und«, fügte er mit einem Blick auf Edwin Pott hinzu, der sich respektvoll im Hintergrund gehalten hatte, bis man ihn in den Zeugenstand riefe, »nimm diesen Aromatiker gleich mit. Ich möchte mit Bill alleine reden.«

Colonel Wedge marschierte davon, gefolgt von Edwin Pott, und Gallys Gesicht nahm einen ernsten Ausdruck an.

»Bill«, fing er an, »es ist leider etwas Dummes passiert. Ach, verflixt«, sagte er dann und unterbrach sich, denn er sah, daß man sie gleich stören würde.

Tipton Plimsoll war auf die Terrasse getreten.

»Da kommt jemand«, sagte Gally und wies zur Erklärung mit dem Daumen auf die Terrasse.

Bill drehte sich um. Und als er den schlaksigen Kerl entdeckte, der es so eklatant an Gastfreundschaft, ja an elementarer Menschlichkeit hatte fehlen lassen, da verdüsterte sich sein Gesicht. Er war im allgemeinen ein ruhiger, ausgeglichener Mensch, aber Tiptons Verhalten vorhin hatte seinen Unmut erregt. Er wollte gerne ein Wörtchen mit ihm reden.

»He!« rief er und ging auf ihn zu.

Tipton Plimsolls Gesicht nahm plötzlich einen Ausdruck grimmiger Entschlossenheit an. Es war derselbe Ausdruck, der einst vermutlich auch auf den Gesichtern der englischen Kämpen in der Schlacht von Azincourt gelegen hatte, als der Befehl zum Angriff kam. Er erinnerte sich nämlich gelesen zu haben, wie sich Experten verhalten, wenn sie Phantomen begegnen: Sie gehen einfach durch sie hindurch. In den Romanen hatte das immer großartig geklappt. Wenn so ein Phantom merkte, daß da etwas Solides auf es zukam, wurde es unsicher, verlor die Nerven und trat den Rückzug an.

Hätte es eine andere Möglichkeit gegeben, sich gütlich zu einigen, dann hätte Tipton sie ergriffen, denn was er da vorhatte, machte ihn nicht gerade glücklich. Aber es schien ihm keine andere Wahl zu bleiben. Phantomen mußte man forsch entgegentreten.

Er befahl seine Seele dem Himmel, senkte den Kopf und rammte Bill mittschiffs.

»Uff!« ächzte Bill.

»Mist!« schimpfte Tipton.

Es ist schwer zu sagen, welcher von den beiden verblüffter

oder ärgerlicher war. Aber da es eine Weile dauerte, bis Bill wieder frei atmen konnte, gab Tipton seinen Gefühlen als erster Ausdruck.

»Woher sollte ich denn wissen, daß er echt ist?« fragte er Gally als Unparteiischen, von dem man ein objektives Urteil erwarten konnte. »Der Kerl verfolgt mich schon seit Tagen, taucht im Standesamt auf, guckt um irgendwelche Ecken und glotzt mich aus den Rhododendronbüschen an. Erst vorhin hat er bei mir durchs Fenster gestarrt. Wenn er sich einbildet, daß ich mir das noch länger gefallen lasse, dann hat er sich geschnitten. Alles hat seine Grenzen«, sagte Tipton abschließend.

Wieder fiel dem Ehrenwerten Galahad die ihm auf den Leib geschriebene Aufgabe zu, die Wogen zu glätten. Die Geständnisse, die Tipton ihm am Vorabend gemacht hatte, ermöglichten es ihm zu verstehen, was andern wahrscheinlich als abstrus und unbegreiflich erschienen wäre.

»Willst du damit sagen, daß es Bill war, den du die ganze Zeit gesehen hast? Sonderbar. Das ist Bill Lister, und ich bin sein Patenonkel. Darf ich bekannt machen, Bill: Tipton Plimsoll, der Neffe meines alten Freundes Chet Tipton. Wo seid ihr euch denn zuerst begegnet? War das nicht im Hotel Barribault?«

»Da hat er durch die Scheibe in der Tür gepliert, als ich an der Bar saß.«

»Naja, ich wollte eben was trinken«, verteidigte sich Bill. »An diesem Morgen sollte meine Hochzeit sein.«

»Hochzeit?« Tipton fing an, alles zu verstehen, so daß er nun auch alles verzeihen konnte. »Dann waren Sie das also im Standesamt?«

»Ja.«

»Na, so was!«

»Das Ganze«, sagte Gally, »ist sehr einfach zu erklären. Seine Braut, meine Nichte Prudence, wurde in Gewahrsam genommen, bevor sie das Standesamt erreichte, und hierher verschleppt. Bill folgte ihr. Und so habt ihr euch wiedergetroffen.«

Tipton wirkte schon viel entspannter. Er lächelte sogar ein wenig. Aber dann ließ ihn die Erinnerung an etwas besonders Ärgerliches wieder versteinern.

»Aber diesen gräßlichen Bart hätte er wirklich nicht zu tragen brauchen«, sagte er.

»Oh doch«, sagte Gally. »Es mußte ja verhindert werden, daß man ihn wiedererkennen konnte. Und als er vor Ihrem Fenster Gesichter schnitt, kam er vermutlich gerade aus dem Zimmer meiner Nichte, das neben Ihrem liegt. Stimmt's, Bill?«

»Ja. Ich hangelte mich auf einer Art Sims entlang, und als ich ihn in seinem Zimmer sah, bat ich ihn, mich hineinzulassen. Aber er hat mich nur finster angestarrt und ist hinausgegangen.«

»Aber jetzt verstehst du sicherlich, warum er das getan hat. Ich hatte mal einen guten Freund, Boko Bagshott – leider schon tot: Leberzirrhose –, der auch oft Gesichter vor dem Fenster sah. Er ist jedesmal abgeflitzt wie eine gesengte Katze, sobald eins auftauchte. Ich glaube also, daß wir Plimsoll fairerweise keinen Vorwurf machen dürfen.«

»Vermutlich nicht«, gab Bill zu, wenn auch widerstrebend.

»Man muß sich auch mal in die Lage des andern versetzen. So, wie die Dinge lagen, konnte man von ihm kaum eine südländisch herzliche Begrüßung erwarten.«

»Vermutlich nicht«, sagte Bill, schon weniger widerstrebend.

Auch für Tipton war die ganze unerquickliche Angelegenheit jetzt vergessen. Das leichte Lächeln, das in der Zwischenzeit aus seinem Gesicht gewichen war, kehrte strahlender als zuvor wieder und hätte sogar den Abendsonnenschein ersetzen können, wenn dieser aus irgendeinem Grund aufgehört hätte, die Terrasse zu erleuchten.

»Mann!« sagte Tipton. »Jetzt ist mir aber ein Stein vom Herzen gefallen. Heute beginnt für mich ein neues Leben. Sie können sich ja gar nicht vorstellen, was ich in der letzten Woche mitgemacht habe: kein einziges Schlückchen, ohne daß gleich ein scheußli... ein Gesicht erschien. Länger hätte ich das nicht mehr ausgehalten. Allerdings werde ich jetzt, wenn ich heirate...«

»Sie wollen heiraten?«

»Und ob.«

»Gratuliere«, sagte Bill.

»Danke, mein Lieber«, sagte Tipton.

»Ich wünsche Ihnen alles, alles Gute, mein Lieber«, sagte Bill.

»Das nehme ich gerne an, mein Lieber«, sagte Tipton. »Also, wie ich schon sagte«, fuhr er fort, indem er den Faden wieder aufnahm, »wenn ich jetzt heirate, ist Schluß mit den wilden Exzessen. Wahrscheinlich werde ich überhaupt nicht mehr so richtig in die Kanne steigen, außer natürlich an Silvester...«

»Natürlich«, sagte Bill.

»... und wenn unsere Mannschaft die Regatta gewinnt...«

»Selbstverständlich«, sagte Bill.

»... und bei ähnlichen besonderen Anlässen«, sagte Tipton. »Aber es ist doch ein schönes Gefühl zu wissen, daß man – wenn auch in Maßen – wieder einen heben darf. Man kommt sich reichlich blöd vor, immer nur mit Limonade zu gurgeln, während die andern ihren Scotch kippen. Ja, es war wirklich ein Glück, daß ich Sie getroffen habe.«

»Na, und ob Sie mich getroffen haben«, sagte Bill. »Das war ein Volltreffer.«

»Ha ha ha«, lachte Tipton.

»Ha ha ha«, lachte auch Bill.

Tipton schlug Bill auf die Schulter. Bill schlug Tipton auf die seine. Und der Ehrenwerte Galahad strahlte übers ganze Gesicht, als er diese Zeichen von Herzlichkeit und Eintracht sah. Dann fragte er Tipton, ob dieser sehr böse wäre, wenn er mal eben sein Patenkind beiseite nähme, um ihm etwas mitzuteilen, das nur für dessen Ohren bestimmt sei, und Tipton erwiderte: »Aber nein, überhaupt nicht.« Gally sagte, es werde nur eine halbe Minute dauern, und Tipton sagte: »Laßt euch Zeit, laßt euch Zeit, laßt euch Zeit.«

»Bill«, sagte Gally, als er mit diesem in Richtung Terrasse ging, und er sprach leise und eindringlich, »wir sitzen in der Patsche. Ich bin froh, daß du dich mit diesem Plimsoll so gut angefreundet hast.«

»Er ist ja auch ein netter Kerl.«

»Ein prima Junge. Ein bißchen griesgrämig, als ich ihn kennenlernte, aber jetzt kommt er ganz auf seinen Onkel Chet heraus, einen der fidelsten Draufgänger seiner Zeit. Er ist steinreich.«

»Tatsächlich?«

»Ja, enorm reich. Und er scheint dich auch sympathisch zu finden.«

»Er schien sehr umgänglich.«

»Ja, ich glaube, er hatte einen guten Eindruck von dir. Und jetzt hängt alles von ihm ab.«

»Wie meinst du das?«

Der Ehrenwerte Galahad blickte bekümmert durchs Monokel.

»Kurz bevor er kam, sagte ich dir doch, daß etwas Dummes passiert sei. Wie du dich erinnern wirst, hatte Prue die Absicht, sich das Kapital für die Renovierung und Eröffnung des ›Maulbeerbaums‹ bei meinem Bruder Clarence zu holen. Und mit diesem Kollier als Druckmittel hätten wir das auch geschafft. Prue hat dir sicher von dem Kollier geschrieben?«

»Ja. Ich fand die Idee großartig.«

»Das war sie auch. Solange wir im Besitz dieses Schmuckstücks waren, konnten wir unsere Forderungen stellen. Unglücklicherweise habe ich es nicht mehr.«

»Was!«

»Man hat es gestohlen. Gerade war ich in meinem Zimmer, um nachzusehen, ob es noch da sei, und da war es weg.«

»Ach du meine Tante!«

Gally schüttelte den Kopf.

»Es geht hier nicht um deine Tante, sondern um Prues Tante. Natürlich wäre es möglich, daß Hermione das Ding gar nicht hat, aber wenn sie es hat, dann sind wir aufgeschmissen, und es bleibt uns nur noch eine Chance: Wir müssen versuchen, das Kapital vom jungen Plimsoll zu bekommen.«

»Aber das geht doch nicht. Wir haben uns ja eben erst kennengelernt.«

»Stimmt. Aber er mag dich offenbar. Ich hatte den Eindruck, er ist dir so dankbar dafür, daß du kein Phantom bist, daß du dir von ihm wünschen kannst, was du willst. Auf jeden Fall müssen wir versuchen, ihn anzuzapfen. Also vorwärts, packen wir's an! Überlaß das Reden ruhig mir. Du lieber Himmel«, sagte Gally, und er klang dabei genauso kühn und verwegen wie Freddie, als er bei Major Finche und seiner Gemahlin das Thema »Donaldson's Hundeglück« anschnitt, »ich habe schließlich zu meiner Zeit schon die härtesten Buchmacher besoffen geredet und die Portiers aller einschlägigen Bars zwischen London und New York weich gekriegt. Warum sollte es mir jetzt nicht auch gelingen.«

»Sagen Sie mal, mein lieber Plimsoll«, sagte Gally. »Oder darf ich Sie Tipton nennen?«

»Aber gern«, sagte Tipton. »Besser noch Tippy und ›du‹. Das gilt auch für dich«, setzte er charmant hinzu.

»Danke, Tippy«, sagte Bill.

»Ist doch netter so«, sagte Tipton.

Der Ehrenwerte Galahad war entzückt über die freundschaftliche Atmosphäre, in der die bevorstehenden Verhandlungen begannen, und sein Monokel blinkte fröhlich in der Sonne.

»Was ich dich fragen wollte, mein lieber Tippy«, sagte er. »Hast du schon mal über Modetrends nachgedacht?«

»Also, um ehrlich zu sein«, sagte Tipton, »wenn ich's mir recht überlege: nein.«

»Wenn ich von Modetrends spreche«, fuhr Gally fort, »dann denke ich im Augenblick an Freizeitgestaltung. Es ist wirklich enorm, wie sich die Dinge verändert haben, seit ich so alt war wie du. Tempora mutantur, nos et mutamur in illis.«

»Stimmt genau«, sagte Tipton, der zwar nur Bahnhof verstand, aber nicht unhöflich sein wollte.

»Nehmen wir zum Beispiel mal Trinkgewohnheiten. Als ich jung war, ging man einfach in eine Bar um die Ecke.«

»Keine schlechte Idee«, meinte Tipton.

»Richtig. Aber seit jeder ein Auto besitzt, hat sich das geändert. Heute wollen sie alle hinaus ins Grüne. Wenn einer Durst hat, schnappt er sich sein Mädchen, packt sie ins Auto und braust mit ihr aufs Land. Anstatt sich in eine verräucherte Kneipe in London zu setzen, suchen sie sich lieber einen ländlichen Gasthof mit Garten irgendwo in der Nähe von Oxford.«

»Oxford?«

»Oxford.«

»Warum ausgerechnet Oxford?« fragte Tipton.

»Weil«, erklärte Gally, »das der Modetrend ist. Oxford ist schnell zu erreichen, und trotzdem ist es weit genug vom Londoner Gestank entfernt. Wer heute eine Kneipe in der Gegend um Oxford besitzt, ist zu beneiden.«

»Kann schon sein«, sagte Tipton.

»Zum Beispiel Bill.«

»Bill?«

»Bill.«

»Dieser Bill?«

»Jawohl, dieser«, sagte Gally. »Er ist der Besitzer eines malerischen Gasthofs nicht weit von Oxford, und ich habe ihm gesagt, wenn er das Ding ein bißchen aufmöbelt und ein Ausflugslokal mit modernem Komfort daraus macht, dann hat er da eine Goldgrube. Da wirst du mir sicher zustimmen?«

»Ja, ja.«

»Das dachte ich mir. Wenn er den Gasthof gut führt, kann er sich daran dumm und dämlich verdienen.«

»Bestimmt.«

»Er liegt in einer der schönsten Gegenden dieser schönsten aller englischen Grafschaften. Die Leute würden schon allein wegen der hübschen Umgebung von weit her kommen. Wenn dann noch ein guter Weinkeller dazukäme, ein paar Tennisplätze, eine gute Kapelle, eine ausgezeichnete Küche und ein aufmerksamer Service – bei gutem Wetter draußen auf der Terrasse, bei Regen drinnen im holzgetäfelten Speisesaal – dann hätte man etwas, das die Autotouristen magisch anziehen würde.«

»Ist der Speisesaal wirklich holzgetäfelt?«

»Noch nicht. Darauf wollte ich gerade kommen. Um aus dem Ding – es heißt ›Zum Maulbeerbaum‹ – etwas zu machen, müßte man etwas investieren.«

»Klar. Ohne Investitionen kann man nicht modernisieren.«

»Wenn ich die Augen schließe«, sagte Gally, indem er es tat, »sehe ich den renovierten ›Maulbeerbaum‹ schon vor mir. Man biegt von der Landstraße ab und fährt durch einen märchenhaften Park voller bunter Lampions.«

»Mit einem Springbrunnen.«

»Natürlich mit einem Springbrunnen.«

»Der farbig beleuchtet ist.«

»Der, wie du ganz richtig sagst, farbig beleuchtet ist. Ich freue mich, wie gut du dich schon in das Projekt hineingedacht hast, mein lieber Tippy. Ich wußte, es würde dich interessieren.«

»Ja, das tut es wirklich. Wo waren wir gerade?«

»Wir hatten den Springbrunnen erreicht. Zu unserer Rechten dehnen sich Gartenanlagen mit allerhand Blumen; zu unserer Linken schimmert etwas silbrig durch die dunklen, geheimnisvollen Bäume.«

»Wirklich?« fragte Tipton. »Und was ist das?«

»Der Swimming-pool«, erklärte Gally.

»Da gibt's auch einen Swimming-pool?«

»Den soll es geben – sobald wir das nötige Kapital haben.«

Tipton dachte nach.

»Ich würde ein Wellenbad einrichten.«

»Glänzende Idee.«

»Da macht das Schwimmen mehr Spaß.«

»Viel mehr Spaß. Notier dir mal ›Wellenbad‹, Bill.«

»Mach' ich, Gally.«

»Dann nähern wir uns der Terrasse vorm Haus.«

»Wo man ißt?«

»Wenn das Wetter schön ist.«

»So«, sagte Tipton, der allmählich Feuer fing, »jetzt werde ich euch mal die Terrasse beschreiben. Ich würde daraus eine Rosenlaube machen.«

»Wird gemacht.«

»Dazu brauchen wir so ein Dings obendrüber. Wie nennt man doch diese Dinger, die man über sich hat?«

»Schirme?« schlug Bill vor.

»Aber Bill!« sagte Gally zurechtweisend. »Es gibt doch keine Schirme, die nach Rosen duften. Das weißt du doch. Tippy meint wahrscheinlich eine Pergola.«

»Pergola, richtig. Ihr braucht also eine rosenumrankte Pergola, und die Kapelle versteckt ihr hinter üppigen Fliederbüschen. Mannomann, das wird ja toll!« sagte Tipton und schnalzte mit den Fingern. »Was soll denn ein Menü kosten?«

»Ich dachte an acht Schilling.«

»Sagen wir lieber zehn. Den Leuten ist es sowieso egal. Aber überleg dir mal. Wenn wir pro Abend zweihundert Menüs à zehn Schilling pro Nase rechnen, dann sind das glatte hundert Pfund. Und wenn du bedenkst, daß das dann den ganzen Sommer so geht... Dazu noch die Getränke. Die dürfen wir nicht vergessen. Damit machen wir ja das größte Geschäft. Cocktails werden an kleinen Tischen rund um den Springbrunnen serviert.«

»Und am Swimming-pool.«

Tipton hatte angefangen, mit großen Schritten auf und ab zu gehen. Er machte seiner Erregung mit ausladenden Gesten Luft.

»Bill«, sagte er, »du hast da ein ganz großes Geschäft an der Hand.«

»Ich glaube auch, Tippy.«

»Jawohl, ein ganz großes. Die Leute werden in hellen Scharen herbeiströmen. Du könntest sie dir nicht mal mit einem Hausverbot vom Halse halten. Man wird extra ein paar Polizisten anfordern müssen, die den Verkehr regeln. Du wirst Millionär sein, ehe du dich versiehst.«

»Das hab' ich ihm auch schon gesagt«, warf Gally ein. »Nach oben sind dem Geschäft keine Grenzen gesetzt.«

»Nein, wirklich keine«, nickte Tipton.

»Da wäre nur diese Kleinigkeit mit dem Kapital.«

»Kapital. Ganz genau.«

»Wenn wir das Kapital haben, können wir schon morgen anfangen.«

»Wenn ihr das Kapital habt, ist alles in Butter.«

»Dreitausend würden schon genügen.«

»Mit vier wär's sicherer.«

»Oder auch fünf.«

»Ja, vielleicht lieber fünf. Stimmt, fünf wäre das richtige.«

Gally legte eine Hand gerührt auf Tiptons Schulter und massierte sie.

»Du wärst also wirklich bereit, mit fünftausend Pfund übern Tisch zu kommen?« fragte er freudig.

Tipton machte große Augen.

»Ich? Mit fünftausend Pfund? Ich werde mit gar nichts übern Tisch kommen«, sagte er und schüttelte den Kopf über einen so abwegigen Gedanken. »Ich könnte das Geld ja verlieren. Aber ihr werdet das Kapital schon auftreiben. Hört euch mal ein bißchen um. Und jetzt entschuldigt mich bitte. Ich habe Vee versprochen, sie ein Weilchen auf dem See zu rudern.«

Wie er so von dannen trabte, bot er ein vollkommenes Bild jugendlicher Unbekümmertheit und Freude. Man kann zwar nicht ausschließen, daß er ahnte, wie schwer den beiden, die er zurückließ, ums Herz war – aber wahrscheinlich ist es nicht. Tipton Plimsoll war ein ziemlich egozentrischer junger Mann.

Gally sah Bill an. Bill sah Gally an. Eine Zeitlang sagte keiner etwas, da ihnen für ihre Gedanken die Worte fehlten. Dann machte Gally eine Bemerkung, die er selbst einmal aus dem Munde eines enttäuschten Rennplatzbesuchers gehört hatte, als dieser feststellen mußte, daß der Buchmacher, bei dem er eine Wette auf den Sieger im letzten Rennen abgeschlossen hatte, auf sachten Socken verduftet war, ohne eine Adresse zu hinterlassen. Es schien ihm gut zu tun. Er wurde ruhiger.

»Aus der Traum, Bill.«

»Tja, aus der Traum, Gally.«

»Etwas ganz Ähnliches ist vor vielen Jahren einmal einem alten Freund von mir passiert, als er einen reichen jungen Mann für einen Club zu interessieren versuchte, den er eröffnen wollte. Ich weiß noch, wie er mir mit Tränen in den Augen erzählte, er hätte sein ganzes Vermögen (das er nicht besaß) darauf wetten können, daß der Bursche schon drauf und dran war, sein Scheckheft zu zücken. So etwas kommt vor. Man muß es mit Fassung tragen. Wenden wir uns also wieder Clarence zu. Ich gäbe was dafür, wenn ich wüßte, ob Hermione das Kollier hat. Wenn nicht, dann ließe sich mit einem Bluff doch noch ein Happy-End herbeiführen. Ach, da kommt sie ja.«

Bill zuckte zusammen wie ein Wurm an der Angel.

»Wie? Was? Wo?« Mit vor Schreck geweiteten Augen sah er zum Haus hinüber und stellte fest, daß die schlechte Nachricht leider zutraf. Lady Hermione war soeben in Begleitung von Lord Emsworth aus der Terrassentür des Salons getreten. »Gally, ich verdrücke mich.«

Der Ehrenwerte Galahad nickte.

»Ja, es ist vielleicht besser, wenn du die Verhandlungsführung mir überläßt. An deiner Stelle würde ich mal zu Prue gehen und ein bißchen mit ihr reden. Ich sah sie gerade zum Rosengarten gehen. Der Rosengarten ist dort drüben«, erklärte er mit einer Handbewegung. »Wir treffen uns später«, sagte er und wandte sich dann seinen leiblichen Geschwistern zu, die sich ihm von der Terrasse her näherten. Seine Miene verriet kämpferische Entschlossenheit. Sein Monokel strahlte Selbstvertrauen aus. Er sah aus wie ein Fliegengewicht, das den Meister aller Klassen zum Fight gefordert hat.

Als seine Schwester näher kam und er ihr Gesicht besser sehen konnte, schöpfte er plötzlich wieder Hoffnung. Sie kam ihm nicht so vor wie eine Frau, der ein Kollier in die Hände gefallen ist und die damit ihre Gegner mattgesetzt hat. Sie war merklich deprimiert.

»Ohren steif!« sagte Gally zu seinem eben noch verzagten Herzen, und sein Herz antwortete: »Jawohl, Sir!«

Gallys Diagnose war richtig: Lady Hermione war deprimiert. Glücklicherweise kommt es nur sehr selten vor, daß das Schicksal gleich zwei Mitgliedern einer englischen Adelsfamilie an einem einzigen Nachmittag übel mitspielt. Die durchschnittliche Menge Leid liegt um einiges niedriger. Aber an diesem Tag war so ein Extremfall eingetreten. Wir hörten ja schon, wie Colonel Wedge sich über seinen Kummer äußerte, und hätte man nun Lady Hermione befragt, so hätte sie dasselbe gesagt. Als sie auf die Terrasse hinaustrat, war ihre Stimmung am Nullpunkt angelangt, und die weiteren Aussichten stellten sich für sie trüb und unbeständig dar.

Soviel sie wußte, war das Kollier nach wie vor im Besitz ihres Bruders Galahad, und seine Prophezeiung, sie werde gezwungen sein, das Handtuch zu werfen, klang ihr noch immer in den Ohren. Je mehr sie über die Lage nachdachte, um so mehr kam sie zu der Überzeugung, daß er recht habe, und als stolzer Frau widerstrebte es ihr, das Handtuch zu werfen. Aber es schien ihr nichts anderes übrigzubleiben.

Als Freddie bei der Generalversammlung sein Ultimatum stellte, hatte es wie des Sängers Fluch geklungen. Wenn er seine Drohung wahrmachte und Tipton Plimsoll alles erzählte, dann mußte es zur Katastrophe kommen. Die selbstsichere, ja herrische Art, wie Tipton im Salon mit dem Kollier umgegangen war, hatte einen tiefen Eindruck auf sie gemacht. Das, dachte sie, war ein Mann, der nicht lange fackelte. Wenn so einer herausbekam, daß man ihn hintergangen hatte, würde er die Verlobung sofort lösen. Und bei dem Gedanken, daß ihrem Töchterchen ein solcher Lebensgefährte durch die Lappen gehen könnte, erzitterte sie.

Gewiß, irgendein passabler Ehemann für Veronica würde sich irgendwann schon finden lassen, aber es war ihr nur ein schwacher Trost, daß sie den Hochzeitsgästen dann würde sagen können, sie hätten erst mal den Kandidaten sehen sollen, der sich wieder davongemacht hatte.

Überlegungen wie diese hatten ihre sonst vorhandene diktatorische Energie gelähmt und ihre starke Hand erschlaffen lassen. Allmählich fand sie, daß es wichtigere Dinge im Leben gebe, als die Tochter ihrer Schwester Dora daran zu hindern, in die Londoner Unterwelt einzuheiraten. Zwar hatte sich an ihrer Meinung, daß Bill zum Abschaum der Menschheit gehöre, nichts geändert, aber darüber, so sagte sie sich, sollte sich Dora den Kopf zerbrechen und nicht sie.

Sie war, mit einem Wort, nur noch ein Schatten ihrer selbst. Die Kräfte versagten ihr.

Gally war für die schnelle Attacke. Mit Vorgeplänkeln hielt er sich nicht auf.

»Also?« fragte er.

Lady Hermione überlief ein Beben, aber sie schwieg.

»Hast du's dir überlegt?« fragte Gally.

Lady Hermiones Stimme klang fast bittend, als sie mit ihm zu verhandeln suchte.

»Aber Galahad, willst du denn, daß deine Nichte einen Maler heiratet, der am Hungertuch nagt?«

»Von wegen Hungertuch! Er wird der Besitzer eines der renommiertesten Landgasthäuser Englands sein, sobald Clarence das Kapital für Umbau und Renovierung zur Verfügung gestellt hat.«

»Hm?« fragte Lord Emsworth, der mit seinen Gedanken gerade woanders gewesen war.

»Sag mal, Clarence«, sagte Gally, »möchtest du nicht gern einen Haufen Geld verdienen?«

»Ich hab' schon einen Haufen Geld«, sagte Lord Emsworth.

»Ein bißchen mehr kann nie was schaden.«

»Stimmt.«

»Stell dir mal eine wunderschöne Landschaft vor, Clarence«, sagte Gally, »und mitten in dieser Landschaft ein schmuckes Gasthaus. Rings umher«, fuhr er hastig fort, denn er merkte, daß seinem Bruder die Frage auf der Zunge lag, was denn dieses Gasthaus mit Schmuck zu tun habe, »stehen Grüppchen von Gästen mit Cocktails zu zwei Schilling das Glas. Auf der Terrasse sitzen die Leute dicht gedrängt und lassen sich unter einem Baldachin von Rosen ihr Zehn-Schilling-Menü schmecken. Es gibt auch Lampions und einen bunt beleuchteten Springbrunnen. Außerdem einen Swimming-pool mit ... hör doch mal her, Clarence ... mit künstlichen Wellen. Mit einem Wort, es ist das beliebteste Lokal dieser Art in der ganzen Umgebung, und der Umsatz ist kolossal.«

Lord Emsworth meinte, das klinge ja ganz nett, und Gally bestätigte ihm, daß er genau das richtige Wort gefunden habe.

»Eine wahre Goldgrube«, sagte er. »Und du bist zur Hälfte daran beteiligt, Clarence, für fünftausend Pfund.«

»Fünftausend Pfund?«

»Nicht war, du kannst es kaum fassen? Das ist doch eine Bagatelle. Und du brauchst nicht einmal das Geld bar auf den Tisch des Hauses zu legen«, sagte Gally, als er merkte, daß der andere anfing nachzudenken. »Es genügt, wenn du meinem Patenkind Bill Lister schriftlich bestätigst, daß du damit zu gegebener Zeit herausrückst.«

Lord Emsworth hatte angefangen, an seinem Kneifer herumzufummeln, was nach Gallys Ansicht ein schlechtes Zeichen war. Er hatte es schon oft erlebt, wie Bankdirektoren an ihren Kneifern herumfummelten, wenn er wegen eines Überziehungskredits zu ihnen kam.

»Also, ich weiß nicht recht, Galahad.«

»Na, komm schon, Clarence.«

»Fünftausend Pfund sind eine Menge Geld.«

»Sie sind nur die Wurst, mit der du nach der Speckseite wirfst. Nach einem Jahr hast du das Geld wieder. Hab' ich dir eigentlich schon gesagt, daß hinter riesigen Fliederbüschen eine Kapelle spielen wird?«

Lord Emsworth schüttelte sein Haupt.

»Tut mir leid, Galahad ...«

Gallys Gesichtszüge wurden hart.

»Na schön«, sagte er. »Wenn du nicht willst, dann behalte ich dieses Kollier. Du wirst schon merken, was du davon hast.

Leid, Elend und Verzweiflung, soweit dein Auge reicht. Der junge Plimsoll löst seine Verlobung mit Veronica. Freddies Frau läßt sich scheiden.«

»Hm?«

»Und der gute, arme Freddie wird vermutlich nach Blandings Castle zurückkehren, um hier den Rest seines traurigen Lebens zu fristen.«

»Was!«

»Was bleibt ihm denn anderes übrig? Der waidwunde Fuchs, der sich in den alten Bau zurückzieht. Du wirst Freddie wieder bei dir in Blandings haben. Nette Gesellschaft für deine alten Tage.«

Lord Emsworth angelte nach dem Kneifer, der ihm von der Nase gefallen war. Als er ihn wieder aufgesetzt hatte, schien er einen Entschluß gefaßt zu haben.

»Ich werde diese Bestätigung gleich schreiben«, sagte er. »Wie war der Name? Lister?«

»William Lister«, bestätigte Gally. »L wie Lebertran, I wie Ischias, S wie ...«

Aber Lord Emsworth war schon weg.

»Püh!« sagte Gally und nahm seinen Hut ab, um sich damit die feucht gewordene Stirn zu fächeln.

Auch seine Schwester Hermione wies Anzeichen nervlicher Belastung auf. Ihre Augen waren aus den Höhlen getreten und ihre Wangen hatten sich rötlich verfärbt.

»Und nun, Galahad«, sagte sie, »wirst du vielleicht die Güte haben, mir dieses Kollier auszuhändigen.«

Es entstand eine kleine Pause, so als ob der Ehrenwerte Galahad befürchtete, daß das, was er zu sagen hatte, Kummer bereiten könnte.

»Ich habe es nicht.«

»Was!«

»Tut mir leid. Nicht meine Schuld. Ich will dir sagen, was passiert ist«, sagte Gally mit aufrichtigem Bedauern. »Aus Sicherheitsgründen – für den Fall, daß du der Versuchung nicht widerstehen könntest, in meinem Zimmer herumzustöbern – hatte ich es an einer Stelle versteckt, wo du es nach meiner Überzeugung nie gesucht hättest. Gestern gab mir nämlich der junge Plimsoll seine Reiseflasche zur Aufbewahrung – eine große, bauchige Flasche ...«

Hier brach er ab, denn ein gequälter Aufschrei hallte durch den Garten. Lady Hermione sah aus wie eine Köchin, die in ihrer Küche einen Käfer entdeckt hat, nachdem ihr das Insektenpulver ausgegangen ist.

»Du hast das Kollier in Tiptons Flasche getan?«

»Ich fand dieses Versteck sehr pfiffig gewählt. Leider hat sich jemand das verflixte Ding genommen. Wer es jetzt hat, weiß ich nicht.«

»Aber ich weiß es«, sagte Lady Hermione. »Er hat die Flasche mir gegeben. Er begegnete mir gerade, als ich aus meinem Zimmer kam, drückte sie mir mit einem wilden Flackern in den Augen in die Hand und bat mich, sie für ihn zu verwahren.«

Ihre Stimme erstarb in einem Seufzen, das wie der Wind in den Rissen eines gebrochenen Herzens klang.

»Galahad«, sagte sie, »du bist der größte Scharlatan unter der Sonne.«

»Das hat man mir schon öfters gesagt«, meinte Gally stolz. »Na, dann ist ja alles bestens. Wenn du das Ding hast, dann kannst du's ja Freddie geben, und die Sache ist ausgestanden. Alle sind zufrieden, die jungen Paare haben sich gefunden, und es gibt keine Sorgen mehr. Jetzt will ich mal sehen, was Clarence geschrieben hat, und dann werde ich mich mit ein paar jungen Leuten im Rosengarten treffen.«

Mit federnden Schritten ging er zum Schloß, und er sah dabei aus wie Maurice Chevalier in seinen besten Jahren.

Das kleine Geschenk mit dem großen Effekt

Chaval:
Mensch bleibt Mensch
Cartoons

Gerard Hoffnung:
Hoffnungs heitere Welt
Cartoons
dtv 1603

Gerard Hoffnung:
Scherzando
Cartoons
dtv 1772

Wilhelm Schlote:
Fenstercartoons oder
Wie man sich Geburtstage einfacher merkt
dtv 10038

Kennen Sie die?

Milo Dor / Reinhard Federmann:
Der groteske Witz
dtv 1496

Salcia Landmann:
Jüdische Witze
dtv 139

Die besten ›Simplicissimus‹-Witze
dtv 1332

Hans Bemmann (Hrsg.):
Der klerikale Witz
dtv 1210

Hans-Jochen Gamm:
Der Flüsterwitz im Dritten Reich
dtv 1252

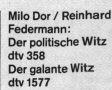

Milo Dor / Reinhard Federmann:
Der politische Witz
dtv 358
Der galante Witz
dtv 1577

Salcia Landmann:
Jüdische Witze
Nachlese 1960–1976
dtv 1281

Anekdoten.
Typisch – prägnant – witzig

Georges Hoyau:
Hohes Haus
Politik in Anekdoten
dtv

Géza Mayer:
Schießt nicht
auf den Pianisten
Film und Fernsehen
in Anekdoten
dtv

Alexander Witeschnik:
Warten aufs hohe C
Geschichte der Oper
in Anekdoten
dtv

Birkmayer / Heindl:
Der liebe Gott
ist Internist
dtv 1693

Bernard Grun:
Mit Takt und
Taktstock
dtv 1451

Hermann Hakel (Hrsg.):
Wenn der Rebbe lacht
dtv 1318

Georges Hoyau:
Hohes Haus
Politik
in Anekdoten
dtv 1395

Salcia Landmann:
Jüdische Anekdoten
und Sprichwörter
Jiddisch und deutsch
dtv 317

Géza Mayer:
Schießt nicht auf
den Pianisten
Film und Fernsehen
in Anekdoten
dtv 1547

Hermann Schreiber:
Bayern anekdotisch
dtv 1663

Oskar Willner:
Ich hab noch nie
gefallen
Schauspieler-
Anekdoten
dtv 1624

Alexander Witeschnik:
Musizieren geht übers
Probieren
Die Geschichte der
Wiener
Philharmoniker
in Anekdoten
dtv 622

Warten aufs hohe C
Geschichte der Oper
in Anekdoten
dtv 1232

Dort wird
champagnisiert
Anekdoten und
Geschichten zur
Geschichte der
Operette
dtv 1516

Romane, die Sie in Bann schlagen

Heimito von Doderer:
Die Strudlhofstiege
dtv 1254

Saul Bellow:
Die Abenteuer des
Augie March
dtv 1414

Edzard Schaper:
Der Henker
dtv 1424

Oskar Maria Graf:
Unruhe um einen
Friedfertigen
dtv 1493

Iris Murdoch:
Der schwarze Prinz
dtv 1501

Hervey Allen:
Antonio Adverso
dtv 1514

P. G. Wodehouse

». . . eine Institution des britischen Humors«
(Frankfurter Allgemeine)

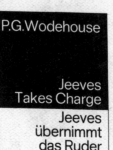

Sommerliches
Schloßgewitter
dtv 1613

Die Hunde-Akademie
und andere Stories
dtv 1661

Dann eben nicht, Jeeves
dtv 1710

Ein Pelikan im Schloß
dtv 1792

Jeeves Takes Charge
Jeeves übernimmt das
Ruder
dtv 9154